아버지의 우상

아마존의나비

차
례

첫 번째 이야기

아버지의 우상

버스가 서서히 속도를 줄였다. 산속으로 뚫린 도로를 한참이나 달려온 뒤였다. 도시의 낡은 건물들이 차창으로 다가왔다. 승객들이 하나 둘 기지개를 폈다. 외국인 여행자들로 가득 찬 차 안이 술렁거렸다. 산타클라라 터미널에 들어선 버스가 앞뒤로 한 차례 출렁이다 엔진을 껐다. 우리는 밑바닥 짐칸에서 가방을 챙겼다. 터미널을 빠져나오자 바삭한 초여름 볕이 손등을 쪼았다. 아버지가 코를 킁킁거리고는 화약 냄새가 나는 것 같다고 했다. 나는 혁명의 도시잖아요, 하며 어깨를 으쓱했다. 뱃속이 헛헛했다. 중간에 두어 번 휴게소를 들렀지만 곧 출발할지 몰라 요기도 제대로 못 한 탓이었다. 아침 일찍 아바나를 떠났으니 예닐곱 시간쯤 달려온 듯했다. 아직 해가 남아 있었지만 오늘은 그냥 숙소를 찾아 드러눕고 싶었다. 멀미가 좀처럼 가시지 않았다. 그나마 널찍한 자리에 쿠션 좋은 최고급 버스라 큰 고생은 면했지만 아버지의 핼쑥한 얼굴에 여전히 아쉬움이 묻어 있었다.

애초에 아바나에서 아버지가 기차를 타자고 했지만 내가 말렸다. 먼저 다녀온 자들의 경험담을 인터넷으로 알아 봤기 때문이었다. 칠이 벗겨진 플라스틱 의자들을 바닥에 줄지어 고정시킨 더러운 객실도 그렇거니와 지린내가 진동하는 변소에 혀를 내두른 한국인 배낭여행객이 열차 안에서 두 시간도 넘게 방광을 달랬다는 이야기도 있었다. 그 블로거는 소란스러운 객실에서 카드를 돌리는 야바위꾼 때문에 위협마저 느꼈다고 써놓았다. 혼자라면 모를까 여든이 다 된 노인을 그런 열차에 모실 수는 없었다.

입국 첫날 호세마르티 공항에 내려 환전 데스크에 여권을 내밀자 그들은 현지인들이 사용하는 것과는 다른 지폐를 건네주었다. 아버지는 쿠바의 이중 화폐 제도가 첫날부터 여행자를 현지인과 갈라놓은 것에 불만이었다. 내가 몇 푼 아끼자고 기차를 타자는 건 아니었어. 산타클라라행 버스 안에서 아버지가 한 말을 이해 못 할 것도 없었다. 굳이 완행열차가 아니더라도 쿠바인들의 실생활을 들여다볼 기회는 곧 찾아올 것이었다. 일정이 아직 나흘이나 남아 있었고 둘이서 함께 다니기에도 무리는 없었다. 아버지는 나이가 무색하게 걸음걸이도 씩씩했고 작지만 다부진 몸에

백발의 스포츠머리가 잘 어울렸다. 감귤 농사로 단련된 어깨 근육이 반팔 티셔츠 밖으로 구릿빛을 드러낼 때마다 사십 초반의 내가 머쓱해지곤 했다.

아버지가 아는 사람이라도 찾는 듯 두리번거렸다. 그 시선을 좇아 나도 주변을 살폈다. 예약된 게스트하우스의 주인 여자가 나와 있을지도 모를 일이었다. 픽업 서비스는 계약에 없었지만 내심 친절을 기대했다. 주위를 빠르게 훑었지만 터미널로 마중 나온 팻말 중에 우리 이름은 없었다. 나는 숙소까지 실어다줄 교통 수단을 찾아야 했다.

바로 그때 한쪽 다리를 저는 사내가 뒤뚱거리며 다가왔다. 갓 서른이나 먹었을까. 알아듣기 힘든 영어로 접근한 그가 연신 까사를 외쳤다. 그건 집이라는 뜻이었고 숙소를 소개시켜주겠다는 거였다. 나는 스페인어로 거부 의사를 분명히 했다. 그러자 오히려 그의 검은 얼굴이 환하게 열렸다. 벌어진 윗니 틈새로 소통의 반가움이 새어나왔다. 어디든 공짜로 구경을 시켜주겠단다. 그가 때 묻은 청바지 뒷주머니에서 모서리 닳은 팸플릿을 꺼내 펼쳐들었다. 수염이 덥수룩한 사내를 때 낀 손톱으로 가리키며 그가 긴 설명을 늘어놓았다. 검은 베레모를 쓴 흑백 사진 속 남자는 혁명의 아이콘이 아닌가. 지구를 반 바퀴나 돌아 우리에게도 낯익은 그가 돈벌이 수단이 된 것이 못마땅했

느는지 아버지가 내 어깨를 잡아끌었다. 반세기를 넘긴 듯한 캐딜락 승용차가 우리 곁에 와 있었다. 무허가 택시에서 내린 늙수그레한 백인 남자가 모자를 벗고 고개를 까딱하더니 다짜고짜 짐부터 트렁크에 집어넣었다. 부지불식간이었다. 그가 주름진 한쪽 눈을 찡그려 윙크를 하지 않았더라면 내가 승차를 거절했을지도 몰랐다. 다리 저는 사내가 귀찮기도 했거니와 늙은 운전사의 웃는 얼굴이 온순해 보였다. 사내가 뒷문으로 다가와 자꾸만 말을 붙였다. 운전사가 그를 파리 쫓듯 밀어내고 차를 출발시켰다. 낡은 캐딜락이 굴러가는 게 신기했다. 나는 아버지를 따라 뒤를 돌아보았다. 먼지 위에 남겨진 깡마른 사내의 몸피가 차창에서 줄어들었다.

나는 부러 스페인어를 사용하지 않았다. 다행히 운전석 늙다리의 영어가 제법이었다. 시내 중심부를 빠져나온 차는 좁은 길을 따라 노란 꽃들이 오후의 볕을 반사시키는 주택가로 들어섰다. 피델 만세! 붉은 페인트 글씨가 적힌 담장을 지나 우리는 무사히 숙소로 찾아들었다.

아버지가 자신의 가방에서 물건들을 꺼내 방바닥에 정리했다. 속옷 양말 칫솔 치약 수건 등에 이어 마지막으로 성경만큼 두꺼운 책 한 권이 나왔다. 녹색 표지가 너덜너덜해진 양장본. 아내가 이십 년 전 아버지의 방에서 보았다던 바로 그 책이었다.

살찐 허리에 앞치마를 두른 주인 여자가 방문을 열었다. 산타클라라 시내가 내려다보이는 테라스에 주문한 저녁 식사가 마련되어 있었다. 내가 여자에게 스페인어로 말을 붙였다. 둘러볼 만한 곳을 재확인할 요량이었는데 대답 대신 부자간이냐는 질문이 되돌아왔다. 번갈아보는 시선으로 아버지도 여자의 질문을 알아챈 듯했다.

둘만의 여행은 뜻밖이었다. 내 기억이 닿는 한 아버지와 단둘이 여행을 해본 적은 없었다. 어린 시절의 아버지는 같은 방에 앉아 있기도 거북한 존재였다. 비밀을 간직한 듯 깊고 침울한 눈길이 나는 불편했다. 아버지는 웬만해서 웃지도 않았다. 화가 난 사람처럼 눈가에 주름을 잡으며 입술을 씰룩거리곤 했는데, 인간에게 차가운 분노가 있다면 그건 아버지의 것이라고 나는 생각했다. 그것이 슬픔이었다는 걸 알게 된 건 내가 불혹에 가까워서였다. 그 후로도 아버지에게 다가갈 기회를 엿보긴 했으나 실행으로 이어지지는 못했다. 이번 여행도 오히려 아버지의 뜬금없는 제안으로 말미암은 것이었다.

아버지가 날더러 함께 가자는군. 날짜까지 잡혔더라고. 반찬 가게 하는 아내에게 말을 꺼냈다. 글쎄 노인네가 무슨 바람이 불었는지 자서전을 쓰기 시작했다는데…, 막히는 대목이 있나봐. 그럴 땐 한 바퀴 휙 돌면서 머리를 식힐 필요가 있잖아. 아내가 고개를 갸웃했다. 평생 감귤 농사만 지어온 분의 계획치곤 좀 엉뚱하다 싶은 표정이었다. 잘됐네요. 그거야 당신이 도와드리면 되잖아요. 당신 작품도 한번 읽어보자구요. 아내가 나를 은근슬쩍 부추겼다. 이번 여행길에서 뭐라도 하나 건져보라는 뜻이었다. 내 가족사를 소설로 써보려다가 뭉그적거리며 세월만 보낸 터였다. 별 볼 일 없는 계간지로 등단은 했지만 원고 청탁 한번 받아보지 못하고 직업을 바꿔버린 아쉬움을 그녀가 모를 리 없었다.

항공료도 이미 지불하셨더라고. 나는 매일 밤 가계부에 코를 박고 끙끙대는 아내를 안심시켰다. 아껴둔 연차도 써먹을 겸 모시고 다녀오세요, 하더니 그녀가 큰 눈을 더 크게 뜨며 물었다. 근데 왜 하필 쿠바래요? 수교국도 아닌데. 낸들 아나, 가보면 알겠지 뭐. 아내가 문득 해묵은 기억 하나를 꺼냈다. 혹시…, 그 책…. 대학 2학년 때였다. 그해 가을 나는 중간고사를 마친 대학 동아리 친구들을 제주도에 초청했다. 연휴를 낀 이박삼일 일정이었다. 신입생이던 그녀를 포함 다섯이 애월에 머물면서 고향집의 귤 따는 작업을 도왔다. 누가 먼저랄 것도 없었다. 구경 삼아 놀러온 거였지만 파란 바다가 내려다보이는 밭에서 모두들 싱글벙글했다. 상경할 때쯤 아버지가 우리를 툇마루로 불러 하얀 봉투를 내밀었다. 품삯이었다. 데모하지 말어. 정치는 모르는 게 약이지 아암. 따끔한 훈계가 따라붙었다. 그 순간 아내가 아버지 등 뒤에 놓인 개다리소반 위에서 두툼한 책 한 권을 발견했다. 표지에 낯익은 사내의 얼굴이 있었다. 장 코르미에가 쓴 그 책은 당시 대학가의 애독서였다. 혼란스러웠어요. 데모 같은 건 근처에도 가지 말라던 말씀과 전혀 안 어울리는 책이었거든요. 아버님이 어떤 분인지 궁금했어요. 중학교를 겨우 졸업했다는 분의 취미가 서예라는 것도 그렇고.

애월읍은 아버지의 외가가 터를 잡은 동네였다. 그가 태묻힌 가시리를 떠나 애월에 눌러앉은 이유를 언젠가 내가 물었다. 고등학교에 막 입학한 뒤였나 그랬다. 아버지는 먼 산을 바라볼 뿐 아무런 대꾸가 없었다. 민망해진 내게 어머니가 대신 귀띔을 주었다. 어린 시절 고아가 된 그를 외가에서 거두었다고.

내가 이문동에 있는 대학의 문을 두드릴 때는 캠퍼스에서 통일 논의가 한창이던 문민정부 시절이었다. 나는 1차로 지원한 영문과에서 밀려나 2지망이었던 서반어학과에 들어갔다. 스페인에 대해 아는 거라고는 투우 정도였지만 재수할 배짱은 없었다. 독서 동아리에 들어가 닥치는 대로 책을 읽고 선배들과 토론을 했다. 3학년이 되자 나는 학생회 홍보부장을 맡았다. 가두 투쟁이 두려웠지만 큰 키에 눈이 부리부리한 내가 마이크를 잡으면 여학생들이 내 이름을 연호했다. 엔엘과 피디의 헤게모니 다툼이 선명성에 불을 지를 때였다. 청춘의 열기가 북으로 뻗은 아스팔트를 달구었다. 동아리 멤버들이 임진강 물에 투쟁가를 띄웠다. 통일로에 드러누웠던 몇은 경찰의 진압봉에 머리통이 터져 병원 신세도 졌다. 대북 유화 정책을 포기한 정부는 한총련 멤버들에게 탈퇴를 종용했다. 거부하면 모조리 잡아넣겠다는 엄포가 현실이 되었고 민족과 통일을 외치던 나는 재판에 넘겨져 일 년 형을 받았다. 검거된 동지들이 내가 있는 감옥 안으로 연이어 들어왔다. 운동 시간에 마주친 그들이 적의에 찬 얼굴로 나를 바라보았다. 그중 하나가 교도관의 눈을 피해 다가왔다. 그의 입 모양이 나에게 배신자, 라고 말하고 있었다.

　아버지가 교도소를 찾아왔다. 네가 데모하는 날 우린 더이상 부자간이 아니여. 귀에 못 박힌 소리를 잊을 리 없는 내게 아버지의 출현은 뜻밖이었다. 눈두덩이 뻐근해진 나는 목젖 밑으로 울음을 눌렀다. 그런데 아버지의 표정이 몹시 차가웠다. 이제부터 너는 내 자식 아니다. 위로는 고 사하고 이 양반이 절교 선언을 하러 일부러 올라왔나 싶 어 적잖이 당혹스러웠다. 유리창을 사이에 두고 삐딱한 각 도로 앉은 아버지의 침묵이 길어졌다. 잠시 후 면회 시간 이 끝났고 나는 고개를 꺾은 채 몸을 세웠다. 안으로 되돌 아가던 내가 어깨를 돌려 잠깐 뒤를 돌아보았다. 아버지의 한쪽 눈에 곧 흘러내릴 것 같은 물기가 고여 있었다.

  뜬금없이 한 여학생이 면회를 왔다. 지금의 아내였다. 내가 동지들을 다 불었다는 소문이 돈다며 그녀가 더듬거 렸다. 그러고는 말을 마치기도 전에 손등으로 눈 밑을 훔 쳤다. 그녀가 다녀간 뒤로 나는 발가벗겨진 기분이 들었 다. 뒤로 묶여 활처럼 꺾인 몸뚱이를 공중에서 버둥대던 통증을 되새겼지만 그것만으로는 몸이 버텨내지 못한 후 과를 정당화시킬 수 없었다. 눈을 감으면 작은 얼룩이 다 가와 아메바처럼 꿈틀거렸다. 그러고는 큼지막한 벌레로 자라나 마침내 나를 먹어치웠다. 세상이 멈춰 섰고 이념과 민족이 내게서 한꺼번에 떨어져나갔다. 이왕 버린 몸, 막 살기로 했더니 숨은 쉴 만했다. 출소 후 복학, 과외 아르 바이트로 남은 한 해를 버텨 가까스로 졸업을 했다. 졸업 한 이듬해 등단은 했지만 소설로 밥을 먹을 수 없다는 걸

깨닫는 데는 긴 시간이 필요하지 않았다. 그러고는 비슷한 경험을 가진 선배의 소개로 국회의원 비서가 되어 여의도에 입성했다. 대구를 지역구로 둔 보수 정당 소속이었다. 동지들의 시선에는 눈을 감기로 했다. 핑계는 단순했다. 고향에서 멀어진, 끈 떨어진 자의 자력갱생이었다. 술자리에서 과거를 더 이상 논하지 않는 부류에 끼어들었다. 같은 당 의원실을 바꿔가며 돌다보니 십 년이 흘렀고 마침내 나는 보좌관이 되어 있었다. 여자와 동거를 시작했다. 상대는 감옥으로 몇 차례 더 면회를 와준 그녀였다. 그녀에게 시댁 식구들을 보여줘야 하는 결혼식은 미뤘다.

검은 베레모는 세상을 떠난 뒤에도 도시를 먹여 살리는 것 같았다. 관광 수익의 대부분을 그가 올려주고 있었다. 공공건물의 외벽에는 그의 이름이 붙어 있었고 길가의 상점도 그의 얼굴로 눈길을 잡았다. 티셔츠는 말할 것도 없고 사진첩이나 캐리커처를 이용한 머그컵 등, 기념품도 많았다.

베레모를 기리는 기념관은 무료입장이었다. 전시물은 기대를 뛰어넘었다. 사진들도 다양한 데다 설명도 만족스

러웠다. 1958년 그가 게릴라전에서 승리한 과정을 일목요

연하게 살필 수 있었다. 나는 전시관 안쪽으로 아버지를

안내했다. 조그만 사진 하나가 아버지의 눈을 붙들었다.

산간 마을에 들어온 일단의 무장 병력이 민간인을 죽이는

장면, 그 아래 설명이 있었다. 마을 사람들이 소탕 작전에

투입된 정부군에게 학살당했다. 게릴라군에게 음식을 제

공했다는 이유였다. 더듬더듬 한국어로 해설을 붙여드렸

다. 아버지의 입에서 한숨이 새어나왔다. 머쓱해진 내가

손바닥을 뻗어 더 둘러보기를 권했으나 아버지는 굳은 듯

움직이지 않았다. 호흡이 거칠어진 아버지의 시선을 따라

나도 사진을 재차 들여다보았다. 천으로 눈이 가려진 사내

가 웅크린 자세로 고개를 숙이고 있었다. 허리 깊이 구덩

이의 위쪽 가장자리에 무릎이 꿇린 채였다. 구덩이 안에

는 그의 아내인 듯 보이는 여자와 아이 셋이 널브러져 있

었다. 조금 전까지도 젖을 빨았을 갓난쟁이의 까맣게 열린

입, 흥건한 핏자국들, 그리고 사내 곁에 놓인 삽 한 자루.

그러니까 사내가 마주한 구덩이는 좀 전에 그가 파놓은 것

이었다. 군인은 사내의 뒤통수에 총을 겨누고 있었다. 나

는 먹은 게 얹힌 듯 속이 거북하여 서둘러 전시관을 빠져

나왔다. 갓난쟁이의 울음소리가 자꾸만 등을 찔렀다. 기념

관 앞마당에서 볕을 가려주던 정원수의 그림자가 제법 자

라 있었다. 뒤따라 나온 아버지가 핏기 가신 얼굴로 입언
저리를 씰룩거렸다.

우리는 소총을 쥔 베레모의 동상이 우뚝 서 있는 광장을
향해 터벅터벅 걸음을 옮겼다. 매일 저녁 축제가 벌어진
다는 곳이었다. 그렇잖아도 인천공항에서 아버지가 건네
준 여행 일정표에 산타클라라의 혁명광장이 들어 있었다.
깔끔하게 그린 도표 위에 십 분 단위로 시간을 쪼개놓았고
지도까지 곁들여 동선을 표시했는데 마을회관에서 배웠다
는 컴퓨터 실력으로 손수 만든 거였다. 어느 책자에서 발
췌한 듯한 두툼한 자료도 함께였다. 따로 건네준 복사본엔
쿠바의 혁명사와 정치 외교 인종 문제는 물론이거니와 무
상 교육 등의 복지제도까지 언급되어 있었다. 시대의 귀감
이라는 무상 의료 시스템 항목엔 연필로 그은 밑줄이 여러
겹이었다. 외국인 여행자에게도 차별 없이 제공되는 공공
의료가 아버지를 적잖이 감동시킨 모양이었다. 더듬거리
며 스페인어를 통역하는 것 말고 내가 해드릴 게 더 있겠
나 싶었다. 머쓱해진 나는 아는 척을 했다. 그래봐야 일인
당 국민소득이 한국의 사분의 일도 안 되는데요 뭘. 아버
지의 즉각적인 반론이 나왔다. 당장 굶지만 않는다면 사람
의 행불행은 상대적 빈곤감에 좌우되기 마련이야. 이들은
매일 저녁 함께 어울려 인생을 즐기잖냐. 아버지의 주장에

말꼬리를 붙이면 논쟁이 될 것 같았다. 혁명 세대가 추진해온 사회주의가 상대적 박탈감을 줄여주는 장치라는 데 다행히 우리 사이에 이견은 없었다. 미국 자본에 습격당한 혁명의 그림자를 아버지가 어떻게 느낄지 좀 더 지켜보기로 했다.

　광장은 아직 한산했다. 길어진 해가 지려면 한참은 더 기다려야 했다. 순식아. 낮게 갈라진 음성이 잠시 끊겼다 이어졌다. 불쑥 무슨 생각이 떠오른 듯 아버지가 내 팔을 붙들어 걸음을 세웠다. 살아온 이야기를 써놓고 눈을 감으려는데 도저히 써지질 않더라. 무슨 말씀이세요. 자서전이 별건가요. 재벌이나 정치인들의 전유물도 아닌데…, 그냥 일기처럼 써보세요. 문장은 제가 다듬어드릴게요. 아버지가 물끄러미 내 눈을 들여다보더니 머리를 흔들었다. 그게 아니라…, 언젠가 날더러 궁금하댔지? 내가 애월에서 자란 이유 말이다. 툭 터진 광장에 서서 들을 이야기는 아니었다. 구석에 놓인 벤치를 찾아 함께 앉았다. 가로수 밑의 건조한 바람이 선선했다. 근처에서 수다를 떨던 두 노파가 때마침 자리를 떴다. 나는 안주머니에서 수첩을 꺼냈다. 가족사를 장편소설로 써보려던 구상은 꽤 오래된 것이었으므로 이번 기회에 헐거웠던 부분을 채워 넣을 요량이었다. 아버지의 자서전을 넘어 소설로 뻗어나갈지도…. 수첩 속엔 이미 어머니한테 느꼈던 감동이 자리하고 있었다.

형기를 마친 뒤로도 아버지와의 재회가 몹시도 곤혹스러웠다. 결국 나는 오래토록 고향 땅을 밟지 못했다. 대신 어머니만 서울에 다녀가곤 했다. 어머니가 중간에서 안간힘을 쓰는 눈치였으나 아버지와의 화해는 녹록치 않았고 나도 점점 무덤덤해졌다. 그러던 중 어머니가 직장암 선고를 받아 운신이 자유롭지 못했다. 나는 병세가 악화된 어머니의 전화 목소리만 간간이 들을 뿐이었다. 이모에게서 어머니가 위독하다는 소식을 접한 날 나는 초저녁부터 통음을 했다. 오래전 감옥에서 보았던 아버지의 눈물을 떠올렸고 마침내 결심을 했다. 십이 년 만의 제주행이었다.

어머니가 진통제를 맞고 잠들었으니 조용히 들어가라고 마당에서 나를 맞이한 이모가 입술에 손가락을 올려 말했다. 어머니는 안방에 눈을 감고 누워 있었다. 곁을 지키던 아버지에게 나는 큰절을 올렸고 아버지는 말없이 내 두 손을 잡았다. 내가 흐느끼는 바람에 어머니가 눈을 뜨며 윗몸을 세웠다. 어머니가 비척거리며 기어이 일어서더니 링거 줄 달린 손을 느닷없이 들어올렸다. 목에 걸린 어머니의 젖은 목소리가 만세라고 하는 것 같았다. 나는 어머니를 부둥켜안았다. 마른 몸이 몹시도 가벼웠다. 다시 누운 어머니는 이틀 후 그 자리에서 세상을 떴다.

삼우제를 지낸 뒤 나는 아버지 앞에서 기어드는 목소리로 비밀 하나를 털어놓았다. 그들이 시키는 대로 했다고…. 한총련 사건으로 검거된 당시의 이야기였다. 여러 날 잠을 재우지 않아 정신이 몽롱했고, 친구들의 잡혀가는 모습이 떠올라 이를 악물고 버텨보려 했지만 매가 너무 무서웠다고…. 그동안 고향에 내려오지 못한 자격지심에 대한 변명이었고 뒤늦은 고해성사였다. 아버지는 묵묵히 듣기만 했다.

그걸 도저히 쓸 수가 없구나, 손이 떨려서, 후우…. 아버지의 탄식이 내 가슴 위로 묵직하게 얹혔다. 오래전 어머니한테 들은 이야기가 기억 속에서 똬리를 틀었다. 조실부모하여 외가에서 자랐다는…. 나는 촉을 세웠다. 언제부터인가. 더 이상 아버지의 과거에 대해 물을 수 없었다. 그런데, 영원히 열리지 않을 것 같았던 금기의 문이 열리고 있었다. 나는 문득 아바나의 말레콘을 지독히도 사랑했던

한 남자를 생각했다. 그렇잖아도 우리는 아바나 동쪽의 고
즈넉한 바닷가 마을, 코히마루를 다녀온 뒤였다. 나는 거
기서 낚시에 미쳐 있던 소설가의 체취를 느껴보았다. 끓어
오르는 열정을 못 이겨 엽총 방아쇠에 엄지발가락을 끼운
채 총구를 노려보던 열정. 나는 그것을 흡입하고 싶었다.
아버지도 더 이상 써지지 않아 방아쇠를 당긴 자의 심정
을 헤아리며 위로를 받았을 것이었다. 그래 이제라도 제대
로 된 소설을 써보는 거야. 목구멍으로 뜨거운 게 올라왔
다. 아버지가 혁명광장을 바라보며 1948년으로 되돌아갔
다. 나는 수첩을 꺼내들고 아버지의 떨리는 목소리를 옮기
기 시작했다.

느닷없는 공포가 신샛포름(한라산 동쪽에서 오는 겨울
바람)을 타고 중산간 기슭으로 몰려왔다. 한 밤중에 이웃
마을이 잿더미로 변했고 다음은 우리 차례라는 소문이 돌
았다. 어른들이 주섬주섬 양식과 세간을 챙겼다. 소년의
할머니와 엄마, 누이동생 둘, 그리고 젖먹이 막내도 떠날
채비를 했다. 큰일을 한다는 아버지는 집을 나간 지 오래
였다. 그는 가끔씩 밤에만 나타나 엄마를 만나고 사라졌
으므로 그날도 보이지 않았다. 담 없이 지내던 이웃집 식
구들과 함께 솥단지와 감자 좁쌀 보리 등을 챙겼다. 그 집
은 할아버지가 가족을 이끌었다. 아빠들이 산사람이 되었

다는 비밀스런 공통점이 두 집을 하나로 묶었다. 이윽고 두 가족이 마을 뒷산에 올라 숨을 만한 굴을 찾아냈다. 그곳은 곶자왈(돌이 많아 개간이 어려운 덤불숲으로 화산섬의 특성이 보존된 지형) 안으로 들어간 굴렁지(움푹 패인 숲길이나 계곡)였다. 다음날, 소년이 두고 온 마을에도 불이 붙었다. 굴렁지에서도 연기가 내려다보였다. 묶어둔 소돼지의 울부짖는 소리가 산으로 올라왔다. 여덟 살 소년은 집에서 기르던 짐승을 미처 풀어주지 못했다는 생각을 하며 울었다. 내려가면 죽는다는 소문에 나갈 수도 없었다. 열 명도 넘는 목숨이 하루하루 버텨내는 좁은 동굴 속으로 배고픔과 추위가 세차게 몰려왔다. 어른들도 누워서 지냈다. 동굴 밖에서 남자들의 거친 목소리가 들렸다 사라지기를 몇 차례, 이윽고 소년이 굴 밖으로 얼굴을 내밀었다. 밖이 궁금하기도 했거니와 먹을 거라도 주워오고 싶었다. 고갯길에 눈이 쌓여 종아리까지 빠져들었다. 덤불 틈에서 마주친 노루들이 헐벗은 느릅나무 뒤로 껑충껑충 사라졌다. 가까스로 들어선 마을엔 산목숨은 없었다. 얼어붙은 시신들 틈에서 찾아낸 탄 감자 몇 알을 호주머니에 넣은 소년은 다시 산에 올랐다. 동굴 입구에 다다라 고개를 뒤로 돌렸다. 눈 덮인 돌투성이 산길에 줄지어 찍힌 발자국들을 소년은 불안한 눈으로 바라보았다.

시간이 얼마나 흘렀을까. 밖에서 웅성대는 남자들의 목소리가 들렸다. 잠시 후 매캐한 연기가 굴속으로 들어왔다. 아이가 울었다. 소년의 젖먹이 동생이었다. 엄마가 젖을 물렸지만 아이는 울음을 그치지 않았다. 옆집 할아버지가 이러다 다 죽는다고 했다. 엄마가 동생을 누르고 엎드렸다. 그러고는 조용해졌다. 나오면 살려주겠다는 거친 목소리가 좁은 공간을 파고들었다. 식구들이 기침을 하며 기어 나갔다. 군복 입은 남자들이 총 끝에 칼을 꽂아 퀭한 눈들을 겨누었다. 군복들이 굴에서 열 걸음쯤 떨어진 곳에 모두를 꿇어앉혔다. 한 길쯤 움푹하게 팬 돌밭 구덩이가 코앞에 입을 벌리고 있었다. 소년의 등 뒤에서 군복들이 옥신각신했다. 총알을 아껴야 되니 찔러죽이자, 그냥 쏴버리자. 소년은 그 순간 총으로 죽기를 바랐다. 그래야 덜 아플 것 같았다. 바로 옆에서 축 늘어진 막내를 부둥켜안고 엄마가 울부짖었다. 흐느낌인지 실성한 웃음인지 분간할 수 없었다. 흘끗 바라본 소년의 눈에 엄마의 풀어진 저고리 앞섶이 피로 물들어 있었다. 젖을 빨던 막내가 남긴 마지막 흔적이었다.

총소리가 잇따라 산을 울렸다. 목숨들이 힘없이 굴러 떨어졌다. 소년은 자신을 덮친 엄마와 함께 구덩이로 쓰러졌다. 엄마 밑에 깔린 그의 눈에 피가 흘러들어 앞이 흐렸다.

널브러진 사람들을 차례로 찌르는 소리가 다가왔다. 엄마의 목을 통과한 대검이 소년의 뺨을 스쳤다. 잠시 후 군홧발 소리가 멀어져갔다. 소년은 유일한 생존자였다. 골짜기에 밴 화약 냄새와 귓불에 닿았던 금속의 촉감을 그는 오랫동안 떨쳐낼 수 없었다.

그 뒤로 육 년에 걸친 정부의 소탕 작전이 끝났지만 기다리던 아버지는 영영 돌아오지 않았다. 소년이 애월 외가에서 자라 스무 살 되던 해, 익숙한 냄새에 진저리를 쳤다. 사상적 결백을 증명하려고 자원 입대한 해병대 훈련소 사격장에서였다.

내 아버지가 세우려던 나라, 그걸 보고 싶었다. 아버지가 자리를 털고 일어나며 던지듯 말했다. 광장에 설치된 간이 무대 주위로 사람들이 모여드는 중이었다. 왜 하필 쿠바였나, 의문이 풀리고 있었다. 나는 문득 고민에 빠져들었다. 소설 속에서 할아버지를 어떤 인물로 그려야 할까. 화자인 아버지가 자신의 생부를 어떻게 기억하고 싶은지, 그것을 알아내는 게 먼저가 아닐까, 하는 생각이 들었다.

어라? 저 친구, 버스터미널에서 만났던 깡마른 사내가 먼발치에서 손을 흔들었다. 관광객들 주변을 어슬렁거리다 우리를 발견한 모양이었다. 그가 한쪽 바짓단을 흙바닥에 엇박자로 끌며 다가왔다. 앞니를 드러낸 그가 아예 스페인어로 쏘아대었다. 카스트로가 굶어죽진 않게 해줬지만 일자리가 없어서 청년들이 자기처럼 꼴사납게 되었다고 했다. 도시 빈민이 사회주의 복지의 사각지대에 놓여 있다는 뜻이었다. 미국과 수교를 재개했으니 상황이 곧 달라지지 않겠느냐, 살아 있는 권력을 비판하는 자유를 누리니 당신들은 행복하다고 내가 대꾸해주었다. 사내가 히죽 웃으며 악수를 청했다. 자기를 알베르토라고 불러달라더니 싸고 맛 좋은 식당을 소개시켜주겠단다. 아버지가 가보자, 했다. 나 또한 별일이야 있겠나 싶었다.

알베르토를 따라간 곳은 광장의 뒷골목에 숨어 있었다. 문을 열자 빠른 리듬의 음악이 덤벼들었다. 다섯 개의 식탁이 놓인 조그만 식당, 메인 메뉴는 랍스터였다. 한국에 비해 반도 안 되는 가격에 마음을 놓았다. 손님은 우리를 포함해 두 팀뿐이었다. 무대는 따로 없었고 악단이 식탁 바로 앞 공간에서 연주를 했다. 네 명의 남루한 사내들이 목청을 돋우었다. 부에나비스타를 흉내 낸 열창이었다. 미국을 뒤흔든 명곡 관타나메라가 빠질 리 없었다. 노래가 끝나자 리드싱어가 중절모를 뒤집어 들고 다가왔다. 갈색 재킷의 닳아빠진 소매 끝이 잘게 떨렸다. 그가 내게서 5달러짜리 미화를 받고 나서 머뭇거리더니 오늘이 자기 생일이라고 했다. 팁을 더 달라는 거였다. 가진 자에 대한 원망과 비굴함을 잔뜩 버무려놓은 얼굴이었다. 내가 양 손바닥을 보여주며 못 알아듣는 척하자 그가 한참을 버티다 돌아갔다. 이때다 싶었는지 알베르토가 나섰다. 그가 어깨에 걸고 다니던 가방을 열었다. 옆으로 펼치는 접이식 앨범이 나왔다. 각종 지폐들이었다. 쿠바의 근현대사가 한눈에 펼쳐졌다. 화폐 개혁 이전의 고색창연한 것부터 지금 당장 쓸 수 있는 것까지. 알베르토가 시대별로 짚어가며 설명을 시작했다. 첫 쪽은 독립 영웅 호세마르티가 그려진 1페소짜리였다. 장황한 설명을 자를 겸 나는 서둘러 한 장을 넘겼다. 현지인들이 사용하는 3페소짜리 붉은색 지폐가 나왔다. 그 위의 얼굴은 광장에 우뚝 선 장발의 베레모였다. 아버지가 반가운 듯 손을 뻗어 구레나룻 무성한 사내를 쓰다듬었다. 올 아버지도 돌아오지 못했지. 세상엔 특별한 사나이들이 있거든. 나 같은 건 감히 흉내도 못 낼…. 아버지가 눈을 감고 중얼거리며 과거를 더듬었다. 불현듯 내 눈에 또 다른 사내가 붉은 지폐 위의 인물과 겹쳐 보이기 시작했다. 아버지가 일평생 품고 살아온 우상이었다.

알베르토가 까만 눈동자를 굴리며 아버지의 반응에 호기심을 보였다. 나는 내 할아버지도 게릴라였다고만 간단히 전달했다. 내가 통역에 성의를 보이지 않자 알베르토가 문득 제 아비를 꺼내들었다. 알베르토의 과장된 제스처에 흥미를 보이는 아버지를 위해 나는 다시 통역을 시작했다. '알베르토가 엄지를 세워 자랑하는 아비는 아내와 아홉 살짜리 아들을 고향에 두고 마이애미로 밀항을 했다. 쿠바엔 여전히 도미한 가족의 송금에 생계를 의존하는 사람들이 많다. 정부의 배급제도가 살아 있지만 부족한 생필품이나 가전제품 자동차 등을 구하자면 다른 수입원이 있어야 한다.' 알베르토가 미국에서 더 이상 돈이 오지 않는 이유를 설명하면서 오른쪽 검지와 중지를 관자놀이에 대고 입으로 퍽 소리를 냈다. 제 아비가 미국 경찰의 총에 맞아 죽었다는 것이었다. 쿠바섬과 플로리다반도 사이의 해협을 왕래하는 밀항 조직에서 일하다 변을 당한 모양이었다. '한밤중 마이애미 해안으로 스며든 보트에서 사람들이 내리고 있었다. 멀리서 경찰이 다가오며 서치라이트를 비추었다. 보트를 돌려 바다로 달아난 다른 조직원들과 달리 알베르토의 아비는 육지에 남아 자신을 따라온 사람들이 뿔뿔이 흩어지도록 도왔다. 알베르토가 열네 살 되던 해였다.' 그가 거수경례하듯 검지를 눈썹까지 끌어올렸다. 아비가 마피아 중간 보스까지 올랐었단다. 알베르토의 눈빛에 경외감이 배어 있었다. 그에게 아비는 아메리칸 드림을 가진 가난한 사람들을 위해 목숨 바친, 영원히 죽지 않는 영웅이었다.

나는 아버지와 알베르토 사이에서 묘하게 닮은 점을 발견했다. 두 사람에겐 영웅이 필요한 거였다. 검은 베레모가 있는 한 쿠바는 영웅의 나라였고, 아비는 현실에서 상처받은 자식들을 영웅에게 인도하는 다리였다. 하여 아비는 자식이 품어온 우상과 닮아야 했다. 두 아들은 사라진 아비에게 베레모의 이미지를 덧씌우는 중이었고, 태생적으로 아비와 한 몸인 아들은 베레모를 닮은 제 아비를 통해 굴욕과 좌절을 이겨내고 우상에 닿을 수 있었다.

밀항을 돕다 총 맞아 죽은 자와 한라산으로 올라간 사나이, 어느 쪽이 베레모에 더 가까운지는 두말할 나위가 없었다. 내가 알베르토의 침 튀기는 아비 자랑을 통역하자 아버지가 고개를 주억거렸다. 크게 감동하는 눈치였다. 후세의 펜 끝에서 역사가 재생되듯 아들의 혀끝에서 아비는 영웅이 되는 법. 칠십 년 전에 사라진 아버지의 아버지는 더 큰 영웅이 되어 자신의 늙은 아들을 위로하고 있었다.

아버지가 지갑을 열어 알베르토가 부르는 대로 앨범 값을 쳐주었다. 알베르토가 밥까지 얻어먹었으니 자기 집으로 초대하고 싶다고 했다. 나는 그만 헤어지고 싶었다. 외국인 관광객을 만나면 어떻게든 주머니를 털어내려는 속셈이 부담스럽던 터였다. 이번에도 아버지는 그래 따라가보자, 했다. 꺼림칙했지만 마침내 쿠바인들의 속살을 들여다볼 기회라는 생각에 나도 쭈뼛쭈뼛 따라나섰다.

알베르토가 광장을 바라보고 선 스페인풍의 웅장한 석조 건물 뒤편의 비좁은 골목으로 우리를 이끌었다. 청바지가 헐렁하리만치 살집 없는 사내가 기우뚱하게 앞서 걷다가 뒤를 돌아보곤 했다. 삼층 건물 계단은 입구부터 어둑했다. 한 층을 오르자 천장에서 수명 다된 불빛이 점멸했다. 가끔 정전이 되긴 해도 그나마 사정이 좋아진 거라고 그가 말했다. 계단 모서리가 둥글게 닳아 있었다. 덧바른 칠이 군데군데 떨어져나간 벽을 지났다. 목적지는 재건축을 기다리는 한국의 복도식 아파트를 연상시키는 건물의 삼 층 끝집이었다. 난간에서 바라본 서쪽 산등성이엔 길어진 해의 붉은 흔적이 걸려 있었다. 복도 난간에 널어두고 미처 못 걷은 옷가지들이 이불 빨래 틈에서 퍼덕거렸다. 한 집에 여러 세대가 몸뚱이들을 부비고 사는 동네려니 했다. 사진에서 자주 보던 중남미의 빈민촌이 눈앞으로 성큼 다가왔다. 발가벗은 아이들과 녹슨 함석지붕, 색색으로 바람을 타는 빨래를 보며 나는 잠시 눈을 감았다. 아버지가 살아온 세월이 가슴 언저리로 시리게 파고들었다.

알베르토가 열쇠도 꽂지 않고 현관문을 잡아당겼다. 곧바로 거실이었다. 신발을 신은 채 안으로 들어섰다. 온갖 잡동사니들이 객을 맞이했다. 낡은 식탁과 의자, 모서리의 필름지가 벗겨진 싸구려 장식장, 싱크대 등으로 작은 거실이 더욱 좁아보였다. 우리가 뻘쭘하게 서있자 알베르토가 때 낀 천 소파 위에서 담요와 베개를 치우며 앉을 것을 권했다. 그때 아래쪽 귀퉁이가 덜렁거리는 방문이 열렸다. 자세히 보니 거실 안쪽으로 방 두 개가 딸린 집이었다. 하얗게 센 머리를 아무렇게나 흩뜨린 가무잡잡한 노파가 나와서 눈인사를 했다. 그녀가 찻물을 끓이고 쟁반에 찻잔을 내오는 동안 알베르토가 장식장을 열어 나무 상자 하나를 꺼내왔다. 뚜껑이 열리자 진한 갈색의 시가가 길쭉한 모습들을 드러냈다. 그 순간 나는 알베르토가 우리를 초대한 이유를 알아챘다. 하지만 새삼스러울 것도 없었으므로 나는 시가 한 개비를 상자에서 집어 들었다. 코끝에 대고 천천히 옆으로 밀자 니코틴 특유의 단내가 후각을 건드렸다. 아내의 성화에 못 이겨 금연 선언이야 했지만 불을 붙이지 않고 향기만 즐긴다는데 누가 말리랴. 가까이 지내는 보좌관들의 얼굴이 떠올랐다. 그들에게 좋은 선물이 될 것이었다.

알베르토에게 가격을 물었다. 그는 대답 대신 쿠바산 시가의 품질에 대하여 장광설을 늘어놓았다. 반쯤 알아들었지만 광고는 그저 광고일 뿐, 벽시계가 아홉 시를 훌쩍 넘어가고 있었다. 저걸 이 동네에서 얼마씩이나 받나? 아버지가 슬그머니 관심을 보였다. 눈치를 챈 알베르토가 또 다른 크기와 문양의 상자들을 꺼내와 펼쳤다. 팔려고 애쓰는 노력이 가상해서라도 하나쯤 사줄 생각도 있었다. 문제는 가격이었다. 나는 이미 인터넷으로 쿠바의 특산품 시세를 눈에 새겨두었던 터였다. 알베르토가 내 눈치를 살피며 값을 한껏 부풀렸다. 그것도 서너 배쯤. 어림없는 가격을 부르네요. 내가 요점만 전달하자 아버지가 이마에 주름을 잡았다. 그러고는 입꼬리를 내려 고개를 천천히 끄덕였다. 남방셔츠에 반쯤 가려진 아버지의 허리 전대가 신경 쓰였다. 남은 일정을 위한 경비와 여권이 그 안에 들어 있었고 아까부터 알베르토의 눈길이 그쪽으로 꽂히는 게 보였다. 내가 시가에 무관심한 척 입을 봉하자 알베르토가 내 잔에 찻물을 나누어 부으며 뜸을 들였다.

피곤하실 텐데 시간이 벌써…. 나는 중얼거리며 아버지

에게 신호를 보냈다. 알베르토의 말이 갑자기 빨라졌다. 그가 제일 큰 상자를 아버지 앞으로 내밀며 가격을 반으로 깎아주겠다고 했다. 그만 일어나시죠. 나는 다시 아버지를 재촉했다. 알베르토가 슬그머니 키를 세워 걸어가더니 방문을 열었다. 찻잔을 꺼내던 노파가 좀 전에 들어간 방이었다. 안쪽에서 여러 개의 눈들이 동시에 우리 쪽으로 쏠렸다. 알베르토의 흥정을 엿들으며 숨을 죽이던 식구들이었다. 누렇게 부어오른 얼굴로 누워 있는 여자는 그의 아내인 듯했다. 그녀 곁에 다섯 살도 안 돼 보이는 여자아이와 그보다 작은 사내아이가 붙어 있었다. 알베르토가 문을 연 이유를 알 것 같았다. 세 살쯤 되어 보이는 어린것의 큰 눈에 눈물이 그렁그렁했다. 모르는 사람들과 시선이 마주쳐 겁이 난 모양이었다. 내가 아이를 달래주려고 한 걸음 다가갔다. 그 순간 자지러지는 울음소리가 들렸다. 미처 보지 못했던 갓난아이였다. 엄마 품에 가려진 채 자고 있었나 보았다. 노파가 아이를 안아 올리며 가볍게 흔들었다.

울음소리는 그치지 않았고 잠시 후 닫혀 있던 또 다른 방문이 벌컥 열렸다. 담배 연기 가득 찬 공간이 뿌옇게 보였다. 삐그덕 소리와 함께 방 가운데 놓인 작은 원탁 위에서 트럼프 카드가 방바닥으로 쏟아졌다. 느닷없는 시선들이 거실로 건너왔다. 알베르토 또래의 사내들이 셋이었다. 그중 하나가 열린 방문에 큰 키를 삐딱하게 기대며 나를 노려보았다. 번질거리는 진갈색 뺨에 세로로 그어진 칼자국, 콧수염과 짙은 눈썹 밑에 들어붙은 음험한 눈동자에 나는 적잖이 주눅이 들었다. 그의 검정 가죽점퍼 어깨에 붙은 장식용 사슬이 문틀에 부딪혀 금속음을 냈다. 그가 알베르토에게 짜증스런 얼굴로 소리를 질렀다. 웬 떨거지들을 데려와 시끄럽게 하느냐. 욕설이 섞여 있었다. 사내가 표정을 바꾸더니 비릿한 웃음을 흘렸다. 우리가 처리해줄까? 분위기가 심상치 않았다. 나는 아버지의 팔을 잡고 현관문으로 몸을 돌렸다. 그제야 상황 파악이 된 듯 아버지가 어정쩡한 걸음으로 따라 나왔다. 얼핏 돌아본 알베르토는 몹시도 낭패스런 얼굴이었다. 나는 팔꿈치로 현관문을 거칠게 닫고 발을 재게 놀렸다. 복도를 지나 어둑한 계단을 서너 칸씩 뛰어내렸다. 아버지가 뒤따라오면서 허어 참, 을 연발했다.

골목 끝에서 광장이 왁자하게 다가왔다. 사람들 틈에 끼어들어 건너편으로 가로지르면 숙소로 향하는 길이었다. 험상궂은 녀석들을 따돌린 안도감에 나는 가쁜 숨을 몰아쉬었다. 트럼펫과 드럼 소리가 사람들을 흥분시키고 있었다. 춤과 노래와 럼주를 사랑하는 청춘들이 달뜬 밤공기에 녹아들었고 노인들도 짝을 맞춰 리듬을 탔다. 관광객들은 눈요기와 사진 찍기에 바빴다. 정작 분위기에 빠져 몸을 흔드는 축은 검은 피부의 현지인들이었다. 알베르토 때문에 놓쳐버린 설렘이 아까웠지만 다시 열기에 끼어들기도 뭣했다. 가죽점퍼의 뺨에 그어진 칼자국이 자꾸만 떠올라 김이 빠졌다.

아버지가 내 등을 건드려 걸음을 세웠다. 그러고는 헛기침으로 두어 번 목구멍을 긁더니 말을 더듬었다. 내가 으음, 너를 어찌… 나무랄 수 있었겠냐. 뜬금없었다. 나 때문에 식구들이 그렇게…. 더는 말이 되어 나오지 않았다. 눈에 찍힌 소년의 발자국을 쫓아온 사내들에게 일가족이 몰살당하는 장면, 이제 그것을 소설 속에 그려 넣는 작업 또한 내 몫이었다.

그만 들어가시죠 밤도 깊었는데…. 먼저 들어가. 나는 가볼 데가 있어. 작심한 얼굴이었다. 그분이라면 이렇게 했을 거야, 틀림없이…. 잠시의 침묵 뒤로 다시 무거운 목소리가 건너왔다. 영웅을 따르는 자의 확신이 낮은 톤에 실려 있었다. 무슨 봉변을 당할지 모른다며 내가 애써 말렸지만 소용없었다. 아직도 꿈에 막내가 울어. 아버지가 고개를 들어 밤하늘에 긴 숨을 뿜었다. 허어어…. 광장 무대에서 던지는 사이키 조명이 노인의 굳은 표정을 스냅사진처럼 찍어댔다.

나는 붙잡고 있던 팔을 놓았다. 아버지가 어깨를 오던 방향으로 틀었다. 무대에서 쏘아대는 드럼의 빠른 비트가 총성처럼 다가왔다. 얼핏 나도 비릿한 탄내를 느꼈다. 숨이 막혀 자지러지는 젖먹이의 울음소리가 광장으로 스며들었다. 아버지의 등을 멍하니 바라보던 나는 머리를 세차게 흔들었다. 그러고는 그 뒤로 황급히 따라붙었다.

두 번째 이야기

사망진단서

● 2017 신예작가 - 한국소설가협회

과장이 회진을 마치고 나간 뒤였다. 객사는 면하게 해
줘. 선애가 굳은 얼굴로 아랫입술을 깨물었다. 지난번처
럼 또 출혈하면 어쩌려고. 나는 미간을 좁히며 눈썹을 세
웠다. 아버지가 원하니까. 대답 뒤로 잠시의 침묵이 이어
졌다. 사경을 헤매는 환자도 청각은 마지막까지 살아 있는
법. 병원 복도에서 나누는 이야기들을 출입문 안쪽에 누워
있는 그가 듣고 있는지도 몰랐다. 선애의 하얀 손가락 끝
이 스산한 아침 공기 속에서 가늘게 떨리고 있었다. 과장
이 허락한 퇴원을 되돌리기는 쉽지 않아 보였다.

　이번엔 최 선생이 수고 좀 하지 그래. 엊저녁 퇴근 시간
이었다. 입꼬리를 비틀어 능글맞은 윙크까지 보내는 걸 보
면 내 진료실로 찾아온 과장은 이미 뭔가 알고 있는 눈치
였다. 다들 꽁무니를 빼는 말기 환자 이송 업무에 전문의
과정을 마치고 과장 자리만을 목 빼고 기다리는 나 같은
펠로우닥터가 나설 일은 아니었다. 고양이 목에 방울 다
는 일. 그런 일이라면 비번으로 쉬고 있는 1년차 레지던트

가 만만했다. 의사가 살인죄로 처벌받은 뒤라 병원 분위기가 위축되어 있었다. 그때도 환자 부인의 성화에 못 이겨 산소 호흡기를 미리 떼어낸 게 화근이었다. 그럼에도 불구하고 이번만은 내가 맡는 게 맞지 싶었다. 소화기내과 전문의인 내가 입원 당시부터 주치의를 자임한 이유도 같은 맥락이었다. 꺼림칙하게 생각할 것 없잖아. 인간에게 죽음을 스스로 선택할 권리가 있다면 그것을 도와주는 일도 정당한 거야. 떨떠름하게 고개를 끄덕이는 내 앞에서 과장이 매듭을 짓고 돌아섰다.

두 달 전, 느닷없는 전화를 받고 그녀의 출현을 기다리는 내 가슴이 방망이질 쳤다. 늦더위가 따가운 오후였다. 구급차 뒷문이 열렸다. 그녀의 새하얀 원피스 앞자락에서 검붉은 핏자국이 내 눈으로 날아들었다. 응급차에서 빠져나온 침대 바퀴가 털털거리며 정신없이 굴렀다. 쿨럭쿨럭 피를 토하는 아버지를 따라 그녀가 응급실로 뛰어들었다. 달아오른 뺨과 떨리는 눈꺼풀로 보아 적잖이 당황했음을 알 수 있었다. 우리 사이를 자르고 지나간 16년의 빈자리는 헐거운 눈인사만으로 채워졌다. 중풍으로 갑자기 세상을 뜬 어머니의 부음이 미국에 눌러앉았던 그녀를 불러들인 것이었다. 아내의 부축을 받으며 통원 치료를 하던 선애 아버지. 그의 증상이 급격히 악화된 것은 아내의 초상을 치르고 일주일도 채 지나지 않아서였다. 그날따라 응급실은 북새통이었다. 환자 가족들이 의료진과 무질서하게 뒤엉켰다. 교통사고로 머리통에서 피가 줄줄 새는 사람이 셋씩이나 들어온 직후였다. 환자 보호자들이 에어컨을 줄여달라고 소리를 질렀지만 인턴과 간호사들은 손부채를 부쳐가며 진땀을 흘렸다. 그 속에서 나는 이미 선애의 손발이 되어 있었다.

동창회 밴드를 보고 알았어. 그녀도 고향을 아주 잊고 지낸 건 아니었다. 설령 그랬다 해도 나를 찾는 일은 간단했을 것이었다. 태를 묻은 서울의 남쪽 변두리를 벗어나지 못한 내가 여전히 근처 대학병원에서 의사 노릇하고 있다는 사실을 동창들은 다 알고 있었다.

우리는 반에서 일등 자리를 놓고 경쟁했다. 선애는 조용한 학생이었다. 공부를 잘하지 않았다면 존재를 의식하기 어려울 정도였다. 그녀는 나의 세 번째 앞줄에 앉아 있었다. 고3 내내 그녀의 뒷머리를 보며 나는 달뜬 가슴을 쓸어내려야 했다. 가끔씩 마주치는 눈빛으로 짐작컨대 새침데기였던 그녀도 분명 내게 관심은 있었을 것이다. 짙은 눈썹에 반에서 두 번째로 키가 컸던 내게 발그레한 뺨으로 말을 걸어오는 여자애들도 심심찮게 있었으니까. 선애는 줄반장도 고사했다. 반장을 맡아 거드름을 피우던 나와는 달리, 누군가와 어울리는 일이 무슨 죄라도 되는 양 그녀는 언제나 고개를 숙이고 있었다.

빛나는 합격증을 보여주며 그녀에게 마음을 전하려고 매일 밤 다짐을 했지만, 그해 나는 의대 진학에 실패했다. 부풀었던 가슴은 쪼그라든 풍선이 되었다. 반면에 그녀는 졸업과 동시에 신촌에 있는 학교에 이름을 올렸다. 나는 결국 재수를 거쳐 남쪽 소도시에 캠퍼스를 둔 의대에 진학했고 그녀는 서서히 내 기억에서 멀어졌다. 그런데 이따금씩 선애가 생각날 때면 아직 장가들지 못한 이유를 나는 그녀에게서 찾고 있었다. 전문의 되는 길이 워낙 까마득하다보니 겨를이 없었다는 게 진실에 더 가까웠음에도…. 군의관을 마치고 몇 차례 선을 보긴 했어도 도무지 데이트라는 걸 지속해볼 짬이 없었다. 메스로 피부 조직을 촘촘히 벗겨내듯 시간을 쪼개보았지만 그 틈새로 누군가를 구겨 넣는 일이 쉽지 않았다. 들려오는 소문에 선애는 영문학을 전공한 재원답게 미국으로 유학을 갔단다. 친구들은 그녀가 뉴욕에서 은행에 다녔으나 월가에 몰아친 금융 위기로 감원 대상이 되었다고도 하고, 오래전부터 하고 싶었던 공부를 위해 제 발로 퇴사했다고도 했다. 확인되지 않는 소문은 여기까지였다. 그리고는 어딘가로 홀연히 사라졌다. 그런 그녀가 돌아온 것이다. 그것도 내게 먼저 전화를 해서.

내가 가정용 산소호흡기 사용법을 설명하는 동안 선애는 눈길을 밖에 두었다. 창문이 한 뼘쯤 열려 있었다. 출근을 서두른 차량들이 병원 주차장 가장자리에 드리워진 초록 밑을 파고들었다. 창틈으로 들어오는 아침 공기가 간병(肝病) 환자 특유의 메스꺼운 악취를 희석시켜주고 있었다. 나는 들숨과 날숨의 압력을 자동으로 맞춰주는 ST 모드를 재확인했다. 자발 호흡이 어려운 환자라 귀가 후에도 도움이 될 것이었다. 얼굴에 산소마스크를 쓰고 퇴원을 기다리는 늙은 남자의 목숨이 오로지 모니터 달린 작은 상자 하나에 걸려 있었다. 그에게 경찰 간부의 꼿꼿했던 권위나 흔적은 남아 있지 않았다. 거무죽죽하게 변해버린 피부에서는 한줌의 생기도 찾아볼 수 없었다. 대개의 간암 환자는 자각 증상이 심하지 않지만 그중 일부는 바늘로 찌르는 것 같은 통증으로 몸부림치며 죽어간다. 암세포가 폐로 전이되어 호흡 곤란 증상을 보이는 선애 아버지는 공교롭게도 후자에 속했다. 말기에 이르러 황달을 지나 흑달로 들어선 얼굴은 절간 입구 사천왕상 발밑에 깔린 악귀의 모습과 다르지 않았다. 며칠 전부터는 모르핀도 그의 통증을 슬슬 외면했다. 잔뜩 일그러진 그의 얼굴 위로 무표정

속에 고통을 감추던 선애 엄마의 모습이 겹쳐졌다. 그때는 IMF 난리통에 나라가 뒤숭숭했었다. 우리들의 고교 시절도 그런 분위기 속에서 어정쩡하게 끝나가고 있었다. 진학 상담으로 학부모들이 학교를 방문하던 때였다. 선애 엄마는 마지못해 끌려온 인상이었다. 검정색 뿔테 안경은 깡마른 몸피에 핏기 없는 얼굴을 더욱 지쳐보이게 했다. 늘 어뜨린 생머리로 한쪽 뺨을 가린 그녀의 무표정은, 웃음을 흘리며 교사들을 살갑게 대하려는 다른 학부모들과 확연히 구별이 되었다. 허깨비 같았다. 그녀가 스커트 자락을 사각거리며 밟고 지나간 복도 바닥에는 찬바람이 고였다. 나는 학교에 다녀온 어머니로부터 선애네 이야기를 전해 들었다. 선애와 다섯 살 터울의 대학생이던 오빠에 관한 것이었다. 그땐 이미 3년이나 지났음에도, 그가 자동차 조립 공장 옥상에서 뛰어내린 사건이 목격자들의 입에서 되살아나고 있었다. 충격이었다. 그것은 그 시절 9시 뉴스에 자주 나오던 장면들과 버무려져, 로버트 카파의 사진 '병사의 죽음'처럼 내 기억 속에 생생하게 보관되어 있다. 경찰 헬기에서 최루탄이 우박처럼 쏟아지고 깨진 화염병에서 신나가 흘러나왔다. 불길이 농성자들이 쌓아둔 바리케이드용 폐타이어로 옮겨 붙었다. 시커먼 연기가 노조원들을 난간으로 몰아붙였다. 공장 폐자재 위로 추락한 그의 목으로 철근이 뚫고 들어갔다. 즉사였다. 떨어지던 그의 몸뚱이에서 '부당 해고 철회하라'는 짧은 외침이 다 빠져나오기도 전이었다. 아들이 노조원들 틈에서 구호를 외치던 그 시각, 선애 아버지는 체포조 투입을 위한 지휘관 회의에 참석 중이었다. 선애 엄마는 교회를 다니기 시작했다. 광신도라며 아내를 비난하던 선애 아버지마저 넋을 놓고 술독에 빠져들었다. 알콜이 살을 파고드는 밤이면 아직 눈앞에 살아 있는 아내와 딸을 잡도리하고 두들겼다. 그릇이고 식탁이고 할 것 없이 세간 부서지는 소리와 선애 엄마의 악다구니가 담장을 넘어 이웃의 입방아에 올랐다. 선애 엄마는 그럴수록 교회에서 보내는 시간이 길어졌고, 입을 봉해버린 선애는 공부에만 빠져들었다. 선애는 새벽에 제일 먼저 교실 문을 열고 들어와 가장 늦게까지 자리를 지켰다. 부어오른 얼굴과 눈 밑의 퍼런 멍 자국, 입가에서 뺨으로 향하는 긁힌 상처들이 머리카락으로는 가려지지 않았다. 뽀얀 피부의 다소곳한 여학생에게 어울리지 않는 흔적들이 내 눈을 찌를 때마다 나는 막연한 분노를 느꼈지만 그녀를 똑바로 바라보지 못했다. 무력감이었다. 그녀의 자존심이 주위의 관심을 거부할 것이라고 스스로 둘러댔지만 개운치 않았다. 그녀의 얼굴에 핏기가 돈 것은 공교롭게도 아버지의 좌천 소식이 있고 난 후부터였다. 총경 승진을 앞두고 서장 후보 물망에 올랐던 선애 아버지가 지방으로 내려가 경찰서 민원실을 지키게 된 것도 술로 인한 업무 태만이 이유였다.

꼭 집으로 모셔야 되겠어? 구급차 준비시키기 전에 마지막으로 묻는 거야. 지금이라도 마음을 바꾸면 여기서 임종할 수 있어. 복도로 슬그머니 그녀를 데리고 나와 입원실 문을 닫으며 다그치듯 다시 물었다. 저걸 떼어낸 뒤에도 한동안 살아 있는 환자들이 있어. 그땐 네가 더 힘들어질 텐데 정말 괜찮겠어? 나는 마치 환자가 곧바로 죽기를 바라는 의사가 되어 있었다. 그녀가 고개를 저었다. 얼마 가지 않을 거야. 뭘 믿고 저러나 싶었지만 그녀의 무거운 표정에 눌려 나는 목젖 아래로 말꼬리를 삼켰다. 그녀의 표정은 새삼스러운 병원비 걱정도 아닌 듯했다. 결제는 강남의 아파트에 살며 공무원연금을 받는 아버지의 신용카드로 처리되고 있었으니까. 퇴원 결정은 환자 본인의 의지로 보였다. 급한 일이 생기면 다시 모시고 들어와. 말이야 그렇게 했지만 혼수상태를 허겁지겁 처치하던 기억이 불안감으로 불쑥 솟았다.

입원한 지 5주가 지날 무렵이었다. 복수를 빼내고 진통제를 놓아주면 의료진과 대화도 하는 등, 의사 표시에 별 문제가 없던 그였다. 전에도 두 차례의 간성혼수(肝性昏睡)가 있었지만 꿈속을 헤매듯 헛소리를 하다가도 제정신으로 되돌아왔었다. 하지만 그의 가느다란 목숨도 이젠 끝인가 싶었다. 기침을 하며 입에서 피를 뿜어내더니 정신을 잃고 호흡이 가팔라졌다. 동료 의사의 도움을 얻어 가까스로 지혈을 하고 나는 곧바로 인공호흡기를 가동시켰다. 규정대로 보호자 동의를 구하려 했지만 그녀와 통화가 되지 않았다. 설마와 혹시 사이에서 나는 설마로 가닥을 잡았다. 하루도 거르지 않고 찾아와 아버지 곁을 지키는 딸이 설마 연명치료를 반대하겠나. 내심으로는 아는 사이에 추인을 받아낼 자신도 있었다. 환자의 호흡이 안정을 찾았을 때는 혼을 쏙 빼놓던 하루 일과가 끝나가는 저녁이었다. 퇴근을 서두르며 가운을 벗는 내 책상 위에 그녀가 누런 대봉투를 내밀었다. 아버지의 자필 유언장이었다. 환자가 갈아입을 옷가지와 함께 그가 써놓았다는 서류를 집에서 가지고 나온 것이었다. 최근에 쓴 듯 필체가 힘없어 보이긴 해도 깐깐하다는 그의 성격이 그대로 배어 있었다. 재산의 처분 방식이나 화장을 원한다는 내용까지 꼼꼼하게 언급되어 있었다. 그의 일기장을 보는 느낌이 들 때 쯤, 편지의 추신처럼 끝부분에 따라붙은 조항이 눈에 들어왔다. '소생 가능성이 없을 경우 연명치료는 거부하되, 최종 결정은 딸에게 위임함.' 이를테면 그는 마지막 처분을 자식인 선애에게 맡긴 것이었다. 의아스러웠다. 서류를 작성할 당시엔 그의 아내가 살아 있었을 텐데 굳이 멀리 있는 딸에게…. 그것은 일종의 사전 의료 의향서이기도 했다. 빈손으로 세상에 나온 자가 거추장스런 장치를 달고 갈 필요가 있겠냐는. 그러니까 그는 존엄사를 선택했다. 회생 불능의 환자에게 독극물을 주사하여 극심한 고통을 끊어주는 적극적 안락사까지는 아니더라도, 죽을 때가 되면 그냥 죽게 내버려두라는 소극적 안락사를 그는 원했다. 무의미한 연명으로 흉한 몰골이 되는 게 싫다는 뜻이기도 했다. 그렇다고 이제 와서 내가 선애 아버지에게 취한 조치들을 되돌리기도 여의치 않은 노릇이었다. 뒷머리가 지끈거렸다. 이미 인공호흡 장치를 가동시켰으니, 그것의 사용은 의사가 결정하지만 제거는 의료진 마음대로 할 수 없다. 현행 의료법이 그러니까. 합법적으로 대리인이 된 선애가 제거에 반대하면 환자가 완전히 사망할 때까지 장치에 의존하여 숨을 쉬도록 놓아둬야 한다. 떠나고 싶어도 억지로 살아야 한다. 유언장을 확인한 이상 나는 괜히 쓸데없는 짓을 한 사람이 되었다. 직책상 당연히 해야 할 일을 한 것으로 자위하려 했지만 개운치 않았다. 본인이 원하더라도 아직 숨을 쉬는 사람의 호흡기를 제거하는 일은 닭 모가지를 비틀어 잡는 기분에 비할 바가 아니다. 내 손으로 사람을 죽였다는 꺼림칙한 느낌이 목구멍에서 좀처럼 빠져나가지 않는다. 제거 후에도 숨을 쉬어준다면 다행이지만 경험상 그런 요행은 바라지 않는 게 좋다. 왜 진작 얘기해주지 않은 거야. 실없이 심통을 부리며 선애의 표정을 살폈다. 이왕 이렇게 된 것, 얼마 못 갈 것 같으니 저절로 숨이 끊어질 때까지 진통제나 놓아주자는 말을 기대했다. 결국, 칼자루는 유일한 가족인 그녀가 쥐고 있었다.

구급차에 시동이 걸렸다. 환자를 눕힌 침대가 차량의 뒷문을 통해 들어가자 먼저 올라탄 간호사가 안에서 받아 올렸다. 나는 옆문으로 돌아서 올라타기 전에 오른 팔로 선애의 어깨를 감싸며 위로의 몸짓을 해보였다. 그녀의 좁은 어깨가 한 줌도 안 되게 다가왔다. 병원 생활이란 환자는 물론이고 보호자에게도 피를 말리는 나날이다. 바라만 보고 있어도 하루하루 몸피가 줄어든다. 환자 곁을 지켜내는 고문은 환자에 대한 애정의 양과 비례한다. 환자의 몸을 씻기거나 화장실 출입을 돕는 간병인이 있었지만 선애도 힘들기는 마찬가지였을 것이다. 내 품으로 힘껏 끌어당기자 헐렁해진 블라우스 안쪽에서 그녀의 젖가슴이 불쑥 솟았다. 당혹스러웠다. 흘끗 주위를 둘러보다 헛기침을 하고 차에 올랐지만 동그랗고 희뿌연 물체가 달덩이마냥 눈앞에 걸려 있었다. 나는 일순간 그날 밤의 혼곤함 속으로 빠져들었다.

입원 후 닷새 동안의 중환자실을 거쳐, 일반 병실로 환자를 옮기고 한 숨 돌린 저녁이었다. 나는 그날도 그녀가 지키고 있는 병실로 퇴근을 했다. 때마침 의식이 돌아온 환자가 시트 밖으로 손을 꺼내 딸에게 내밀었다. 선애는 뜨거운 물건에 닿기라도 한 듯 손을 뒤로 뺐다. 상황이 너무 힘들어서 그런가 싶었지만 석연치 않았다. 그녀가 아버지와 일정한 물리적 간격을 유지하려는 것으로 보였기 때문이었다. 딴청을 피우며 방안을 둘러보던 시선이 나와 마주치자 그녀가 의자에서 튕겨나듯 일어섰다. 그녀의 등 뒤에서 링거 줄들이 흔들렸다. 그녀가 억지스럽게 웃었고 머쓱해진 건 오히려 나였다. 맥주나 한잔 하러 나갈까? 기다렸다는 듯 그녀가 따라 나왔다. 그녀의 목줄기로 불그레한 취기가 올라왔다. 500cc 한 잔의 거품 위에 그녀가 말을 쏟아놓기 시작했다. 게슴츠레 풀린 내 눈앞에 어리숙한 소년의 애를 태우던 여고생이 앉아 있었다. 앳된 얼굴 위로 멍 자국이 어른거렸다. 나와 시선이 마주칠 때마다 달아오르던 볼과 흔들리는 눈동자도 거기에 있었다. 그런 날이면 이름 모를 분노 끝에 그녀를 내 품속에 감춰주고 싶은 충동이 이불 속까지 따라 들어왔다. 나는 좀처럼 잠을 이루지 못했다. 그것은 사춘기 소년의 욕정을 충동질하여 기어이 수음(手淫)으로 이어졌고, 그때마다 그녀는 내 안에서 시퍼런 멍들을 지우고 다시 태어났다. 삼십대 중반으로 들어선 여자는 아직도 그 시절 가녀린 몸매에 머물러 있었지만 가슴은 부담스러울 정도로 부풀어 있었다. 이거 물주머니야. 금세 눈치 챌 건데 뭘. 의사 앞인데 자진 신고하는 게 나을 것 같아서. 그런데 너 나 좋아했었지? 느닷없었다. 내가 모르는 사이에 그녀를 거쳐 갔을 풍파가 취기 오른 눈가의 잔주름 사이에서 성큼 걸어 나왔다. 나 많이 변했지? 그녀의 멋쩍은 질문이 아니었어도 나는 그런 생각을 하고 있었다. 으응, 세월이 많이 흘렀으니까. 광대뼈 위로 자리 잡은 거뭇한 기미에도 그녀의 고단했던 과거가 있었다. 나는 당황한 표정을 감추고 헛웃음을 섞어 한발 더 나갔다. 집에서 다니려니까 힘들지? 하룻밤이라도 가까운 데서 재워줄게. 엉큼하긴. 그녀의 흘겨 뜬 눈꼬리가 제자리를 찾기도 전에 우리는 뒷골목의 모텔을 찾아들어갔다. 누가 먼저랄 것도 없었다. 정해진 수순처럼 서로를 탐하며 묵은 갈증을 풀어냈다. 이거 뉴욕에서 수술한 거야. 그녀가 라이터로 담뱃불을 붙이며 묻지도 않은 말을 꺼냈다. 어떤 변태 영감이 해 준거야. 결혼 선물이었지. 너 결혼했구나. 나는 목을 꺾어 들이키던 물병을 맥없이 바닥에 내려놓았다. 지금은 아냐. 죽었거든. 루게릭병이었어. 한국으로 돌아오지 않으려고 별짓을 다한 거지 뭐. 영주권이 필요했으니까. 그럼 이제 안 가는 건가? 돌아갈 이유가 사라지고 있으니까. 잘못 들었나 싶었다. 남편이 죽어서 돌아갈 이유가 없어졌다는 게 아니었다. 현재 진행형으로 끝난 그녀의 대답이 내 머릿속을 마구 헝클어놓기 시작했다.

병원을 빠져나온 구급차가 속도를 올리며 앞뒤로 출렁거렸다. 환자가 눈을 떴다. 정신이 돌아온 모양이었다. 게슴츠레 열린 눈동자의 흰자위는 황갈색이 되어 있었다. 노인의 얼굴에서 두려움이 배어 나왔다. 뭔가를 찾는 듯 자꾸만 두리번거리던 그가 내 오른쪽으로 한 자쯤 떨어져 앉은 딸과 눈을 맞추었다. 동시에 선애의 시선이 차창 밖으로 빠져나갔다. 아버지의 눈길을 애써 피하는 눈치였다.

큰 길로 들어선 구급차가 비켜달라는 경고음과 함께 앞선 차량들 사이를 빠져나가며 도로를 내달렸다. 링거액 주머니가 흔들릴 때마다 맞은편에 앉은 간호사가 미간을 좁히며 환자의 표정을 살폈다. 의식이 돌아온 듯 환자가 눈꺼풀을 치켜 올렸다. 그의 손이 허공을 저으며 딸이 앉아 있는 방향으로 다가왔다. 노인은 무슨 말인가를 하려고 했다. 입을 가린 산소마스크 밖으로 내보낼 단 한 문장, 오로지 그것을 위해 혼미한 정신을 모으는 것 같았다. 사투를 벌이는 모습이었다. 그러나 도무지 말이 되어 밖으로 나오지 못했다. 그는 이내 포기한 듯 손도 내려놓았다. 그의 눈가에 물기가 고였다. 그 속에서 나는 선애의 눈물을 보았다.

지난주에도 함께 저녁을 먹자는 손에 이끌려 선애의 집으로 향했다. 요도에 카테터를 끼워놓았으니 환자의 소변은 호스를 통해 배출될 것이었다. 대변을 받아낼 패드를 채워놓았으므로 굳이 간병인이 한밤중에 자주 일어날 필요도 없었다. 환자의 상태를 체크하고 나오면서 나는 당직 간호사에게 신경 좀 써달라는 당부도 잊지 않았다. 40평이 넘는 아파트에 그녀의 여장이 풀려 있었지만 엄밀히 말하자면 아직은 숨을 놓지 않은 아버지의 집이었다. 빈집은 장마 끝 늦더위에도 을씨년스런 공기로 가득했다. 언젠가 그가 쓰고 나갔을 챙 넓은 베이지색 등산 모자가 거실 창문 옆 옷걸이에 걸린 채 시선을 붙들었다. 안방 문을 열었다. 가지런히 정돈된 침대가 주인을 기다리고 있었다. 오랜 투병과 죽음에 대한 저항의 기운이 느껴졌다. 선애가 냉장고에서 캔맥주를 꺼내고 반찬들을 테이블 위로 올렸다. 나를 위해 미리 준비한 듯했다. 오랜만에 맛본 집밥이었다. 우리는 옆구리를 붙이고 거실 소파에 앉았다. 그녀의 겨드랑이에 물주머니가 들어간 수술 흔적이 보였다. 하지만 직업적 호기심은 살에서 밀려오는 파동 속으로 금세 매몰되었다. 구석에 우뚝 선 에어컨이 찬바람을 토해내는 중에도 내 몸은 땀으로 번들거렸다. 정상에서 숨을 몰아쉬던 내 상체를 옆으로 밀어내더니 그녀가 말을 더듬으며 흐느끼기 시작했다. 미안해. 뭐가? 난 좀처럼 못 느껴. 나는 눈만 껌벅였다. 그럼 미국서 결혼 생활은 어떻게 한 거야? 그래서 그런 사람을 선택한 거야. 그럼 아이가 없는 것도? 그녀가 고개를 끄덕이며 크리넥스를 뽑아 코를 풀었다. 지난번 남편을 변태라고 했던 이유도 알 것 같았다. 성기능을 상실한 남자와 부부관계를 이어가야 했던 고통이 어느새 내게 전염되어 있었다. 자기가 좀 도와주면 해낼 수 있을 것 같아. 이런 거라면 얼마든지. 아니, 그러자면 먼저 해결해야 할 문제가 있어. 밀린 방학 숙제를 도와달라는 초등학생처럼 그녀가 내게 눈을 맞췄다. 기회가 왔어. 나는 여전히 아리송하기만 했다.

기억 안 나? 나는 고3이라 입시를 핑계로 서울에 남았잖아. 한참동안 고개를 숙이고 있던 그녀가 다시 말문을 열었다. 그러고 보니 선애 아버지가 충주로 발령받아 이사를 했을 때 그녀 혼자만 따라가지 않았었다. 사람도 아니야, 그 인간. 그 당시 동네 사람들이 쑥덕거리곤 했었다. 근무 시간에도 벌건 얼굴로 비틀거리는 그가 파면을 면한 것만으로도 다행인 줄 알아야 한다고. 아버지가 나를…. 엄마가 철야 기도하러 나간 날이면…. 그녀가 말을 잇지 못하고 눈물부터 쏟아냈다. 너를 뭐, 어쨌다고? 내 언성이 높아졌다. 예수가 데려간 엄마의 빈자리를 딸이 채워줘야 한다면서…. 거부하면 허리띠를 풀어 매질을 시작했어. 그 짓이 끝나면 '내겐 이제 너밖에 없다'면서 나를 끌어안고 울더라. 신트림이 올라오는가 싶더니 내 목구멍에서 맥주 맛이 확 빠져나갔다. 뒤통수를 얻어맞은 느낌이었다. 그럴 땐 함께 울기도 했어. 무서우면서도 한편으로는 그 인간이 불쌍하다는 생각이 들어서. 이번에는 귓구멍으로 날벌레라도 들어간 듯 갑자기 웽웽거리는 소리가 들렸다. 나의 무의식이 이명증으로 충격을 희석시키고 있었다. 엄마에겐 알리지도 못했어. 엄마가 맞아 죽을지도 모른다는 생각이 들었거든. 친아버지 맞아? 울먹이던 그녀가 고개를 끄덕였다. 명치끝에 뭉쳐 있던 뜨거운 덩어리가 식도를 타고 불쑥 솟았다. 죽은 오빠가 원망스러웠어. 다정했는데. 아직도 꿈에 찾아와. 내가 따라나서면 뒷모습이 홀연히 사라져버리더라. 나는 몇 차례 딸꾹질을 참다가 아랫입술을 깨물어버렸다. 비릿한 맛이 혀 밑으로 흘러들었다.

아파트 단지 입구로 들어선 차가 차단기 앞에서 속도를 줄였다. 타이어가 볼록한 턱을 밟았다. 수액 주머니가 심하게 흔들렸다. 간호사의 시선이 심장 박동기로 옮겨졌다. 만일에 대비하는 직업적 습관이었다. 간호사의 턱에서 땀방울이 떨어졌다. 환자의 허파 속으로 풀무질하는 손가락이 지쳐보였다. 앰부백을 내가 누를 차례였다. 나는 상체를 기울이다 문득 노인의 얼굴을 내려다보았다. 초점 잃은 눈에 고였던 물기가 관자놀이를 타고 귓구멍 쪽으로 흘러내렸다. 떠나는 자의 외줄기 눈물, 그 안에 담긴 진심의 양을 계량할 방법이 내겐 없었다. 나는 선애가 굳이 환자 곁을 지키는 이유가 궁금했다. 생물학적 인연에 대한 마지막 도리. 그게 아니라면 죽어가는 생명에 대한 동정심인지도.

솔직히 그녀가 굳이 병상을 지키지 않는다 해도 나무라거나 신경 쓸 사람도 없을 성싶었다. 내가 아는 한 이 환자에게는 문병객도 거의 없었다. 환자의 막내 동생이나 조카뻘로 보이는 남자가 찾아와 흰 봉투를 내밀며 선애에게 잠깐의 위로를 건넸을 뿐 다시 나타나지 않았다. 환자가 그동안 주변에서 인심을 얻지 못하고 살아왔거나 직장을 나온 뒤로 외부와 단절된 생활을 한 탓이려니 했다.

일전에 선애의 고백을 들은 이후로 그를 바라보는 나의 시각에도 차이가 생긴 건 물론이다. 어떻게든 살려보려던 의욕이나 책임감 대신 그 자리에 진한 미움이 들어섰다. 이제는 그가 숨을 쉬는 중에도 아무런 가책 없이, 그야말로 무심하고 과감하게 인공호흡기를 잡아 떼버릴 수도 있겠다는 생각이 들었다. 그가 써둔 사전 의료 의향서, 인감도장이 찍혀 있고 인감증명서까지 첨부되어 법적으로 문제될 게 없는 그 서류가 내 마음의 짐을 덜어줄 것이었다. 이제는 숨이 떨어지기 전에 집으로 데려가 그의 뜻대로 객사를 면하게 해주자. 조용히 인공호흡기를 제거하고 숨이 끊어지는 시각을 적어 사망진단서를 발급하면 그만이다. 하지만 다짐을 해도 묵은 변비마냥 속이 더부룩하고 답답하기만 했다. 그의 집으로 향하는 30여분 내내 나는 앉은 자세를 바꿔가며 몸을 비틀었다. 저런 인간은 고통을 더 받아야 한다는 생각과, 죽음을 앞둔 사람이 내미는 손을 진심어린 참회로 받아줘야 하지 않을까 싶은 두 갈래 길에서 내 마음이 흔들리고 있었다. 하얀 시트 밑으로 그의 부은 손이 다시 빠져나왔다. 간에서 흡수되지 못한 빌리루빈이 생기를 탈색시킨 건조한 손등엔 주사 바늘을 꽂았던 흔적만이 도드라졌다. 짙은 노랑에 반죽되어 거무죽죽해진 피부색은 그의 종말이 가까워졌음을 알리고 있었다. 나와 눈이 마주치자 잠시 머뭇거리던 선애는 손끝만을 가늘게 내밀었다. 그녀의 하얀 손가락이 눈에 띄게 떨고 있었다. 여전히 외로 꼬고 있는 얼굴에는 핏기가 없었다. 차라리 지금이라도 도망쳐버릴까 궁리를 하는지도 몰랐다. 나는 그녀의 손목을 잡아 링거 바늘이 꽂히지 않은 환자의 왼손에 슬며시 건네주었다. 팥죽색으로 변해버린 손등에 하얀 손가락이 헐겁게 얹혀졌다. 막다른 골목으로 끌려가는 자를 위로하기 위해서가 아니었다. 선애의 가슴에 한 조각의 회한이라도 남아 있게 하고 싶지 않았다. 하지만 곧 내가 괜한 짓을 했다는 생각이 들었다. 그녀의 눈길은 여전히 차창 밖을 향하고 있었다.

환자가 다시 혼수상태로 빠져들었다. 아파트 출입구에 맞추어 돌려 세운 구급차의 뒷문이 열리기 직전이었다. 가슴이 솟았다가 가라앉기를 반복하는 것으로 보아 아직은 숨이 붙어 있었다. 뽑아낸 지 사흘밖에 되지 않은 복수가 다시 차오르며 미라처럼 갈빗대가 드러난 몸통에 배만 올챙이처럼 부어 있었다. 오늘이 지나면 잠깐씩 돌아오는 의식마저도 기대할 수 없다. 선애와 눈이 마주친 나는 숨을 한 번 몰아쉰 다음, 눈짓으로 의사를 타진했다. 희망도 기약도 없는 그 끝을 향하여 산소와 진통제를 주고 영양을 계속 공급할 것인지…. 오래 갈 상황은 아니었다. 하지만 간호가 길어질수록 선애의 고통은 가중된다. 그래, 너를 위해서라면…. 꿀꺽 침을 한 번 삼키고 호흡기를 떼어내기만 하면 곧바로 상황은 종료될 것 같았다. 그녀가 고개를 가로저었다. 장치들을 차안에서 제거하려던 나는 골문 앞에서 헛발질이라도 한 선수마냥 머쓱해졌다. 그렇다면 환자가 자신의 목숨을 스스로 거둘 때까지 연명시키는 수밖에. 상체를 반쯤 들어 올린 침대를 아파트 엘리베이터에 대각선으로 밀어 넣고 21층으로 올라갔다. 문을 여닫을 때마다 덜렁거리는 수액 주머니와 거기에 매달린 호스가 여간 신경 쓰이는 게 아니었다. 잠시 후 이동식 산소 탱크를 포함한 각종 장치들이 안방에서 다시 제 몫의 작동을 시작했다. 아버지의 뜻은 이게 아닌데…. 내가 중얼거리듯 재차 동의를 구했지만 선애의 굳은 표정이 방패처럼 막아섰다.

여긴 제가 알아서 할 테니 먼저 돌아들 가시죠. 내가 먼저 제안을 했다. 미뤄둔 일들이 병원에서 나를 기다리고 있었지만, 그렇다고 그대로 두고 떠나자니 꺼림칙한 마음이 자꾸만 내 발목을 붙잡았다. 괜찮겠어요? 형식적인 염려를 끝으로 같이 온 인력들이 방문을 열고 잰걸음으로 나갔다. 머뭇거릴 이유가 없었다. 환자의 식도 정맥류가 다시 터질지도 모를 일. 피를 뿜어내는 현장은 그들에게도 끔찍할 것이었다.

피로가 몰려들었다. 환자는 여전히 가쁜 숨을 쉬며 자신의 방을 지키고 있었다. 방문을 닫고 거실로 나와 냉장고를 열었다. 캔맥주가 있었다. 한숨을 돌린 우리는 거실 식탁에 마주 앉아 갈증을 풀었다. 땀에 젖은 와이셔츠가 등줄기에 들러붙었다. 알콜 기운에 그녀의 볼이 붉어졌다. 그녀는 연거푸 크리넥스를 뽑아 흘러내리는 땀을 닦았다. 이제 어쩔 거야? 걱정 마, 곧 끝날 거야. 그녀의 어투에 자신감이 묻어 있었다. 이날을 이십 년이나 기다렸어. 갑자기 그녀의 눈에서 광채가 튀어나왔다. 거친 벌판을 가로지른 긴 추격 끝에 어깨를 낮추고 마지막 일격을 노리는 암사자의 눈. 그 섬뜩한 번뜩임. 살기였다. 도와줄 거지? 상황 파악을 못하고 멍하게 앉아 있는 내 손을 끌고 그녀가 안방으로 성큼 들어갔다. 이미 각자 맥주 두 캔씩을 비운 뒤였다. 자 이제 이것들을 모두 떼어줘. 환자의 손등에 붙어 있는 주사 바늘을 가리키며 그녀가 주문을 했다. 갑자기 왜 그래? 마음이 변한 거야? 내가 흠칫 놀라며 물었다. 아니야. 때를 기다린 거야. 어차피 내 결정에 따르겠다고 거기에 쓰여 있잖아. 내 손으로 죽여 달라는 거지. 악어의 눈물을 봤잖아. 다 털고 가시겠다는 거 아니겠어? 그렇다면 시원하게 보내드려야지. 유언대로 해주자고. 그녀의 갑작스런 선언이 오히려 나를 곤혹스럽게 만들었다. 가만 있어봐. 생각 좀 해보자. 싫으면 관둬. 이렇게 하면 되는 거지? 그녀가 환자 손등의 정맥 혈관에 꽂혀 있던 주사 바늘을 쑥 뽑아냈다. 바늘 끝을 따라 기어 나온 검붉은 점액이 형광등 불빛을 동그랗게 반사시켰다. 굳이 솜으로 닦고 지혈할 필요도 없었다. 주춤하던 내가 결국 그녀를 막아서며 수액 주머니에 매달린 호스를 옆으로 치우고 산소통의 밸브를 돌려 막았다. 마지막으로 거무죽죽한 어둠만이 남아 있는 얼굴에서 산소마스크를 떼어냈다. 나는 습관처럼 눈을 감았다. 나도 모르게 기도하는 심정이 되어 있었다. 자연스럽게 숨이 끊어질 차례였다. 규칙적인 리듬 대신 가래 끓는 소리가 마디 잘린 콧소리에 섞여들었다. 그러나 호흡은 끊어질 듯하면서도 질기게 이어졌다. 우리는 십 분도 넘게 환자의 얼굴을 물끄러미 바라보았다. 나는 침묵을 뚫고 까칠하게 가죽만 남은 그의 목으로 손을 가져갔다. 경동맥이 아직 뛰고 있었다. 선애의 표정이 수시로 변했다. 분노와 연민이 교차하듯 그녀의 입술이 파르르 떨렸다. 방 안의 후텁지근한 공기가 환자의 지린내 비슷하게 역한 체취와 화학 작용을 일으키며 무겁게 내려앉았다. 답답하고 숨이 막힐 지경이었다. 선애의 붉어진 얼굴이 단지 술기운 때문이랄 수는 없었다. 그녀는 탈출이 불가능한 긴장 속으로 나를 끌어들이고 있었다. 나는 그녀의 손목을 붙잡고 거실로 나왔다. 언제 누가 꽂아뒀는지 가늠할 수 없는 장미꽃이 구석에 놓인 화병에서 목이 꺾인 채 누렇게 말라가고 있었다. 물기를 잃어버린 생명. 그것은 사막의 모래 위에서 화석화된 짐승의 뼈처럼 사위어갈 것이다. 그녀가 싱크대로 다가가 수도꼭지에 입을 대고 물을 벌컥벌컥 마셨다. 흘러내린 물로 레이스가 풍성한 연분홍 블라우스가 피부에 들러붙었다. 딴 생각에 빠져드는 나를 꾸짖듯 그녀가 눈을 부릅떴다. 그리고는 갑자기 소파로 가서 천으로 만든 등받이 쿠션을 집어 들었다. 그녀의 숨소리가 거칠어졌다. 어린애 몸통보다 큰 쿠션이 그녀와 함께 방안으로 사라지는가 싶더니 안에서 딸깍 방문 잠그는 소리가 들렸다. 그 순간 찬바람이 내 옆구리로 파고들었다. 지금 뭐하는 거야? 선애야! 문 좀 열어봐. 주먹으로 몇 차례 방문을 두

드리던 나는 이내 상황이 끝났음을 알아차렸다. 길지 않은 시간이었다. 문이 열리고 그녀가 비틀거리며 거실로 걸어 나왔다. 그녀의 발뒤꿈치를 따라 냉기가 똬리를 틀며 스르르 방문턱을 넘어왔다. 이제 다 끝났어. 다 끝났다고. 그녀의 눈에 핏발이 서 있었다. 나는 열린 문틈으로 방안을 일별하고 상황을 재확인했다. 딸의 증오가 오히려 저세상으로 지고 갈 뻔했던 아버지의 빚을 탕감시켜준 셈이었다. 그를 극심한 신체적 고통으로부터 해방시켜준 것은 덤이었다. 나는 클라이맥스를 지나고 있는 연극 무대에 선 기분이었다. 비현실적인 공간에 박힌 듯 굳어 있던 내 주위로 묵직한 침묵이 내려앉았다. 문밖에서 바라본 노인의 얼굴은 꿈을 꾸는 듯 평화로웠다. 내 품으로 선애가 털썩 무너져 내렸다. 나는 그녀의 뒷머리를 쓰다듬다가 두 팔로 안아 올려 소파 위에 눕혔다. 불덩이였다. 무서워. 달아오른 몸뚱이에 오한이 스미는지 그녀가 진저리를 쳤다. 그제야 내게도 세상의 모든 불안과 공포가 한꺼번에 몰려왔다. 나는 이미 그녀와 공범이 되어 있었다. 돌이킬 수도 없었다. 하지만 내친걸음이었다. 이제 와서 망설임은 오히려 나를 추하게 만들 뿐. 그녀가 내 목을 와락 끌어안았다. 홍조 띤 두 뺨 위로 그녀의 물기 어린 눈동자가 흔들렸다. 내게 불면의 나날을 선사했던 바로 그 눈, 언젠가 애타게 도

63

움을 청했을 젖은 눈빛이었다. 나는 그 시절의 비겁함을 더 이상 반복하고 싶지 않았다. 숨죽이고 있던 수컷의 보호 본능이 욕정과 함께 되살아났다. 품고 싶었다. 땀에 젖은 그녀의 가슴골에 얼굴을 묻었다. 서로의 목을 조였다. 거칠게 엉켜드는 환희와 절규가 죽은 자와 공유한 공간의 밀도를 높여갔다. 불꽃이 이승과 저승을 넘나들었다. 선애야, 너는 내 품안에서 거듭나야 해. 아니, 네 속으로 내가 들어가 너를 정화(淨化)시킬 것이다. 죽음의 무게로 누른 시소의 끝은 그 반대쪽을 높이 들어 올리는 법. 우리는 한 덩어리가 되어 그 끝에 널뛰듯 올라앉았다. 그녀는 쥐어짜듯 몸을 꼬며 사선을 넘고 있었다. 오빠 나를 데려가. 나도 이대로 죽고 싶어. 절규였다. 그녀가 몸을 활처럼 뒤로 휘더니 이윽고 긴 신음을 토해냈다. 지그시 감은 두 눈에서 물기가 방울져 내렸다. 나 느꼈어, 드디어. 그녀의 수줍은 미소가 눈물에 섞여 볼우물 안으로 흘러들었다. 방안에는 죽음을 가장 효과적으로 이용하여 삶을 마무리한 자가 안락(安樂)하게 누워 있었다. 나는 사망진단서를 작성했다.

직접 사인: 심폐 정지
선행 사인: 간암
사망의 종류: 병사

세 번째 이야기

잭팟

2016 손바닥문학상 — 한겨레신문사

담당 의사의 전화 목소리가 유난히도 차분했다. 검사 결과에 대해 할 얘기가 있으니 병원으로 나오시라. 진료실에 들어서자 잠시 헛기침을 하던 의사는 암세포가 임파선을 타고 간과 신장에 전이됐다고 했다. 어지러웠다. 그 뒤로는 무슨 말을 들었는지 좀처럼 기억이 나지 않는다. 일 년쯤 남았다는 선고가 귓전을 스친 것 같기도 하고. 대기실로 나온 남식은 사람들의 시선이 모두 자신에게로 달려드는 느낌이었다. 출구를 찾을 수 없었다. 축축하게 젖은 등줄기가 가려운 듯싶더니 곁눈으로 올려다본 천장이 빙그르르 회전을 했다. 누군가 다가와 종이컵을 내밀었다. 녹차 한 잔 하시죠. 중저음과 함께 건너온 명함 속에서 J&C 의료 컨설팅이라는 녹색 글자가 먼저 튀어나왔다. 정말섭이라는 이름 뒤의 부장이라는 직함도 반짝거렸다. 오십대 중반으로 보이는 남자는 하관이 빠르고 날렵한 인상이었다. 세탁소에서 방금 찾아 입고 나온 듯한 감색 싱글 양복이 깔끔하게 면도한 얼굴에 어울렸다. 매부리코 위에 금테 안경을 걸친 그는 자리를 옮기자고 했다. 긴히 할 얘기라…. 얼떨결에 따라 나온 남식은 병원 맞은편 커피 전문점의 구석 자리에 허리를 접었다. 아메리카노 커피의 뜨거운 감각이 목구멍에 닿자 남식은 문득 자신이 아직 살아 있음을 느꼈다. 정이 꺼낸 첫 마디는 위로였다. 남식은 자신의 병세를 그가 어떻게 알고 있는지 물었다. 정은 입꼬리로 비릿한 웃음을 흘렸다. 병원 직원들과 각별한 관계인 모양이었다. 남식의 위벽에서 메스꺼움이 꼬물거렸다.

"이달 보험료는 납부하셨죠?"

대뜸 그가 물었다.

"보험료…?"

"에이, 생명보험 들어놓으셨잖아요."

그런 게 있었지. 이 사람들이 보험회사까지 촉수를 뻗고 있군. 그러고 보니 이번 달 보험료가 밀린 것도 생각났다. 통장에 잔고가 부족해진 탓이었다. 이제는 매월 10만 원 넘는 돈이 자동 이체로 빠져나가는 것도 부담스럽다. 직장에 다닐 때와는 돈의 무게가 사뭇 다르다. 그렇잖아도 중단할까 고민 중이었다. 직원 회식 자리까지 따라온 직장 선배의 부인이 강권하는 바람에 마지못해 보험이라는 걸 가입했었다. 난생 처음이었다. 그때 보험 설계사인 선배 부인은 실적 없는 월말에 어울리는 울상을 지었다. 1억 원짜리 사망보험은 선배 얼굴을 봐서 차마 거절하지 못한 배려였다. 이제 목숨이 붙어 있는 한 보험금을 탈 방법도 없다. 이럴 줄 알았다면 월 보험료를 더 내더라도 각종 질병에 대한 보장도 곁들이는 조건으로 계약했어야 옳았다. 죽을병에 걸리면 할인 액으로 먼저 받는 상품도 있다는 건 나중에 알았다. 당시에는 그런 건 관심사도 아니었고…. 이제는 죽은 자식 불알 만지기가 아닌가. 보험금 수익자는 남들처럼 그저 법정 상속인으로 지정했다. 아내는 남이 되었으니 결국 아들놈 몫이 될 것이다. 지금은 그보다도 당장 생활비와 의료비가 걱정이다. 그런데 정은 지금 그 보험 이야기를 꺼내들고 있는 것이다.

"보험증서를 저희 회사에 넘겨주시면 당장 5천만 원을 일시불로 드리겠습니다."

보험금의 수익자 변경을 해달라는 뜻이다. 일 년 안에 계약자가 사망하면 투자자는 수익률이 100%다. 엄청난 소득이다. 남식이 당황스런 눈빛을 보이자 정이 슬그머니 자리에서 엉덩이를 떼었다. 잘 생각해보세요. 아랫입술을 비트는 그의 아리송한 미소가 남식의 눈언저리를 거북살스럽게 맴돌았다.

'주식이나 이거나 어차피 노름이긴 마찬가진데 뭘.' 중얼거리던 남식이 우물우물 말꼬리를 삼켰다. 고인에게는 좀 미안한 말이지만 특정인의 죽는 날짜를 가장 근접하게 맞추는 자가 상금을 받는다. 그는 지난여름에도 이 '죽음의 게임'으로 59만 원이나 벌었다. 2등이었다. 그때 하마터면 일등을 해서 920만 원을 거머쥘 뻔했다. 온라인 주식 시장에서 단타 매매로 돈을 날리고 마음이 다급하던 참이었다. '괘씸한 자식 아닌가. 어떤 놈이 나보다 운이 좋았으니.' 남식은 구시렁거리며 재도전에 나섰다. 그러니 목표물을 잘 골라야 한다. 유명 인사가 좋긴 한데…. 하지만 그건 당첨 확률이 떨어진다. 잘 나가던 여배우나 전직 대통령이 중환자실에 입원했다는 소문이 돌면 된장 냄새 맡은 쉬파리 떼처럼 도전자들이 덤벼들기 때문이다. 영국의 다이애나비가 죽는 날을 맞춰 대박을 맞은 놈도 있었다고 하니 세상일은 정말 모른다. 젊은 여자가 그렇게 될 줄 누가 상상이나 했겠냐고. 그렇다고 잠시 떴다가 사라지는 학자들이나 무명 영화 감독 정도는 별 볼일이 없다. 투자자의 수가 적으니 당첨 확률은 높겠지만 모여드는 돈이 적다. 일등을 해봐야 겨우 100만 원 건지기 힘들다. 일주일 내내 컴퓨터를 붙들고 방구석을 지킨 보람이 없는 것이다.

남식은 밥이라도 제때 먹으라는 어머니의 성화에 못 이겨 머쓱한 표정으로 겨우 방문을 열었다. 뒷머리를 긁적이며 거실로 나온 그에게 전자레인지 돌아가는 소리가 들렸다. 식은 밥이 다시 데워지는 중이었다.

"어서 먹고 산책이라도 다녀와라. 그렇게 안 움직이면 회복이 더딜 게 아니냐."

"참나, 똥주머니를 달고 어딜 돌아다니라는 거요."

버럭 소리를 지른 게 심했다 싶어 남식은 슬그머니 어머니의 눈길을 피했다. 전자레인지에서 꺼낸 밥을 미역국에 말아 휘휘 젓다가 숟가락을 내려놓았다. 아들놈 생각에 목구멍이 좁아졌다. 며칠 전 그놈 생일에도 연락을 못했다. 아이로부터도 전화가 없었다.

야근에 밤샘을 밥 먹듯 하던 온라인 게임회사의 연구원 생활을 접은 지도 3년이 다 되어간다. 건강보험공단으로부터 정기 검진을 받으라는 통보가 왔건만 바쁘다는 핑계로 무시했었다. 아랫배가 살살 아프고 변비가 자주 생겨도 대수롭지 않게 생각했다. 어느 날 아침 대변을 보고 일어난 변기 안이 온통 핏물이었다. 현기증으로 화장실 바닥의 타일 조각들이 큼지막한 뱀의 비늘처럼 꿈틀거렸다. 거울 속 얼굴이 백짓장이었다. 출근을 포기하고 달려간 병원에서는 당장 대장 내시경을 권했다. 직장암이었다. 곧바로 수술대에 올랐다. 마취가 풀리고 회복실로 옮겨지면서 장을 20센티나 잘라냈다는 말을 들었다. 첫 수술이었다.

먹는 둥 마는 둥 식사를 마치고 일어나 방으로 되돌아가려다가 그는 화장실로 방향을 틀었다. 왼쪽 옆구리가 불룩했다. 언제 차오를지 모르는 주머니를 수시로 비워야 한다. 길을 걷다가도 누런 액즙이 새어나오는 날이면 망신이 아닐 수 없다.

지난번에도 아들 녀석을 만나러 가다가 지하철 안에서 사고를 쳤다. 하필 퇴근 시간이었다. 역겨운 냄새가 빠져나왔다. 밀려들어온 사람들을 피해 몸을 움직이다보니 피부에 밀착시켜놓은 테이프가 헐거워진 때문이었다. 옆구리에는 회색 재킷 위로 누런 액체가 배어 있었다. 다음 정거장에서 문이 열리자마자 내쳐 화장실로 달렸다. 변기 부스 안으로 들어가 문을 잠그고 재킷을 벗었다. 악취와 함께 흘러나온 배설물이 바지까지 적시고 있었다. 두루마리 화장지를 급하게 풀어 복부를 닦아내고 바지 주머니에서 반창고를 꺼냈다. 하복부에 뚫린 구멍에서는 아직도 누런 배설물이 찔끔찔끔 빠져나오고 있었다. 배변 주머니부터 다시 피부에 고정시켜야 했다. 문을 빠끔히 열고 사람 없는 틈을 타 세면대 앞으로 다가갔다. 수돗물을 받아 재킷에 묻은 오물부터 헹궈냈다. 바지를 벗었다. 재킷을 입은 채로 아래는 팬티 바람이었다. 허벅지에 소름이 돋았다. 바지에 지도처럼 젖은 부분을 세면대 위로 올렸다. 소변을 보러 들어온 남자가 미간을 찡그리며 나갔다. 얼굴이 후끈 달아올랐다. 뒤에서 날카로운 목소리가 들렸다. 바지를 빨던 손가락이 오그라들었다.

"여기 세탁하는 곳 아니예욧!"

흘끗 돌아보니 청소부 여자였다. 내가 홈리스로 보이나…. 모멸감이 순식간에 온몸을 휘감았다.

"에이 씨팔! 그럼 날더러 어쩌란 말이야!"

남식이 냅다 소리를 질렀다.

"재수가 없으려니까 별 미친놈을 다 보겠네."

여자가 나가며 남식의 뒤통수에 쏘아붙였다.

"그래 차라리 미쳤으면 좋겠어."

화장실에서 바로 나오지 못하고 그는 거울만 한참이나 들여다보았다. 182센티의 키가 더욱 껑충했다. 90kg에 육박하던 체중이 61kg로 줄었다. 항암 치료 후 입맛을 잃은 탓이었다. 계절을 잊은 땀방울이 볼우물로 흘러내렸다. 마흔을 갓 넘긴 사내의 앞이마 위로 흰머리가 촘촘했다. 화학 요법 탓에 몽땅 빠졌다가 새로 돋은 머리털이었다.

반년 만에 만난 아들놈은 제법 키가 자라 있었다. '내년이면 중학생인데 뭐든지 잘 먹어야 한다. 운동도 많이 하고.' 하나마나 한 격려를 끝으로 만 원짜리 두 장을 쥐어주고 서둘러 돌아섰다. 단지 옆구리가 불룩해지는 느낌 때문이었다. 굳기 전에 빠져나온 배설물이 죽처럼 물컹거렸다. 그때 아이는 돈을 받으려다 말고 누가 보기라도 하는 것처럼 두리번거렸다.

"엄마가 아빠 돈 받지 말래."

짧은 순간 많은 생각들이 스쳐갔다. 그저 그녀가 내 주머니 사정을 생각해준 말이려니.

하루에도 몇 번씩 배변 주머니를 갈아대는 일도 만만치 않다. 한 번만 사용하고 버려야 되는 줄 알면서도 남식은 결국 재사용을 선택했다. 화장실에 머무는 시간이 늘었다. 콧구멍을 통과한 악취가 뒷골을 후벼대는 동안에도 그는 누런 배설물을 변기에 버리고 플라스틱 주머니를 헹궈내기를 반복한다. 비참한 느낌을 애써 억누르고 화장실에서 나올 때면 좁은 거실에서 티비를 보는 어머니와 눈이 마주친다. 바지춤을 추스르기도 전에 다가오는 가장 쑥스러운 순간이다. 18평 아파트의 한계려니. 그나마 대각선으로 누워야 하는 작은 방이라도 허락된 게 천만다행이다. 이혼할 때, 아내에게 전세 보증금을 털어주고 나온 그에게 달리 선택의 여지가 없었다. 첫 수술 후 병가를 냈을 때만 해도 이혼이란 먼 나라 이야기였다. 하지만 아내의 눈빛은 불안했다. 그녀의 외출이 잦아졌다. 그가 방구석에 틀어박혀 주식 단타 매매에 매달리는 동안 대화는 줄고 있었다. 그러던 중 쓸 만한 정보가 눈에 들어왔다. 동종업계의 자금 흐름에 빠삭하다는 자부심이 화근이었다. 작전주였다. 가진 걸 몽땅 털렸다. 아내와 말다툼이 잦아졌고 결국 처음 받았던 6개월의 병가를 다 사용하지도 못했다. 사장에게 부탁해서 출근을 서둘렀다. 건강을 회복했노라고 허풍 섞인 웃음을 보였고 사장은 그의 복귀를 반겼다. 직원이 열 명도 안 되는 사무실에서 알바생으로 그의 빈자리를 메우기는 쉽지 않았을 것이었다. 또다시 과로가 반복됐다. 금주(禁酒)의 맹세는 오래가지 않았다. 석 달에 한 번씩 병원을 다니며 정기 검진을 받으면서도 누적되는 피로는 술로 달랬다. 과음에 대한 걱정은 소주와 맥주를 섞어 500cc 한 잔으로 끝내는 걸로 털어냈다. 일 년 후쯤 암세포가 다시 발견됐다는 통보를 받았다. 이번엔 항문 가까운 곳이었다. 재수술을 받았다. 처음보다 잘라낸 부위가 더 넓었다. 남식은 배변 주머니를 옆구리에 차고 다녀야 하는 신세가 되었다. 예고 없이 밀려오는 아랫배의 통증은 이윽고 회사 생활에 브레이크를 걸었다. 24시간 불안한 옆구리를 의식하면서 부부생활을 유지하는 건 고역이었다. 아내는 자주 한숨을 쉬며 돌아누웠다. 난처해진 남식이 먼저 각방을 제안했다. 집에서 할 수 있는 일이란 그저 컴퓨터 앞에 앉아 소득 없는 게임을 하는 정도였다. 생활비가 궁해지자 그는 다시 퇴직금으로 주식을 시작했다.

"만기가 코앞인데 그걸로 전세금을 올려줘야죠."

아내가 읍소했다.

"거참, 이번에 화끈하게 벌어서 아파트 장만하자니까 그러네."

8년간 근무한 직장에서 받아 나온 돈은 4천만 원이 채 안 되었다. 아무리 곱씹어 봐도 그걸 전세금에 넣으면 당장의 생활이 막막했다. 병원비도 문제였다. 밑 빠진 독이 따로 없었다. 이럴 줄 알았으면 암보험이라도 하나 들어뒀어야 했는데. 후회는 아무런 도움이 되지 않았다. 주식 투자의 끝은 이번에도 참패였다. 아내는 이혼을 요구했다. 아들은 자기가 기르겠다면서.

"네 형이 아니었던들 우리가 어찌 되었겠니. 편지라도 자주 써라."

남식은 어머니에게 아무 대꾸 없이 작은방으로 들어갔다. 못난 동생에게 실망하는 형의 얼굴이 자꾸만 어른거린다. 시골에서 소작농을 하며 겨우 큰아들을 대처로 내보낸 아버지도 대단했지만 고등학교까지 일등을 놓치지 않던 형이 대학을 포기한 일도 놀라운 결단이었다. 형은 용접 일을 배워 조선소에 취직을 하고 남식에게 학비를 보내줬다. 아버지가 세상을 떠난 뒤, 남식이 서울에서 공대를 졸업할 수 있었던 건 순전히 형 덕분이었다. 형은 결혼을 하고 악착같이 돈을 모았다. 여기 저기 떠돈 끝에 남식이 안정된 직장을 잡자 형이 드디어 결심을 했다. 호주 이민으로 형은 짐을 내려놓았다. 용접공이라는 점이 기술 이민의 조건을 만족시킨 모양이었다. 형이 떠나기 전날 가족이 모였다. 남식은 어머니를 사이에 두고 형과 함께 누웠다. 어머니는 잠들지 못했고 형은 밤새 울었다. 다행인 것은 형이 떠나기 전, 살던 집을 팔아 어머니에게 아파트를 사드렸다는 점이다. 대출금을 갚고 나니…. 형은 더 큰 집을 사드릴 수 없음을 미안해했다. 형은 어머니 명의로 소유권

등기를 해드리는 동시에 주택연금 계약을 했다. 이미 7년 전 일이다. 형은 차분히 어머니를 설득했다. 처음엔 큰아들이 고생해서 장만해준 집이니 자식에게 물려줘야 한다며 반대했지만, 생활고에 대한 두려움을 어머니도 이겨낼 수는 없었다. 그 덕에 그녀는 죽는 날까지 매달 85만 원을 받는다. 소유자가 사망하면 비워줘야 하므로 그때는 이 집도 주택금융공사의 차지가 될 것이다. 고객이 살아 있는 한 매달 생활비를 제공해야 하는 공사로서는 주택 소유자가 오래 살수록 손실이다. 이제 그 집에 들어와 그 돈에 빌붙어 사는 남식은 그저 어머니가 오래 살기만을 바랄 뿐이다. '어머니가 먼저 가시는 날엔….' 남식은 두 눈을 질끈 감았다.

바람이라도 좀 쐬고 오라는 어머니의 성화에 못 이겨 집을 나섰다. 두문불출 닷새 만이었다. 인적 드문 공원의 후미진 길을 무작정 걸었다. 다시 입원을 해야 한다면 당장 병원비를 어떻게 마련하나. 보험증서를 정말 팔아야 할까. 반복되는 질문으로 머릿속이 꽉 채워질 때쯤 집에 돌아왔다. 현관문을 열면서 어머니를 불렀다. 대답이 없었다. 고개를 갸웃하며 배변 주머니를 비우기 위해 화장실로 향했다. 그런데 화장실 문이 움직이지 않았다. 세게 밀었다. 둔중한 무엇이 안에서 버티고 있었다. 억지로 밀고 들어갔다. 어머니가 쓰러져 있었다. 공포가 몰려오고 심장이 뛰기 시작했다. 입꼬리에 거품이 물려 있는 어머니는 아직 숨이 붙어 있었다. 구급차를 불렀다. 뇌출혈이었다. 급히 수술을 받고 의식을 찾았지만 어머니는 좌측 팔다리를 사용할 수 없었다. 알아들을 수 없을 정도로 언어 장애도 생겼다. 어머니는 올해 79세, 이젠 누가 먼저 세상을 뜰지 장담하기 어렵다. 어머니의 간병에 매달리던 남식은 한동안 자신이 말기 암환자라는 생각을 잊고 지냈다. 수시로 통증이 왔지만 그때마다 진통제는 효과가 있었다. 어머니가 입원한 지 2주가 지나자 원무과 여직원이 입원실로 고지서를 들고 왔다. 밀린 병원비부터 내야 했다. 남식은 다시 고민에 빠졌다.

정말섭에게 전화를 거는 손끝이 떨렸다.

"결심하셨다니 정말 잘한 겁니다."

30분이 채 안 돼 그가 입원실로 달려왔다. 보험금 수익자 양도 양수 계약에 필요한 모든 서류가 그의 검은 가죽 가방 안에 들어 있었다.

"죽은 다음에 억만금이 생기면 뭐하겠습니까. 살아 있을 때 고생을 덜 해야지요."

"만약 제가 회복이 되면 어쩌죠?"

"그 또한 축하드릴 일이죠"

정은 입으로만 웃고 있었다. 미동도 없는 그의 눈매로 봐서는 전혀 축하해줄 것 같지 않았다.

"중간에 돈이 생겨서 갚으면 계약 취소하고 보험증서 돌려주나요?"

"당연하죠. 하지만 받아간 돈에 이자가 붙으니 만만치 않을 겁니다. 위약금도 있고 흐흐"

그는 '만만치'라는 단어에 대못을 박았다. 그의 양쪽 턱 근육이 불거졌다. 아무래도 보험금은 이대로 포기하는 쪽이 나을 성싶었다.

"그런데 5천만 원이면 너무 적지 않나요?"

"불행히도 요즘 경기도 나쁘고 상황이 어려워져서 4천으로 줄었습니다. 그래도 하실 거죠?"

"지난주엔 5천이라고 했잖아요?"

"이것도 주식시장처럼 그때그때의 상황에 따른 변동이 발생합니다. 그 대신 앞으로 월 보험료는 저희 회사에서 내드리겠습니다."

정은 큰 인심이라도 쓰는 듯 양 손바닥을 내밀며 장담을 했다. '그들은 내심 내가 빨리 죽기만을 바랄 것이다.'

환자가 일찍 사망할수록 그들의 부담은 줄기 마련이다. 환자가 기적적으로 회복되어 오래 산다면 수익자가 된 그들은 한없이 월 보험료를 부어넣어야 한다. 언제 받게 될지 모르는 보험금을 위해. 상대가 코너에 몰린 상황을 역이용하는 정의 매끈한 얼굴이 양서류의 차가운 껍질로 보였다. 하지만 내일까지 병원비를 내지 않으면 어머니는 쫓겨날 텐데. 명치끝에서 뜨거운 것이 올라왔다. 일억 짜리를 4천에 빼앗다니, '개자식들' 욕설을 꿀꺽 삼키고 정이 만들어온 계약서에 서명했다. 향후엔 수익자를 바꿀 수 없다는 단서 조항이 눈에 들어왔다. 그 위에 다시 지장을 찍고 나서야 10%에 해당하는 계약금을 받았다. 400만 원짜리 자기앞수표였다.

　다음날 오전, 남식은 보험회사 사무실에서 정을 다시 만났다. 실내등 밝은 빛이 그의 금테 안경에 반사되어 차갑게 튕겨졌다. 수익자 변경 신청서 위의 글자들이 겹쳐 보였다. 아들 녀석의 얼굴이 젖은 안구에 떠올랐다 가라앉았다. 가슴 한구석이 시렸다. 인감증명을 첨부한 서류를 보험회사 창구에 밀어 넣고 그 자리에서 정으로부터 잔금을 받았다. 그는 잰걸음으로 보험회사를 빠져나왔다. 허탈함을 추스를 겨를이 없었다. 서둘러 어머니 병원비부터 해결했다. 어머니는 자신이 쓰러진 사실을 형에게 알리지 못하게 했다. 아직은 성한 오른손을 좌우로 흔들며 고개를 젓는 의미를 모를 리 없지만 어머니의 병수발을 집에서 할 자신은 애초에 없었다. 그럭저럭 한 달이 지나자 어머니의 말을 조금은 알아들을 수 있게 됐다. 그 와중에도 어머니는 집에 두고 온 강아지 걱정을 했다. 야채 가게 주변을 어슬렁거리기에…. 장보러 갔다 주워왔다며 '온종일 집에서 죽치는 네가 심심할까봐'라고 덧붙였었다. 온 방바닥과 침대 위로 개털이 돌아다녔다. 비루한 그 녀석을 볼 때마다 남식은 자신의 처지와 다를 게 없다는 생각이 들었다. 씻기지 않고 사흘만 넘겨도 퀴퀴한 냄새가 진동하는 게 싫었지만 그놈의 새까만 눈이 문제였다. 동그랗고 촉촉한 큰 눈동자가 얼굴의 반쯤이나 차지했다. 병원에 갈 때는 사료와 물을 신발장 옆에 두고 나오지만 장시간 집안에 가둬두는 게 안쓰러웠다. 할 수 없이 옆집 여자의 신세를 지기 시작했다. 아파트 복도에서 마주치면 한 번씩 안아보자던 젊은 여자였다. 흔쾌히 맡아준 그녀가 고마웠다. 어머니가 조금씩 회복되는 모습을 보이자 남식은 입원 기간을 연장했다. '조금만 더 지나면 걸을 수 있을지도 모르는데….' 의사의 말에 마음이 약해진 탓이었다. 어머니는 강아지가 눈에 밟혀 병원에 머무를 수 없다고 했다. 남식의 귀에는 쉴 새 없이 들어가는 병원비 걱정으로 들렸다.

입원실 창밖에 색색의 조그만 조명등이 줄줄이 걸리기 시작했다. 앙상해진 나뭇가지들이 화려해졌다. 어떻게 알았는지 정말섭이 어머니의 병실로 찾아왔다. 크리스마스를 며칠 남겨둔 오후였다. 손에는 귤 상자가 들려 있었다.

"우환이 겹쳐서 어쩌죠?"

그의 방문이 마뜩찮았다. 계약자의 근황을 확인하러 온 것이겠지. 분위기가 어색하다고 느꼈는지 잠시 후 그가 일어섰다.

"두 분 다 어서 회복하셔야죠."

그가 남긴 인사말이 썰렁한 병실 안을 계속 맴돌았다.

'나는 아니겠지.' 남식은 정의 깔끔하게 빗어 넘긴 뒤통수에 대고 중얼거렸다. 그 뒤로도 정은 매주 거르지 않고 전화를 했다. 의례적인 인사로 받아들이려 해도 끊고 나면 여지없이 불쾌했다.

"회사 방침이니 이해해주십시오."

고객이 아직도 살아 있는지 확인하는 것이 그의 업무일 터. 안부 인사를 빙자한, 니코틴에 절은 듯 갈라진 저음이 바닥 모를 깊은 물속에서 들려오는 소리 같았다.

남식이 옆집 벨을 눌렀다. 강아지 소리가 들렸다. 문이
다 열리기도 전에 녀석이 남식을 알아보고 먼저 뛰어나왔
다. 맡겨둔 지 나흘만이었다. 언제부턴가 남식은 그놈을
형의 이름으로 부른다. 형이 떠난 빈자리를 지켜주는 녀석
이 남식은 기특했다. 눈을 흘기던 어머니도 그렇게 불렀
다. 녀석이 손등을 핥으며 꼬리를 친 효과였다.

"영식이 그냥 제가 키우면 안 될까요?"

옆집 여자가 뜬금없는 제안을 했다.

"집도 자주 비우고 건강도 안 좋으신 것 같은데…."

"…"

생각해 보니 건강에 대한 이야기는 들은 것 같기도 하
고 환청인가 싶기도 했다. 곱게 다듬어 묶어 올린 영식의
흰색 머리털이 앙증맞았다. 녀석에게서 샴푸 냄새가 났다.
좀 전에 목욕을 시켰는지 아직 물기가 남아 있었다. 그녀
가 영식에게 마음을 주고 있다는 증거였다. 그럴 만도 했
다. 수시로 맡긴 지도 벌써 두 달이 넘어가는데. '내가 죽
으면 어차피 너는 저 여자 차지가 되겠지. 내가 오래 살면
안 되는 이유가 하나 더 늘었군.' 남식이 중얼거렸고 강아
지는 꼬리를 흔들며 그의 손등을 핥았다.

예리한 통증이 다시 몰려왔다. 남식은 손끝으로 어둠을 더듬어 진통제를 찾았다. 식은땀이 이마에 송골송골 맺혔다. 자다가 일어나기를 몇 차례. 이제 거의 다 되어 가는가 싶다. 주치의는 통증이 심해지면 다시 입원하라고 했지만 그럴 처지가 못 된다. 어머니는 아직도 병원 신세다. 최근에는 차도가 없으니 반신불수로 여생을 보내야 할지도. 퇴원을 시키고 싶지만 재발되면 끝이라는 의사의 말이 자꾸만 결정을 미루게 한다. 남식도 이제 더 이상 배변 주머니를 바꿔가며 문병을 다니기가 힘들어졌다. 지하철에서 혼쭐이 난 뒤로는 택시만을 고집한다. 어머니가 입원한 잠실의 종합병원까지는 택시비가 왕복 2만 원도 더 나온다. 하지만 매일 안 가볼 수 없다. 간병인을 쓰자니 엄두가 나지 않는다. J&C로부터 받은 돈도 벌써 반 이상 사라졌다. '나까지 입원을 하면 남아나지 않을 텐데…. 이젠 결단을 내려야 해.' 그의 가슴 깊은 곳에서 긴 호흡이 빠져나갔다.

거실의 시계가 오전 아홉 시를 가리키고 있었다. 채비를 서둘렀다. 마지막 방문이 될지도. 화장실로 들어갔다. 옆구리에서 주머니를 떼어냈다. 피부에 붙어 있던 끈끈이 테이프가 털을 뽑으며 따끔거렸다. 자주 떼었다 붙이는 자리에는 드문드문 염증이 생겼다. 피부가 벌겋게 된 자리들은 더 예민했다. 그는 세면대 위 거울 달린 벽장을 열고 하나 남은 새 봉투를 꺼냈다. 재활용은 무의미했다. 콜택시를 불러 병원으로 달렸다. 간호사실에 부탁해 어머니를 간병해 줄 사람을 소개받았다. 십 분도 안 되어 여자가 도착했다. 몸피가 넉넉한 오십대 여자는 누런색 유니폼을 입고 있었다. 잠을 못 잤는지 화장이 떠 푸석거리는 얼굴색이 배변 주머니에 고이는 액즙을 닮았다. 궂은일도 거리낌 없이 해줄 사람 같았다. 여자는 월 120만 원을 불렀다. 어머니와 다른 환자를 같이 돌보는 조건이었다. 남식은 한 달 분을 선불로 치른 후 어머니를 일별하고 말없이 입원실을 나왔다. 좀처럼 발이 떨어지지 않았다. 복도 벽에 기대어 한참을 서 있는데 휴대전화가 낮은 신음소리를 냈다. 아들이었다.

"아빠! 나 아빠랑 살면 안 돼?"

"왜? 잘 지낸다더니."

"엄마가 재혼한대."

남식이 첫 수술을 받은 뒤 아내는 보험 설계사라는 명함을 갖더니 분주히 밖으로 돌았다. 그러다가 만난 남자려니.

"아빠는 안 돼. 그냥 엄마랑 살아."

남식의 손이 또다시 불룩해진 옆구리를 더듬었다. 끊어지는 전화기 너머로 아들의 훌쩍거리는 소리가 묻혔다. 병원 마당에서 올려다본 하늘이 시리도록 맑았다. 코끝이 저리고 눈꼬리에 물기가 고였다. 더 머물다가는 일을 치르기 어려울 것 같았다. 오는 길에 철물점에 들렀다. 공업용 커터 칼을 샀다. 골목을 돌아 집 앞 가게에서 소주 두 병을 샀다. 안주는 필요 없었다. 현관문을 열고 신발을 벗기도 전에 영식이가 달려 나왔다. 번쩍 안아 올렸다. 지난 일주일간 목욕시키는 것을 잊고 있었다. 어차피 남식도 화장실부터 들러야 했다. '너도 이 집은 오늘이 마지막이다.' 재떨이만 한 개밥그릇에 사료를 평소보다 두 배로 부었다. '새 주인 만나 잘 살아라. 깨끗하게 씻어주마.' 젖은 털이 달라붙은 녀석의 몸뚱이가 욕조 모서리 위에 놓인 플라스틱 샴푸 통만큼이나 작았다. 남식은 영식이를 들어 올려 털을 헤치고 뱃살을 어루만졌다. 분홍색 바탕에 검은 점이 찍힌 녀석의 배에는 털이 없다. 왼쪽 복부를 검지로 지그시 눌렀다. 엉뚱한 생각이 떠올랐다. 이곳에 구멍을 내면 어떨까. 그러면 너도 내 심정을 알겠지. 손톱 끝으로 두어 차례 찌르자 그놈은 아예 배를 위로 하고 드러누웠다. 철없는 놈이다. 영식의 새까만 눈동자에 머뭇거리다 용돈을 받고 돌아서던 아들의 눈이 겹쳤다. 남식은 고개를 저었다. 샴푸 몇 방울로 거품을 내고 녀석을 천천히 욕조에 담갔다. 조금씩 흘러나오게 조절한 물의 온도가 맞춤했는지 녀석은 느긋하게 즐기는 표정이다. 녀석의 몸을 씻기며 남식은 지친 자신에게도 염(殮)을 해주고 싶었다.

'이제 행동에 옮겨야 한다. 날이 무디면 고통만 가중된다. 어차피 죽을 목숨, 두려울 건 없다.' 후회와 자책감이 자신에 대한 복수심으로 타올랐다. 화장실에서 나와 식탁에 앉았다. 식탁 위의 통장이 눈에 들어왔다. 생명보험을 팔아 쓰고 남은 돈이 들어 있었다. 도장과 비밀번호를 적은 쪽지는 통장 사이에 끼워놓았다. 어머니가 돌아오시면 사용할 수 있을 것이다. 남식의 충혈된 눈에 식탁 위의 소주병이 들어왔다. 두려움을 줄여줄 것이었다. 뚜껑을 열자마자 고개를 젖히고 벌컥벌컥 마셨다. 찌릿한 감각이 위벽을 타고 내렸다. 복통이 줄어드는 것도 같았.

그래도 혹시…. 그는 식탁 위에 놓아둔 노트북을 열었다. 구차한 미련이 함께 열렸다. 아침에 켜놓고 나간 그대로 슬리핑 상태였다. 엔터키를 치자 엊저녁 그 사이트로 이동했다. 주식에 실패하고 새로 발견한 죽음의 게임. 대처 수상의 초상 날짜를 맞춰 수천만 원을 벌었다는 그 자식의 영웅담은 왜 이렇게 자주 올라오는지…. 죽기를 바라던 유명 인사들은 명도 길다. 정말이지 오래도 산다. 남식은 이번 주에도 2만5천 원을 투자했다. 대상은 82살 된 여배우였다. 1960년대에 인기를 누렸던 그녀는 미국서 잘 살다가 고향이 그리웠는지 작년에 돌아왔단다. 폐렴으로 서울대병원에 입원 중이라는 뉴스가 있었다. 갑자기 팝업 창이 떴다. 오늘의 잭팟. 드디어 남식이 투자한 그녀가 죽었다. 이번 주는 일등 상금이 18,270,000원이나 된단다. 심장 뛰는 소리가 들렸다. 당선자 아이디가 떴다. 남식은 눈을 부릅떴다. 이번에도 아니었다. 내 팔자에 무슨…. 살아 있어야 할 이유가 때로는 옹색했다. 누군가의 죽음이 또 다른 누구에게는 기쁨이라는 것이 아릿한 느낌으로 아랫배를 찌른다.

웃통을 벗었다. 거실 바닥에 방석을 깔고 앉았다. 남식은 커터 칼의 손잡이를 두 손으로 움켜쥐고 이를 악물었다. 단 한 번만이라도 이기고 싶었다. 자신의 선택으로 운명에 복수하고 싶었다. 가능한 잔인하게…. 한 남자의 삶을 악몽으로 몰아넣은 동굴. 그 속으로 시퍼렇게 날선 칼끝이 들어갔다. 연약한 속살을 비집고 들어온 금속의 촉감이 얼음보다 차가왔다. 칼날을 타고 선홍빛 액체가 밖으로 흘렀다. '이제 좌에서 우로 한 호흡에 긁으면 된다.' 각오가 되어 있으므로 두려움도 없다. 알 수 없는 희열이 미열을 타고 오른다. 눈앞이 뿌옇게 흐려진다. 아들 녀석이 구부정한 어깨로 훌쩍이며 안기듯 다가온다. 술기운인지 문득 소변이 마렵다. 화장실 쪽으로 고개를 돌렸다. 한 뼘쯤 열린 문틈으로 뿌옇게 김이 빠져나온다. 아뿔싸! 영식이. 튕기듯 일어나 화장실 문을 열어젖혔다. 욕조에 물이 넘쳐흐른다. 시간의 짤막한 꼬리를 움켜쥘 옹색한 이유가 될 것이다.

네 번째 이야기

론니
플래닛

안산 원곡동에서 지하철로 한 시간 남짓. 푸삼은 회현역에 내렸다. 그는 장사꾼들의 외치는 소리와 고소한 냄새를 쫓아 남대문시장 골목으로 접어들었다. 고기 굽는 손수레에서 올라오는 매캐한 연기, 색색의 옷가지, 신발, 아이들 장난감. 노랗게 반짝이는 양은 냄비와 알록달록한 사기 접시 등 살아 있는 자들을 위한 온갖 것들이 그의 오감을 뚫고 한꺼번에 밀려왔다. 한국 생활 11년, 사흘 후면 다시 보지 못할 모습들이었다. 그는 숭례문까지의 동선을 파악해 두려는 목적을 잊은 채 외국인 관광객들 사이로 끼어들어 주변을 기웃거렸다. 여성용 운동복을 파는 노점 앞에는 여자들이 자기들만의 언어를 주고받고 있었다. 모자가게를 끼고 왼쪽으로 돌던 그가 짙은 눈썹의 키 큰 남자의 어깨를 스쳤다. 가무잡잡한 얼굴에 면도 자국이 파르스름한 남자는 가게 주인과 흥정을 하고 있었다. 곁에서 히잡 쓴 여자가 사내아이의 머리에 빵떡모자를 씌워주며 웃었다. 여자의 치아가 정갈했다. 푸삼은 문득 아내의 환한 미소와

재잘거리는 두 아이의 얼굴을 떠올렸다.

산업 연수생에게 허락된 3년이 끝나갈 무렵, 푸삼은 오른손 검지와 중지를 프레스 기계 밑에서 잃었다. 잘려나간 손가락들이 시멘트 바닥 기름때 위로 굴렀다. 애벌레가 꼼지락거리며 기어 다니는 것 같았는데, 동료들은 그가 이미 기절한 상태였다고 했다. 한 달간의 입원이 끝났을 때 그는 자동적으로 떠나야 하는 사람이 되었다. 코리안 드림을 위해 스리랑카에서 들였던 돈은 여전히 빚더미였다. 막막했다. 손가락이 있던 자리가 느닷없이 아렸다. 환지통이었다.

그는 정해진 수순처럼 마석 가구 단지에 스며들었다. 아내는 그곳에서 만난 여자였다. 불교를 믿는 싱할리족 여자와 힌두교도인 타밀족 남자의 결합은 문제가 되지 않았다. 여기는 한국이었다. 스리랑카에서 다수를 차지하는 싱할리족의 여자를 얻은 것만으로도 그에겐 벼슬이었다. 그의 한국어 실력도 그녀의 마음을 얻는 데 한몫했다. 한국에 들어올 때부터 그는 도로변 간판들을 읽을 수 있었다. 입국 전에 한글 공부를 한 효과였다. 그녀는 그의 손가락에 대해 가족에게 말하지 않았다. 물론 그가 대학을 나왔고 고등학교에서 세계사를 가르쳤다는 점이 중졸의 여자가 자신의 가난한 가족을 설득하는 데 유용했을 것이었다. 양가 어른들에게는 귀국해서 다시 정식으로 혼례를 올리겠다고 약속했다. 마석에서 사귄 친구들에 둘러싸여 간단한 예식을 치르고 대사관에 신고를 했다. 첫 아이가 태어나 해를 넘기기도 전에 푸삼은 아버지가 돌아가셨다는 전화를 받았다. 간경화였다. 푸삼은 고향 언어로 '가장 빛나는 별'이라는 뜻이지만 그는 그 이름을 지어준 아버지에게 별빛을 보여줄 수 없었다. 이미 체류 기간을 넘긴 자가 한국 땅을 떠나면 되돌아오긴 쉽지 않을 터. 귀국 대신 장례비를 보내는 쪽을 선택했다. 아이가 돌을 넘기면서 산업연수생이었던 그의 아내도 미등록 노동자가 되었다.

출입국관리소의 단속을 피해가며 아이의 웃음을 따라 웃던 부부에게 새로운 재앙이 닥쳤다. 고향의 내전 소식. 싱할리족이 장악한 정부군이 소수민족의 수호자를 자처하던 타밀 반군에게 전면전을 선포했단다. 스무 해가 넘도록 휴전과 확전을 반복하던 싸움이 정점으로 치솟고 있었다. 스리랑카 북동부를 점령하고 있던 반군은 산악 지형을 이용해 게릴라전으로 응수했다. 동쪽 바다를 접한 푸삼의 타밀족 시골 마을은 그의 아내가 떠나온 싱할리족 동네에서 멀지 않았다. 비포장도로를 타고 버스로 한 시간이면 닿는 거리가 한국의 남과 북처럼 멀어졌다.

'여긴 괜찮아. 너희들만 잘 지내면 된다. 나도 괜찮고.' 전화기 너머의 어머니는 언제나 한결같았다. 하지만 달리 접하는 고향 소식이 푸삼의 가슴 언저리를 할퀴었다. 붙잡혀간 남자들은 돌아오지 않았고 가족들까지 희생당하고 있었다. 아내가 떠나 온 마을 사람들과 푸삼의 친척들은 서로를 죽이지 못해 아우성이었다. 열두 살 아래인 그의 막내 동생이 자취를 감췄다. 학생 시절 반정부 운동에 앞장섰던 동생이 이번엔 타밀족의 무장 투쟁에 몸을 담았다. '형 난데 돈 좀….' 국제전화는 짧았고 어디에 쓸 건지는 묻지 않았다. 도청이 두려웠다. 종족 간 갈등이 심해질수록 자주권에 대한 목마름은 더해갔다. 독립 운동 자금은 주로 타밀족이 많이 사는 인도 남부에서 조달되고 있었다. 그는 결혼 후에도 아내 몰래 모아둔 돈을 동생에게 보냈다. 작은 힘이라도 보태는 건 그에게도 긍지였다. 고국의 상황이 악화되자 말 수가 줄어든 아내는 남편의 눈치를 자주 살폈다. 여러 밤을 뜬눈으로 새운 그는 이윽고 마음을 정했다. '한국 정부에 난민 신청을 하자.' 돌아가면 우리 가족에게 어떤 일이 닥쳐올지…. 끔찍한 상상들이 악몽으로 덤벼들었다. 식은땀에 젖은 밤은 길었고 부부는 맥없이 서로를 쓰다듬었다.

남대문시장을 빠져나온 푸삼은 머리를 거칠게 흔들어 시린 기억들을 털어냈다. 큰길 한가운데 불쑥 솟아오른 누각을 때 낀 돌들이 떠받치고 있었다. 매끈하게 잘라낸 회백색 화강암들이 오래된 돌무더기 사이에서 맨살을 드러냈다. 울긋불긋한 단청과 함께 새로 단장한 흔적이었다. 한때는 이 도시를 보호하는 성곽의 출입문이었다는데…. 그는 잇새로 중얼거리며 하늘로 뻗은 기와지붕의 처마 끝에 시선을 맞췄다. 몇 걸음 더 다가서며 누각으로 올라갈 길을 찾아보았다. 시장 골목과 연결된 건널목이 눈에 들어왔다. 누각으로 접근 가능한 최단 거리. 성곽 위로 올라가기엔 아무래도 그쪽이 무난했다. 건널목에서 이어진 인도는 가슴 높이의 관목이 촘촘한 울타리 곁을 따라가다 쇠파이프 난간에서 끝이 났다. 더 이상의 접근을 막는 바리케이드였다. 난간을 밟고 오르면 돌계단이었다. 계단은 겨우 열 개 남짓이었고 계단 끝에 누각으로 들어가는 아치형 곁문이 보였다. 짙은 갈색의 나무 문은 주먹만 한 자물쇠를 문고리에 매달고 있었으나 헐거워보였다. 시장 쪽으로 돌아오는 길에 어깨 뒤로 고개를 꺾었다. 서쪽 하늘이 핏빛이었다. 야생마의 갈기를 닮은 노을이 누각의 용머리에 걸려 불타고 있었다. 그가 불법 체류자가 된 이듬해, 누군가 이곳에 불을 놓았다. 정부에 불만을 품은 자였다. 성문 위에 매달린 현판이 불붙은 채 바닥으로 떨어졌다. 불은 한국인들의 가슴으로 옮겨 붙었고 그들의 자존심이 무너진 것이라고 했다. 시간이 지나면서 반성의 언어들이 분노 속에 끼어들었다. 그들은 '함께 지킬 가치'에 입을 모았다. 그렇다면 상징물의 복원은 공동체의 존재 이유에 대한 성찰이어야 했다. '방화범 하나가 온 나라를 울리다니….' 푸삼에겐 신선한 충격이었다.

푸삼은 상념에서 깨어나 몸서리를 쳤다. 쫓기는 자의 두려움…. 10년 형을 선고받은 방화범은 오늘도 바깥세상을 갈망하며 남은 날짜를 셀 것이다. 불현듯 바깥보다 차라리 감옥 안이 더 안전할 수도 있겠다는 생각이 들었다. 고개를 들어 올리자 먼발치에 왕릉같이 불룩한 언덕이 보였다. 거기로 가는 중간쯤에 공중전화 부스만 한 경비 초소가 있었다. 그 안에서 경찰 복장의 사내가 무료한 듯 멀뚱히 서서 상체를 좌우로 느리게 움직였다. 흘깃 사내를 훑었으나 경계의 눈초리는 없었다. 깃털구름에 주황색 빛이 섞여들었다. 빗자루로 하늘을 쓸어낸 듯 결이 고왔다. 파스텔 톤의 끝이 가물거렸다. 먼 바닷가 마을 어머니의 숨소리가 귓불에 스쳤다. 그는 잘려나간 손가락 마디를 바라보았다.

원곡동으로 돌아오는 길에 주유소에 들렀다. 5리터 들이 플라스틱 통을 채워 배낭 안에 넣었다. 그거면 충분할 것이다. 골목으로 꺾이는 모퉁이에 태안식당 간판이 보였다. 아직 불이 켜져 있었다. 푸삼은 불빛을 피해 식당 뒤 골목으로 난 대문을 밀고 마당에 들어섰다. 신발을 벗기도 전에 방문이 밖으로 덜컥 열렸다. 오 선장이 팬티 바람으로 구부정한 허리를 폈다.

　"곧 간다는 놈이 어딜 그리 쏘다니냐?"

　살집 없는 노인의 그을린 이마에 걱정이 스며 있었다. 푸삼이 내려놓는 배낭에서 출렁거리는 소리가 빠져나왔다. 지레 불안한 마음에 더 큰 소리로 대답을 던졌다.

　"애들 선물 좀 샀어요."

　나오는 대로 대꾸는 했지만 선물이야 지난달에 부쳤다. 전기밥솥이 망가졌다는 아내의 볼멘 전화 목소리도 한참이 지났건만 그제야 하나를 사서 보낼 수 있었다. 아내는 재작년에 아이 둘을 데리고 먼저 스리랑카로 돌아갔다. 푸삼은 함께 갈 엄두를 내지 못했다. 타밀족 젊은 남자들을 모조리 죽인다는 소문 때문이었다. 걸음마 서툰 딸아이를 업고 다섯 살짜리 아들놈의 손을 잡고 출국장을 빠져나갈 때, 아내는 새로 산 밥솥을 보듬고 있었다. 짐칸에 부치면 망가질지도 모른다며. 난민 신청이 거부되고 이의 신청과 소송으로 이어진 3년 2개월의 노력이 실패로 끝난 뒤였다.

"밥은 먹었냐? 얼렁 가서 곱창이나 채워 이눔아."

멀뚱하게 서 있는 그의 등을 오 선장이 떠밀었다. 주춤거리는 그의 손에 노인이 꼬깃꼬깃한 만 원짜리 한 장을 쥐어주었다.

"나 돈 있어요."

"있기는 개뿔."

노인이 혀를 털며 가늘게 뜬 눈으로 그를 훑었다. 허기가 몰려왔다. 식당을 하는 태안댁 얼굴이 떠올랐다. 태안댁은 그에게 한 상 걸게 차려주겠다는 약속을 했었다. 작별의 만찬이 될 터였다.

"잔소리 말고 가져 가, 안 그래도 태안댁이 내일 저녁에 오라더라. 식당 문 닫고 셋이서 한잔 하자고."

태안댁은 취하면 아무 데나 드러눕는 오 선장을 그나마 챙겨주는 사람이다. 국수가 주 메뉴인 태안식당에서 집밥을 먹을 수 있는 사람은 많지 않았다. 푸삼은 오 선장을 따라다닌 덕분에 국수에 물리지 않을 수 있었다. 태안댁은 국수 위에 고수를 양념처럼 얹어 주었다. 동남아 사람들이 좋아한다며. 처음엔 그 초록 비린내가 역겨웠다. 하지만 자주 먹다보니 이젠 고수가 빠지면 고기 국물에 속이 느글거렸다. 중독성이 있었다. 한국인들에게 청국장이나 김치가 그렇듯이. 마지막 식사에는 고수 향이 어우러져야…. 불현듯 한국이 고수 향 같은 존재라는 생각이 들었다. 차마 버릴 수 없는 역겨움 그리고 중독성. 푸삼은 뭔가 생각난 듯 코를 벌름거렸다. 그날 네 식구는 늦은 점심으로 베트남 국수를 주문했었다. 그들은 난민 심사 인터뷰 뒤의 허허로움을 고수 향으로 달랬다.

기다린 지 넉 달 만이었다. 아이를 업은 아내가 따라나섰다. 인터뷰 통지서에 적힌 장소를 찾아 두 시간이나 일찍 도착했다. 순서가 지나가버릴까 걱정되었다. 푸삼은 복도에 놓인 장의자에 앉았다 일어서기를 반복했다. 입이 계속 말랐다. 면담실의 문이 열릴 때마다 나오는 사람들의 안색을 살폈다. 익숙한 언어가 들릴 때마다 반사적으로 일어났다. 젊은 부부에게 다가가 말을 붙였다. '안에서 무엇을 물어보던가요?' 그들은 말없이 고개만 가로저었다. 눈빛들이 어두웠다. 입을 연 사람도 별 도움이 되지 않긴 마찬가지였다. 드디어 푸삼의 이름이 들렸다. 심장이 주먹질을 해댔다. 광대뼈가 튀어나온 담당 공무원의 말투는 건조했고 스리랑카인 통역의 은테 안경에서 차가운 빛이 튕겨나왔다.

"전쟁이 이미 끝나지 않았나요?"

면접관이 눈꺼풀을 천천히 들어 올리며 물었다. 조용하고 차분한 말투였다. 전쟁이 끝났으니 위험도 사라졌다고 여기는 것 같았다. 푸삼이 인터뷰 통지서를 기다리는 동안 타밀군의 거점 도시를 점령한 정부군이 종전을 선언했다. 그 후로 다시 두 달이 지났으니 면접관의 말이 아주 틀린 것도 아니었다. 스리랑카 정부가 종전과 평화 선언을 서두른 것은 전쟁이 장기화될수록 불리해지는 외교 문제 때문이었다. 영국과 인도 등 주변 각국에서는 인종 청소 행위에 대한 전범 처벌을 주장했다. 하지만 그 뒤로도 정부군은 타밀족 마을을 뒤지며 저항의 뿌리를 뽑아내고 있었다. 반군들은 이에 맞서 자살 특공대를 조직해 지하로 숨어들었다. 푸삼은 동생의 행동반경이 그 어디쯤일 것이라고 생각했다.

"가족 중에 정치적으로 위험에 처한 사람이 있습니까?"

면접관이 다시 물었다.

"저어…, 동생이 반군으로 활동하고 있는데…."

다급해진 그가 주섬주섬 말을 꺼냈다. 이어지는 대화엔 좀 더 구체적인 정보가 요구되었다. '지금 내가 살자고 동생을 파는 건가'라는 생각에 가슴이 답답했다. 동생의 활동이나 역할은 그도 자세히 알지 못했다. 가족에게 미칠

장래의 위험을 증명할 방법도 없었다. 겉도는 대화 중에도 한 가지는 분명했다. 돌아가면 죽을 거라는 증명을 이쪽에서 하라던가. 현재의 개연성을 근거로 장래의 위험을 인정해줄 틈이 좀처럼 보이지 않았다.

"지금 불법 체류 중이지요?"

"…."

불똥이 엉뚱한 데로 튀었다. 면접관이 거부의 이유를 찾는 모양이었다. 아이가 자주 칭얼거렸다. 푸삼은 아내 쪽으로 얼굴을 돌렸다. 전의를 상실한 아내의 작은 손이 떨리고 있었다.

"지금 일하고 있는 것도 불법인 거 아시죠?"

면접관은 그 말을 끝으로 시선을 책상 위의 서류에만 꽂았다. 눈이 마주치는 불편을 피하고 싶은 모양이었다. 처음부터 결론을 정해놓은 듯했다. 부부가 이미 불법 체류 상태였다는 게 걸림돌이었다. 하지만 내전이 격화된 건 최근의 일이었다. 전쟁이 끝났어도 그의 가족에게 닥칠 보복의 공포는 이제부터가 아닌가. 종교, 인종차별, 그리고 전쟁 등이 난민 신청 사유가 되는 건 분명했다. 그것은 국제법상 명시된 조항이었다. 인터뷰 시간은 20분도 채 주어지지 않았다. 면접관의 혀가 법과 규정의 견고한 테두리를 핥는 동안 시간은 짧은 심지마냥 타들어갔다. 발목을 드러낸 푸삼의 바짓가랑이가 떨렸다. 긴장한 탓이었다. 가슴 속에 뭉쳐둔 사연을 다 꺼내지 못했고 목구멍을 겨우 넘어온 몇 마디는 허공에 힘없이 흩어졌다. 그는 풀린 다리로 자리를 밀고 일어났다. 생색내는 말이 그의 뒤꿈치를 따라 나왔다. 주거가 일정하니 당장의 구금은 면해주겠다는…. 그나마 고마운 줄 알라는 의미였나. 잡히지나 말라는 배려였나. 둘 다일 수도 있었고 아니어도 차이는 없었다. 길고 혼란스러운 하루가 달력에서 빠져나가고 있었다. 허탈함과 막연한 분노가 가슴과 머리를 마구 건너다녔다. 외국인 근로자 권익 보호 단체에서 나왔다는 여자가 복도에서 그에게 귀띔을 했다.

"기대하지 않는 게 좋을 거예요. 원칙적으로 입국 후 육십 일 이내에 신청하도록 되어 있어요. 그들은 체류할 핑계를 대는 걸로 여길 겁니다. 그렇게 해서 돈벌이를 하려는 사람들도 많으니까요."

집으로 돌아오는 길에 베트남 국수집에 들렀다. 그는 평소 마시지 않던 소주를 주문했다. 그의 아내는 고수를 얹은 자신의 국수를 남편 앞으로 밀어주고 창밖에 시선을 고정했다. 아내의 눈에 맺혀 있던 눈물이 뺨을 타고 탁자 위로 떨어졌다.

얼마 후 푸삼에게 우편물이 도착했다. 난민 신청이 기각

되었다는 통지서였다. 그는 이의 신청을 했다. 그거라도 하지 않으면 곧바로 추방될 처지였다. 시민단체의 도움으로 써낸 이의 신청과 새로 제기한 소송은 호소에 가까웠다.

'한때 대부분의 한국인도 전쟁 난민이었음을 잘 알고 있습니다. 위장 난민을 난민으로 인정했을 때 발생할 공익상 피해의 크기와 신청자의 주장이 사실임에도 강제 귀국 당할 경우에 받을 박해의 정도를 진지하게 비교해주시기 바랍니다.'

푸삼은 기대와 포기 사이를 끝없이 건너 다녔다. 난민 신청의 통과 여부는 차라리 잊는 게 편했다. 가능성이 희박할수록 한 푼이라도 벌어야 했다. 법은 경제활동을 막았지만 그는 법을 지킬 형편이 못 되었다.

환갑을 넘긴 태안댁은 거친 말투가 오 선장을 닮았다. 푸삼도 이제는 한국 사람들 속을 들여다볼 줄 알게 되었다. 11년의 내공이었다. 욕쟁이로 불리는 태안댁은 처진 턱살과 펑퍼짐한 허리만큼 인정이 많았다. 그녀의 밥 인심은 후했다. '오갈 데 없는 놈들이 배고프면 도둑질밖에 더하겠어?' 귀에 못이 박히도록 듣던 말이었다. 좀도둑은 어디에나 있었다. 오 선장과의 인연도 도둑 덕분이었다.

작년 여름, 마석 가구 공장에 단속이 떴다. 푸삼은 추방을 피해가며 하루하루 버티는 신세였다. 불경기로 문 닫는 업체가 늘면서 경쟁이 심해지고 이웃은 험악해졌다. 단속의 칼날을 피하도록 서로 감싸주던 분위기는 옛이야기였다. '떴다!' 누군가 소리를 질렀다. 이웃 공장에서 신고를 한 모양이었다. 푸삼과 함께 이층에서 몸을 날린 베트남 남자와 발버둥 치는 우즈벡 여자가 눈앞에서 붙들렸다. 가까스로 도망친 푸삼이 발을 담근 곳이 안산의 원곡동이었다. 자신과 비슷하게 생긴 사람들이 모여 사는 곳이면 좀 더 안전할 것 같았다. 푸삼은 안산역에서 내려 원곡시장 안으로 들어와 쌈지공원 계단에 앉았다. 그 옆에서 머리에 기름때가 전 노인이 비스듬히 쓰러진 채 코를 곯았다. 노인의 점퍼 호주머니에서 반쯤 빠져나온 지갑이 보였다. 눈썹이 짙고 호리호리한 사내가 노인에게 접근했다. 사내의 손이 지갑에 닿는 순간, 푸삼이 외마디 소리를 질렀다.

"아버지! 일어나요. 집에 가요."

노인이 게슴츠레 눈을 떴고 사내는 손을 털며 험악한 인상으로 물러났다. 푸삼은 노인의 어깨를 흔들어 깨웠다. 노인이 비틀거렸다. 차라리 업고 뛰는 게 빠를 성싶었다. 공원을 빠져나오면서 집을 물었다. 노인이 입을 열 때마다 신트림에 섞여 술 냄새가 어깨를 넘어왔다. 그렇게 당도한 곳이 태안식당이었다. 태안댁은 가게 딸린 낡은 단독주택의 뒷방을 노인에게 세놓고 있었다. 세간이랄 것도 없는 허름한 방이었다. 태안식당에서 얻어먹은 곱빼기 국수에 긴장이 풀려 스르르 잠이 들었다.

다음날 아침, 앞마당 수돗가에서 세수하는 푸삼을 태안댁이 지켜보고 있었다.

"일자리 필요하면 오 선장 따라가 봐. 방 값이라도 보태야지."

오 선장으로 불리는 노인과는 벌써 이야기가 되어 있었다. 푸삼의 처지를 다 알고 있다는 듯 그들은 묻지도 않았다. 그는 노인을 따라나섰다. 안산역에서 새벽 지하철을 타고 오이도로, 다시 버스로 대부도까지 이동하는 노인의 일터는 김 양식장이었다. 양식장은 여름에 쉬다가 가을부터 본격적으로 작업이 시작된다고 했다. 갯마을 출신인 그에게도 김 양식장은 처음이었다. 가을 작업은 바다에서 미리 배양한 포자를 김발에 붙여 양식장에 넣는 일부터였다. 그는 오 선장과 한 조가 되어 김발 묶은 밧줄을 당겼다. 기둥에 묶인 그물이 복도처럼 늘어선 틈새로 쪽배를 젓다보면 어느새 하루해가 기울었다. 일흔이 넘은 오 선장은 노련했다. 하지만 그도 세월을 이길 수는 없었다. 일의 속도가 떨어질 때마다 양식장 주인은 짜증을 냈다. 술을 많이 마신 다음날은 오 선장이 힘을 쓰지 못했다. 그럴 때마다 푸삼은 그의 몫까지 거들었고 주인은 걸핏하면 젊은 놈들을 불러오겠다고 투덜거렸다.

"가두리 양식장 인도네시아 놈들은 손발이 척척 맞는데…."

이웃 양식장도 비슷한 처지의 외국인을 쓰고 있었다.

"미안합니다. 일 더 많이 하겠습니다."

푸삼이 억지웃음으로 머리를 숙였다. 오 선장은 그러거나 말거나 하는 태도였다. 망망한 바다 위에서 단 둘이 작업을 하다보면 심심하기 마련이었다. 늘 붙어 다니는 두 남자를 부자간으로 불러주는 사람들도 있었다. '퍼뜩 가서 아부지 모셔온나', '아들이 일을 더 해야지 어쩌겠나' 하는 식이었다.

"찾는 사람이 있다던대요?"

태안댁에게 시선을 맞추며 푸삼이 말을 꺼냈다. 저녁식사를 마친 오 선장이 담배를 물고 나간 틈이었다. 태안댁은 왕년에 원양어선을 탔다는 외톨이 노인의 사연을 세세

하게 알고 있었다. 노인이 취기를 빌려 종종 그녀에게 넋
두리를 풀어놓나 보았다. 선장의 꿈을 접은 그를 태안댁은
선장으로 불러주고 있었다. IMF 위기로 다니던 회사가 망
하는 바람에 더 이상 배를 탈 수 없었던 그는 서해안 가두
리 양식에 뛰어들었다. 남들처럼 가정을 꾸리고 싶어 쉰여
섯에 장가도 들었다. 신부는 스물두 살 아래의 베트남 여
자였다. 세상살이 맛이 이런 건가 싶기도 했단다. 그러던
그가 다시 떠돌이가 된 건 기름 유출 사고와 관련이 있었
다. 따지자면 그는 환경 난민이었다. 대기업 바지선이 유
조선의 옆구리를 들이받았고 시커먼 기름띠가 그의 양식
장 안으로 밀고 들어왔다. 그는 보상금도 제대로 받지 못
했다. 얼마 되지 않는 자본금으로 남의 양식장을 빌려 물
고기를 기른 탓이었다. 친정이 태안인 여자가 고향 마을에
서 망해버린 그를 친정오라비처럼 대하는 이유였다.

"그쪽에서 먼저 연락을 할지도 몰라"

땅거미 깔린 창밖을 바라보며 오 선장이 느리게 운을 떼
었다. 도망친 아내를 두고 하는 말이었다. 피부색 다른 사
람들이 드나드는 동네에는 베트남 사람들도 많았다. 그가
원곡동에 들어온 이유였다.

"두들겨 팰 때는 언제고. 그러고도 찾아오길 바라는겨?
그러게 화투짝은 왜 잡아. 그런다고 망가진 가두리가 살아

나것어?"

대화는 언제나 비슷했다. 저녁 식사를 하러온 오 선장이
중얼거리면 목소리 큰 태안댁이 받아치는 식이었다.

겨울바다가 차가웠다. 12월의 김 양식장은 수확에 바빴
다. 칼바람이 얼굴로 매섭게 달려들 때마다 가구 공장에서
먼지 마실 때가 좋았다는 생각이 푸삼을 수시로 괴롭혔다.
거긴 최소한 바람 막는 벽은 있었다. 바다에서는 몸뚱이
가 곧바로 벽이었다. 그는 뜨거운 커피를 마셨고 오 선장
은 소주를 마셔댔다. 오 선장과 채취선을 끌고 들어온 날
엔 갑판 위로 다 자란 김을 끌어올렸다. 반복되는 삽질에
어깨가 결리고 종아리에 쥐가 내렸다. 잠시 쉬는 시간, 둘
은 바람을 등지고 갑판에 주저앉았다.

"전에 큰 배 탔어요?"

푸삼이 말문을 텄다.

"…."

술기운인지 오 선장의 얼굴이 붉었다.

"아침에 들어오면서 보니까 가두리에 인도네시아 사람
들이 안 보이던대요."

"잡혀갔나보지 뭐"

느닷없는 불안감이 찬바람을 타고 푸삼의 허파로 파고들었다. 오 선장이 권하는 소주를 커피잔에 받아 벌컥벌컥 들이마셨다. 목구멍으로 찌릿한 자극이 넘어갔으나 걱정까지 삼켜지지는 않았다. 단속이 미치지 않는 곳으로 더 멀리 달아나고 싶었다.

"원양어선 타고 싶어요."

"…."

"아는 사람 있죠? 소개시켜줘요."

푸삼이 오 선장의 팔을 잡고 흔들었다. 노인의 눈길이 바다 끝에 머물렀다. 푸삼은 더 세게 흔들며 졸라댔다. 갑자기 눈에 불이 번쩍 켜지고 별을 본 것 같았다. 왼뺨이 얼얼했다. 수평선이 멀어보였고 매운바람이 볼을 그어댔다.

"너도 나같이 되고 싶어? 그만 돌아가. 가족 지키는 것도 다 때가 있는 법이야 이 자식아."

푸삼의 얼얼해진 고막에 그런 소리가 부딪혀왔다. 노인의 성난 목소리가 파도 위로 넘실거렸다. 선실 안으로 들어간 오 선장이 한참을 기다려도 나오지 않았다. 혼자서 안주 없는 병나발을 부나 보았다. 갑자기 푸삼의 등 뒤에서 풍덩 소리가 들렸다. 달려가 보니 오 선장이 바다에 빠져 허우적대고 있었다. 타고난 어부도 술에는 장사일 수 없었다. 난간에서 오줌을 누다 중심을 잃은 것 같았다. 푸삼은 겨울 바다로 뛰어들어 그의 목덜미를 낚아챘다. 그날 밤 노인의 몸은 불덩이였다. 정신이 들 때마다 푸삼에게 '돌아가'를 중얼거리듯 반복했다. 푸삼은 노인 곁에서 날밤을 새우며 처자식과 함께한 시간들을 되작거렸다.

단속반의 눈을 피해 숨어든 불안한 세월이었다. 아내는 두 아이를 품에 안고 자주 울었다. 아이들은 온종일 갇혀 지냈다. 공장 근처 낡은 다가구 주택의 반지하방이 아이들의 놀이터였고 유치원이었다. 출생 신고를 못한 아이를 받아주는 곳은 없었다. 의료보험이 없어 아플 수도 없었다. 감기로 열이 오른 아이들을 안고 아내는 병원 쪽을 바라보며 울먹였다. 아내는 마침내 귀국을 결심했다. '전쟁 끝난 지도 여러 해 지났는데 뭘.' 아내는 떠나기 전날 그 말을 세 번이나 했다. 그보다는 자신이 싱할리족이므로 내전에서 승리한 싱할리족의 관용을 은근히 기대하는 눈치였다.

음식을 준비하던 태안댁이 앞치마에 손을 닦으며 주방에서 나왔다.

"아들을 보낼라니께 마음이 안 좋은갑네."

태안댁이 푸삼과 오 선장을 번갈아 바라보며 말했다. 오 선장의 주름 많은 눈 밑이 유난히 푸석해보였다. 지난달, 배다리 선착장에 단속반이 떴을 때도 오 선장은 그런 얼굴이었다. 이웃 양식장의 신고인 듯했다. 끌려가던 푸삼이 뒤를 돌아보았다. 오 선장의 꽉 쥔 두 주먹이 떨고 있었다.

푸삼은 화성의 외국인보호소에 갇혔다. '나같이 되고 싶어? 그만 돌아가!' 오 선장의 경고가 하루에도 수십 번씩 이명처럼 울렸다. '돌아가'는 '죽을 수도…'에서 멈춰 섰고, '처자식을 둔 사내'는 '떠돌이'와 한 몸일 수 없었다. '가족 지키는 것도 다 때가 있는 법, 살아도 같이 살고… 죽어도…' 푸삼은 결국 가슴속에서 떠돌이를 눌러 죽였다. 여기서 곧바로 추방이려니. 각오를 겹겹이 다져갈 즈음 뜬금없는 희소식이 들려왔다. 내보내주겠단다. 붙잡혀 들어오고 3주가 지난 뒤였다. 안산에서 외국인복지센터를 운영하는 가톨릭 신부 이름으로 보석금 300만 원이 공탁되었다는 거였다. 한 달 내로 자진 출국하는 조건이었다. 마음이 바빠졌다. 마석 공장을 찾아가 밀린 월급을 받아내야 했다. 일곱 달치였다. 잔업 수당까지 천만 원이 넘었다. 보호소 안에서는 전화로 사정할 수밖에 없었다. 사장은 차일피일 핑계를 대더니 급기야 맘대로 하라고 쉿소리를 내며 전화를 끊어버렸다. 어떻게든 받아야 할 돈이었다. 내전의 후

유증으로부터 자신과 처자식을 도피시키자면 얼마가 들어갈지 가늠조차 할 수 없었다. 종종 돈을 보내달라던 막내동생도 소화 안 된 음식처럼 명치에 얹혔다. 잠결에 총소리가 말라카해협을 건너 한반도에 상륙했다. 며칠 전 콜롬보 시내의 번화가에서 폭탄이 터졌다는 뉴스를 접한 터였다. 고향의 아내에겐 우선 아이들을 데리고 친정에 가 있으라고 했다. 하지만 타밀족 씨를 받은 여자가 언제 화풀이의 대상이 될지는 알 수 없었다. 서로를 해친 사람들의 원한이 가슴속에 뾰족한 갈고리로 숨어 있을 터. 아이들도 위험하긴 마찬가지였다. 결코 돈을 포기할 수 없었다.

보호소를 나온 아침, 철문 앞에 서 있는 사람은 신부가 아니라 오 선장이었다.

"다시는 이런 데 오지 말어."

그가 손으로 검정 비닐 봉지에서 두부를 떼어 푸삼의 입에 밀어 넣었다. 나중에 알게 된 사실이지만 보석금은 오 선장이 낸 것이었다. 태안댁은 그가 남길 관(棺) 값이었다고 푸삼에게 귀띔했다.

마석 공장은 이미 주인이 바뀌어 있었다. 사장은 잠적해 버렸고 밀린 임금을 받으러 온 낯익은 얼굴들만 공장 마당을 서성거렸다. 힘 풀린 푸삼의 바짓가랑이가 떨렸다. 끝동만 남은 두 손가락이 아려왔다.

남대문시장을 다녀오고 사흘이 빠르게 흘렀다. 스리랑
카행 비행기는 내일 오전 11시. 서둘러야 했다. 푸삼은 챙
겨둔 배낭을 둘러메고 여권과 장도리가 든 손가방을 팔에
꿰었다. 어둑해진 원곡동을 빠져나왔다. 등에 들어붙어 출
렁대던 소리가 지하철 안으로 따라 들어와 신경을 건드렸
다. 그는 옷가지로 겹겹이 둘러싼 기억을 되살리며 소리를
애써 무시했다. 곁눈으로 주위를 살폈으나 강퍅한 눈초리
는 보이지 않았다. 애초에 세워둔 계획을 곱씹었다. '언론
에 크게 다뤄져야 한다. 하여 상징성이 큰 곳일수록 좋다.
보호받아야 할 난민들이 혐오의 대상으로 바뀔 수 있으므
로 사람이 다치면 안 된다.' 처음엔 정부종합청사를 떠올
리기도 했다. 하지만 접근이 어려워 성공하긴 힘들 것 같
았다. 그러므로 국보 1호는 각각의 조건을 만족시키는 검
증된 목표물이었다. 인터뷰를 진행하던 출입국사무소 직
원의 무표정한 얼굴이 푸삼의 눈에 서걱거렸다. 마석에 다
녀온 뒤 다시 만난 NGO 여직원의 푸념도 귓바퀴에서 징
징거렸다. '겨우 세 명 통과된 거 아시죠? 시리아 난민들
말이에요. 심사가 부실한 거죠 뭐. 거긴 신청자만 칠백 명
이 넘었는데….'

부실 심사는 그에게 부실시공과 같은 의미였다. 푸삼은 최근의 뉴스들을 떠올렸다. 짝퉁 금강송, 벌써 벗겨지는 단청…. 이들의 눈가림 공사와 엉터리 난민 심사…. 재시공 촉구와 이의 신청도 같은 맥락 아닐까. 생각이 여기에 이르자 푸삼은 문득 지금 자신이 좋은 일을 한다는 느낌에 마음이 안정되었다. '그렇지, 이건 특정인에 대한 증오 범죄가 아니야.' 복수심이 머물던 자리에 새삼스런 정의감이 배어들었다. 불쑥 떠오른 가구 공장 사장의 얼굴을 오 선장과 태안댁으로 덮었다. '그래, 이들에게 국보 1호를 제대로 복원시킬 기회를 주는 거야. 한 번 더….' 푸삼은 그때의 방화 사건과 한국인들의 반응을 떠올리며 어금니를 악물었다. '수배령이 내려질 때쯤이면 나는 이미 고향에 있을 것이다.' 그는 자신을 다독거렸다.

회현역에 내린 푸삼은 근처를 배회하며 자정을 기다렸다. 가게들이 셔터를 내리기 시작했다. 대로변에 늘어선 포장마차 불빛 너머로 성문으로 향하는 건널목이 보였다. 언덕 위 경비 초소가 자꾸만 신경을 건드렸다. 회색 제복을 입은 남자가 그 안에서 조는지 고개를 숙이고 있었다. 푸삼은 쓰고 있던 야구모자의 챙을 깊이 눌러 내렸다. 폐쇄회로 카메라는 잊기로 했다. 바리케이드를 밟고 곧장 돌계단 위로 올랐다. 기와지붕 밑은 오히려 어둑했다. 슬쩍

뒤돌아보았다. 시선이 마주치는 사람은 없었다. 손가방에서 연장을 꺼냈다. 녹슨 자물쇠를 뜯어내고 누각으로 들어가는 문을 밀었다. 낡은 대문이 삐걱댔으나 자동차 소음에 묻혔다. 이층 누각으로 오르는 계단에서도 마룻장 엇갈리는 소리가 들렸다. 반대편 구석으로 다가가 배낭을 내려놓았다. 기둥 받침에 먼저 석유를 뿌렸다. 마루의 중앙까지 조금씩 기름을 흘려 길을 냈다. 가지고 간 신문지를 꺼내 돌돌 말았다. 윗부분에 라이터로 불을 붙여 석유통에 꽂았다. 그리고 고양이걸음으로 누각을 빠져나왔다. 심장이 터질 듯 쿵쾅거렸다. 건널목 위에서 마주 오는 사람의 어깨를 스쳤다. 시장 안으로 들어간 그는 문 닫은 장신구 가게 옆 좁은 틈에 몸을 숨겼다. 기와집을 올려다보기 좋은 자리였다. 장도리는 쓰레기더미 속으로 쑤셔 넣었다. 10분을 기다려도 불꽃이 보이지 않았다. '다시 들어가야 하나' 실망감이 무겁게 가슴을 누를 때쯤, 이 층의 기둥에서 마침내 붉은 기운이 연기와 함께 솟아올랐다. 왈칵 눈물이 나왔다. 명치에서 주먹만 한 덩어리가 쑥 빠져 내려갔다. 그는 소리치고 싶은 충동을 겨우 누르며 인천공항을 향해 택시를 잡았다.

푸삼은 탑승 수속이 시작되는 아침까지 공항 출국장에서 밤을 보내기로 했다. 의자에 비스듬히 앉아 눈을 감았지만 공상만 하릴없이 떠다녔다. 새벽 두 시. 지끈거리는 머리를 흔들며 벽에 걸린 TV 아래로 다가갔다. 24시간 뉴스 채널에 '뉴스 특보'라는 글자가 선명했다. 기와지붕 위로 소방차가 물을 뿌려댔다. 처마 밑으로 시커먼 연기와 함께 불꽃이 뿜어져 나왔다. 잘려나간 두 개의 손가락이 불꽃 위에서 지글거렸다. 그는 화면에서 눈을 뗄 수 없었다.

아침 7시가 되었다. 경찰은 주변의 CCTV를 분석 중이라고 했다. 야구 모자를 쓴 용의자는 아직 드러나지 않았다. 성곽 주변 인도에 서 있던 사람들이나 건널목을 건너는 사람들의 모습이 반복해서 나왔다. 시간이 갈수록 용의자의 범위가 좁혀지는 것 같았다. 푸삼은 불안해지기 시작했다. 입속이 타들어갔다. 창자 속까지 말라붙는 느낌이었다. 자주 화장실 입구의 음용수 대로 다가가 입을 축였다. 8시. 드디어 탑승 수속이 시작되었다. 배낭은 짐으로 부치고 작은 가방만 손에 들었다. 장도리를 넣었던 가방이었다. 잰걸음으로 출국장 문을 향했다. 소지품을 컨베이어벨트에 올려놓고 보안 검색대에 섰다. 신호음이 울리지 않았는데도 진땀이 났다. 여권 심사대 직원이 흡뜬 눈으로 쏘아보았지만 그는 이미 출국이 예정된 인물이었다. 들어올 때와 달리 아무도 그에게 까다롭게 굴지 않았다. 질문도 없었다. 탑승 게이트까지 복도가 유난히 길었다. 면세점들의 행렬이 이어지고 화려한 조명이 덤벼들었다. 발을 재게 놀려 탑승 게이트 앞에 도착했다. 9시40분. 이제 50분 후면 비행기를 탄다. 탑승구 왼쪽 벽에 매달린 TV에 뉴스가 이어졌다. 소방차는 아직도 물을 뿌리고 있었다. 기왓장이 부서져 불꽃 사이로 튕겨 오르고 한문을 새긴 목판이 바닥으로 떨어지는 장면을 반복적으로 보여줬다. 아이고 왜 또. 저런. 우우. 아아. 대로변에 모여든 사람들의 탄식이 이어졌다.

푸삼의 시야에 공중전화가 들어왔다. 화성의 외국인보호소를 나온 날 마지막으로 아내와 통화를 했었다. 조만간 귀국할 거라고. 2주 전의 속삭임들이 2년쯤 지난 듯 아득했다. 아내의 목소리가 다시 듣고 싶어졌다. 지갑을 뒤져 국제전화 카드를 찾아냈다. 벽 쪽으로 다가가 공중전화 수화기를 들었다. 아내가 울먹이기 시작했다. 애타게 전화를 기다린 초조함과 다급함이 건너왔다. 안 돼요. 그 비행기 타지 마세요. 왜? 위험해요. 그래서 간다잖아. 그들이 다녀갔어요. 오면 다 죽어요. 수화기를 붙들고 있는 푸삼의 손이 떨렸다. 아내의 얘기가 이어졌다. 어제 아침 신문에서 막내 동생을 봤어요. 틀림없어요. 사진도 나왔어요. 반군을 재건하려던 지하 조직원들이 모두 붙잡혔단다. 1983년부터 10만이 넘는 목숨을 앗아간 전쟁이 그렇게 끝나가고 있었다. 예리한 면도날이 그의 옆구리를 베고 지나간 느낌이었다. 손가락이 잘려나갈 때보다 더 강한 통증이 온몸으로 퍼졌다. 출국할 수밖에 없는 상황을 그가 설명하기도 전에 아내가 쐐기를 박았다. 우리까지 죽일 셈이냐. 울먹이던 그녀의 목소리가 차갑게 가라앉았다. 무슨 수를 쓰든 당신은 거기서 버티세요. 아내의 경고에 그의 머릿속이 하얗게 표백되었다. 그녀는 친정 식구들과 상의해 이혼 수속을 밟는 중이라고 했다. 그것이 네 식구의 목숨을 부지하는 최선의 선택이라며 못을 박았다. 막내 동생은 고문을 이겨내지 못할 것이고 그의 송금은 국가 전복을 꾀한 반역 범죄가 될 것이다. 성스러운 독립운동이 반동분자들의 테러 행위로 바뀌고 있었다. 그는 진저리를 쳤다. 콜롬보공항에 내리자마자 자신이 체포되는 상상을 했다. 아직 문턱을 넘지 않은 것이 천만다행이었다.

　'콜롬보행 비행기에 탑승하실 손님들은 서둘러 달라'는 안내 방송이 영어와 한국어로 반복해서 나왔다. 퍼스트와 비즈니스 클래스가 앞쪽에, 그 뒤로 노인과 어린이가 긴 줄을 섰다. '우릴 다 죽일 셈이냐.' '이혼 수속 밟고 있다.' 두 문장이 푸삼의 머릿속에서 뒤엉켰다. 안내 방송이 거듭 나왔다. 탑승하라는 여자의 목소리가 '타지 마라'는 경고로 들렸다. 홀로 버려진 기분. 심장이 찢어질 듯 부풀어 올랐다. 얼굴로 열이 오르고 눈앞이 가물거리더니 여행객들과 항공사 직원들이 시야에서 홀연히 사라졌다. 갑자기 속이 메스꺼웠다. 화장실로 달려가 좌변기 속에 머리통을 들이밀었다. 비워낸 가슴 속에서 높이 솟은 기와집이 불타고 있었다. 얼굴에 찬물을 거푸 끼얹었다. 그러고는 거울 속 사내를 노려보며 심호흡으로 정신을 모았다. 마침내 그는 몸을 틀어 자신을 밀쳐낸 뜨거운 바람에 맞섰다. 태풍의 눈. 그곳이 차라리 잔잔할 것이다.

푸삼은 탑승 게이트를 등지고 좀 전에 통과했던 입국 심사대를 향해 걷기 시작했다. 그의 이름이 들렸다. 아직 타지 못한 승객을 찾는 안내 방송이었다. 그는 생각을 정리했다. '여기서 버티자. 바깥세상보다 안이 더 안전할 때가 있다. 그게 바로 지금이다. 형기를 마칠 때까지 추방은 유예될 터. 신변의 위험을 몇 년은 잊어도 된다. 이 나라가 먹여주고 재워줄 테니까.' 먼발치에서 검은 제복에 베레모를 쓴 공항 경찰 둘이 발을 맞춰 걸어가고 있었다. 푸삼은 그들을 향해 황급히 걸음을 옮겼다.

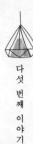

다섯 번째 이야기

가만있으라

바지 주머니가 떨렸다. 점심 숟가락을 놓기도 전이었다.

"저어 아주머니한테 사고가 좀 있었는데…. 에 에 지 지
금 바로 성모병원으로 가 봐요. 곧 겨 경찰에서 연락이 갈
거래요."

아파트 경비실 박씨였다. 전화기 저쪽에서 버벅거리는
강원도 사투리에 두려움이 매달려 있었다. 사고, 병원, 경
찰, 이런 단어들이 소방서 안으로 스며든 봄기운을 순식간
에 몰아냈다. 옆에서 밥을 먹던 신입 대원이 곁눈질로 나
를 훑더니 슬그머니 도시락을 들고 자리를 옮겼다.

병원 복도가 유난히 길었다. 중환자실로 옮겨진 아내는
인사불성이었다. 수액 주머니가 주렁주렁 달려 있는 쇠막
대기 아래서 그녀는 겨우 숨만 쉬었다. 위태로운 호흡이
산소마스크 안에서 이어졌다. 얼굴에는 검은 멍이 들고 눈
주변이 부어올라 딴 사람 같았다. 눈 밑의 뼈가 부서져 함
몰된 상처가 깊었다. 담당 의사는 난처한 얼굴로 아내가
유산했다고 알려주었다. 나는 갑자기 속이 메스꺼웠다. 결

혼 11년 만에 생긴 아이였다. 내 정자 수가 부족하고 활동성이 약해 자연 임신이 어려웠다. 인공 수정 배아를 시험관에서 키워내며 몇 번의 실패 끝에 가까스로 착상에 성공시켰는데…. 그게 석 달 전이었다. 논술 과외를 하는 아내는 수입의 대부분을 아이를 갖는 데 쏟았다. 아내의 침대 옆에서 가까스로 버티던 나의 무릎 관절이 제풀에 꺾였다.

내게 전화를 걸어온 담당 형사는 피해자 조서를 꾸미는 데 협조해달라고 했다. 건조한 목소리였다. 형사과에 들어섰다. 그는 이미 우리 아파트 관리실에서 폐쇄회로 TV 파일을 가져와 확인하고 있었다.

"범행이 이뤄진 시각이 오전 11시경입니다. 부인께서는 아파트 지하 주차장에서 강도 강간을 당했습니다."

강간이라는 단어가 말벌처럼 날아와 내 명치에 독침을 꽂았다. 그러니까 유산의 원인이…. 피가 거꾸로 솟구치고 머릿속이 하얗게 비워졌다.

"혹시 짐작 가는 사람이 있습니까?"

그의 질문에 나는 고개를 흔들었다. 그녀는 누구와 원수지고 살 만한 사람이 못 된다. 아내는 성격이 온순해서 어지간한 일에는 자기가 손해를 보고 만다.

"화면을 좀 자세히 봐주시죠, 괴롭겠지만…."

CCTV를 재생하는 컴퓨터 모니터에 아파트 지하 주차장이 보였다. 그 안으로 승합차 한 대가 들어갔다. 어두컴컴한 지하 주차장은 지나가는 사람도 없었다. 손가방을 들고 걸어가는 아내의 모습이 화면에 나타났다. 그녀가 잠시 두리번거리더니 구석진 장소로 이동했다. 자주 주차하는 곳이었다. 아내가 차문을 막 여는 순간 승합차가 다가섰다. 차에서 내린 남자가 하얀 장갑을 낀 손으로 등 뒤에서 그녀를 덮쳤다. 왼손으로 아내의 입을 막고 오른손으로 허리를 껴안더니 몸을 틀어 뒤로 돌렸다. 스타킹으로 복면을 한 사내의 얼굴을 알아볼 수 없었다. 몸매의 윤곽도 낯설었다. 놈이 옆에 세워둔 자신의 차로 아내를 밀어 넣으려고 했다. 아내의 두 팔이 허공을 저었다. 아내는 결사적으로 저항하고 있었다. 사내가 아내의 얼굴에 주먹을 꽂았다. 아내가 힘없이 고꾸라졌다. 그녀의 온몸이 놈의 발 아래서 벌레처럼 짓이겨졌다. 놈은 바지 주머니에서 잭나이프로 보이는 흉기를 꺼냈다. 놈이 쓰러진 아내를 일으켜 세우더니 목에 그것을 대고 옆문이 열려 있는 승합차로 구기듯 밀어 넣었다. 잠시 후 주차장 뒤쪽 후미진 구석으로 승합차가 이동했다. 나는 두 눈을 질끈 감았다. 화면을 더 이상 볼 수 없었다. 대담하게 그 짓까지 한 것을 보면 그 시각 그곳에 인적이 없음을 잘 아는 놈이다. 승합차가 지상으로 올라가고 놈이 사라지기까지는 채 10분이 걸리지 않았다. 아내는 재활용 가구들을 모아둔 지하 주차장 어둑한 구석에서 하의가 벗겨진 채 발견되었다. 아내의 가방 안에 있던 지갑과 휴대폰은 이미 사라진 뒤였다.

임신에 성공한 뒤로 아내는 방이 세 개 있는 아파트로 이사를 가자고 졸랐었다. 그녀는 곧 태어날 아이가 놀 수 있는 공간이 필요하다고 했다. 아내는 귀가하는 내게 매일같이 알록달록한 유아용품을 보여주며 들떠 있었다. 그녀는 배가 불러오기도 전에 아기의 배냇저고리를 구해놓았다. 육아 지침서가 될 만한 책들도 반복해서 읽었다. 그중 몇 권은 표지의 모서리가 닳아 있었고 모유를 먹이는 부분은 아예 책을 덮고 외울 정도였다. 나는 피곤에 절은 몸으로 아내의 꿈에 묻혀 잠이 들었다. 그녀가 펼쳐놓은 꿈속에는 궁전이 있었다. 내 월급을 평생 모아도 가질 수 없을 화려한 정원에서 노랑나비들이 날아다녔다. 그 속에서 우리는 태어날 아이와 함께 영원히 사라지지 않을 행복을 가불(假拂)했다. 그날 아침에도 아내는 물기 머금은 꽃분홍의 미소를 짓고 있었다. 이사 들어갈 집을 오늘 계약하기로 했다면서. 그녀는 시내 중심 상가에 있는 부동산 사무실에서 집주인을 만날 예정이었다. 그렇다면 아내는 계약금을 가지고 나갔을 것이다. 범인은 그 돈을 노린 것인가.

전세 구하기가 쉽지 않다며 아내는 미리 계약금을 찾아두고 언제라도 들고 나갈 태세였다. 아침에 내게 보여준 지갑 속에는 자기앞수표와 5만 원짜리 지폐가 여러 장 섞여 있었다. 내 말이 끝나자 형사가 확신에 찬 얼굴로 요점 정리를 했다.

"아주머니는 외출 직전에 누군가의 전화를 받고 집을 나간 것 같습니다. 부동산 사무실이라고 했겠지요."

하얀 시트 위의 아내는 불러도 대답이 없다. 형사는 그녀가 쓰러져 있던 자리에 피가 흥건했다고 했다. 그가 보여준 한 장의 사진에는 쓰러진 아내가 있었다. 박스를 포장할 때나 사용하는 넓은 초록색 테이프로 손발이 묶인 채, 입에도 그것이 붙어 있었다. 하루 이틀 안에 깨어나지 못하면 아내는 식물인간이 될지도 모른다. 경찰서에서 확인한 폐쇄회로 카메라에는 놈이 반항하는 아내를 세게 밀치는 장면이 있었다. 그녀가 바닥에 넘어지면서 머리를 다친 게 분명했다. 나는 침대 난간으로 빠져나온 그녀의 작은 손을 잡았다. 긁히고 부어오른 손등에서 체온이 느껴졌다. 나는 문을 열고 들어오는 간호사에게 매달렸다.

"어떻게 좀 해주세요."

"지금으로서는 그냥 두고 볼 수밖에 없어요."

"의식이 돌아오지 않는데, 무슨 조치라도 취해주셔야 할 거 아닙니까."

"그러면 의사 선생님께 이야기해 보시든지요."

간호사는 혈압만 체크하더니 시큰둥한 표정으로 나갔다. 주치의를 찾았지만 기다리라는 말만 튕겨 나왔다. 내가 한숨을 쉬자 그렇게 답답하면 소견서는 써줄 테니 다른 병원으로 데리고 가도 좋다고 했다. 나는 대답하지 못했다. 그런 결정을 의학 지식이 없는 보호자가 내리는 게 맞는 건가. 그는 그것이 '루틴'이라고 대꾸했다. 자신은 매뉴얼대로 환자를 다루고 있는데 무슨 불만이냐는 듯. 돌아서는 그의 등 뒤로 묵직한 침묵이 내려앉았다. 매뉴얼은 표정이 없었다. 이럴 때 아내가 깨어 있었다면 분명히 한 마디쯤 짚고 넘어갔을 것이다. 매사에 반듯하고 요령 피울 줄 모르는 아내다. 거스름돈을 더 받아왔다며 반시간이 넘는 거리를 되돌아가 야채 가게 주인에게 오백 원짜리 동전을 돌려주고 온 사람이었다.

그날도 나는 똑 부러지는 아내에게 기어이 핀잔을 듣고 말았다. 소방위로 계급장을 바꿔달고 119 구조대장이 되어 첫 출근하는 아침이었다. 몸조심하라는 아내를 위로한

답시고 한 마디 던진 게 화근이었다.

"나도 이제는 절대로 불속에 뛰어들지 않을 거야."

뜬금없다 싶었는지 잠시 침묵하던 아내가 입을 열었다.

"눈앞에서 사람들이 죽어가도?"

"그래봐야 알아주는 사람도 없고 나만 바보 되는 세상인데… 그저 시늉만 할 거야. 그게 내 매뉴얼이야. 이제부터는."

"당신은 절대로 그렇게 못 할 사람이야."

아내가 입술에 동그랗게 힘을 모았다.

"규정은 지킨다니까 그러네."

"같은 법이라도 집행하는 자의 사명감에 따라 결과가 달라지지 않나?"

"칫, 누가 논술 선생 아니랄까봐."

나는 눈을 희게 흘겼다. 아내는 말없이 내 손을 잡으며 내 얼굴을 빤히 들여다보았다. 그녀에게 나는 여전히 정의롭고 듬직한 사내일까. 그녀의 눈이 젖어 있었다. 할 말이 많은 눈이었다. 아내는 도톰한 입술을 오므리며 바른 말을 할 때 더욱 요염했다. 그런 날엔 퇴근과 동시에 땀내 나는 몸뚱이로 아내를 품곤 했다. 한없이 소중한 사람에 대한 미안함과 고마움을 나는 겨우 그렇게 표현했다.

어정쩡하고 답답한 며칠이 지났다. 아내는 큼지막한 눈만 껌벅거릴 뿐 나를 알아보지 못한다. 내가 할 수 있는 일이라곤 평소에 안 하던 기도뿐이었다. 어설픈 기도 속에서 아내가 사고를 당하던 그 아침이 불쑥불쑥 솟아올랐다.

사무실 공기가 유난히 팽팽했다. 누가 시키지 않아도 스스로 말조심해야 될 것 같은 분위기, 대원들끼리는 그런 걸 동물적 후각으로 느낀다. TV에서는 여전히 그 뉴스였다. 혹시나 생존자가 있을까 싶어 다들 현장 중계 방송에 눈을 꽂고 있었다. 해경 구조대원들 중에 침몰하는 배 안으로 들어가는 사람은 보이지 않았다.

"대장님이라면 어떻게 했을 것 같아요?"

눈을 잔뜩 찌푸리며 화면에 시선을 집중하던 신입 소방사가 뜬금없는 질문으로 인사를 대신했다. 출근하는 내 얼굴을 일별하던 그가 다시 24시간 뉴스 채널로 눈길을 옮겼다. 상관이 화장실에만 다녀와도 벌떡 일어나 경례를 붙이던 시절이 언제였던가. 신세대 졸병은 13년 경력의 신임 구조대장인 나를 전혀 어려워하지 않는다. 나는 헛기침을 하며 누군가 썰렁해진 분위기를 풀어주길 기다렸다.

"얌마 그걸 말이라고 물어? 그냥 매뉴얼대로 요령껏 하면 되는 거지."

옆에서 함께 TV를 보던 부대장이 내 대신 대꾸했다. '요령껏'이라는 단어에 힘이 실렸다. 평소의 내 말버릇을 그가 흉내 내고 있었다. 움찔했다. 나 자신도 전임자의 어투와 사고방식에서 자유롭지 못한 때문이었다. 나는 기억 속의 비좁은 시장 골목으로 들어가 스스로에게 속삭였다. '매뉴얼대로만 하면 되는 거야.'

지난겨울, 화재 진압반의 부대장이었던 나는 불이 났다는 119 전화를 직접 받았다. 이내 경광등을 돌리며 달려 나갔다. 재래시장을 끼고 있는 구도로는 달팽이 속이었다. 마주 오는 자동차와 애무하듯 몸을 비벼야 하는 비좁은 골목은 쉽사리 속살을 허락하지 않았다. 진입로에 내놓은 생선 박스며 싸구려 옷가지들을 안으로 들여놓는 손들이 굼떴다. 대장은 느긋한 표정이었지만 옆자리의 나는 확성기로 무단 주차한 차들을 빼라고 소리를 질러댔다. 겨우 도착한 내 눈에 족히 오십 년은 넘었음직한 낡은 가옥들이 들어왔다. 집들은 기왓장 끝에 함석과 슬레이트를 얼기설기 얹어놓아 이웃과 서로 처마를 맞대고 있었다. 얼핏 보면 집 한 채가 골목을 길게 타고 뱀처럼 구불구불 놓인 모습이었다. 그 안에 도대체 몇 가구가 사는지도 파악하기 어려웠다. 하지만 다가갈수록 낯익은 모습들이 새록새

록 드러났다. 나는 주전부리를 파는 그 시장 골목을 지름
길 삼아 초등학교를 다녔었다. 아내와는 6학년 때 같은 반
이었다. 우리는 하굣길에 바로 그 골목에서 매운 떡볶이의
빨간 양념을 얼굴에 묻혀가며 귀여운 데이트를 했다. 나
의 어린 추억이 불타고 있었다. 강원도의 공기는 바짝 말
라 있었다. 끈질긴 가뭄은 웬만한 깊이의 저수지도 바닥을
드러내게 했다. 시 당국은 동네마다 요일을 정해 제한 급
수를 했지만 그것도 잠시뿐, 수도꼭지에서는 더 이상 물이
나오지 않았다. 급수차가 신작로 위로 누런 먼지를 날리며
이따금씩 동네를 돌았다. 축사에서는 분뇨 냄새가 진동했
고 목마른 소들이 갈비뼈를 앙상하게 드러내며 주저앉았
다. 수도관의 노후도 갈증을 부채질했다. 누수가 너무 심
해 각 가정까지 물이 제대로 도달하지 못한다고 했다. 지
방 정부는 두 달에 한 번씩 발부되는 수도 요금 고지서를
3회 이상 무시한 가구에 우편물을 발송했다. 수도관 교체
예산 확보를 위해 미납 요금을 내줄 것을 촉구함과 동시에
불응 시 물 공급을 중단하겠다는 압력이었다. 그와는 별도
로 미납자들에게 소방서장의 관인이 찍힌 공문서가 날아
갔다. '물 부족으로 화재 시 도움을 드리지 못할 수 있사오
니 지방 정부의 행정에 적극 협조 바랍니다.' 서장이 시장
에게 과잉 충성을 하는 것인지 아니면 애국심의 발로였는

지 내 선에서는 알 수 없었다. 기관장 회의에 다녀온 서장은 대원들에게 뜬금없이 새로운 매뉴얼을 하달했다. 화재 진압용 수돗물도 아껴야 한다는 요지였다.

또다시 형사과를 찾았다. 축축한 긴장이 살 속으로 스며들었다. 손목에서 어깨로 올라오는 소름을 비벼 털었다. 시선을 멀리 던졌다. 맞은편 창가의 구석자리에 담당 형사가 보였다. 그는 눈을 아래로 깔고 책상 위의 모니터를 보며 눕듯이 길게 앉아 있었다. 아직 5월 초순인데도 실내는 후텁지근했고 그의 지친 얼굴 위엔 피로와 짜증이 비지땀처럼 맺혀 있었다. 40대 중반의 노련하고 차가운 눈빛의 첫인상과는 달리 그는 커피를 권하며 내게 위로부터 건넸다. 위험한 일을 하는 자끼리 공유하는 동병상련을 내게서 느꼈는지도 몰랐다.

"CCTV 사진이 흐려 번호판을 알아볼 수 없네요. 보나마나 대포차겠죠 뭐. 명의 이전이 안 된 채 넘어간 중고차는 차적 조회를 해도 운전자를 잡아내기가 쉽지 않아요. 답답하시겠지만 집에 가서 기다리시죠."

"제가 뭐 좀 할 일이 없을까요?"

"혹시라도 더 하실 말씀이 있거든 나중에 연락주시고…."

그는 점퍼 안주머니에서 명함을 꺼내주며 문 쪽을 향해 손을 뻗었다. 그만 나가달라는 표시였다. 나는 더 이상 말을 잇지 못하고 나왔다. 집으로 오는 내내 다리에 감각이 없었다. 다음날, 명함에 적힌 휴대폰 번호로 전화를 걸었다. 김 형사는 국과수에 증거물을 보냈으니 곧 범인이 잡힐 거라고 했다. 그날 아내의 손톱 밑에는 그놈의 살점이 때처럼 끼어 있었다. 반항의 흔적이었다. 경찰은 간호사에게 부탁하여 아내의 거웃을 빗질했었다. 강간범의 터럭이 결정적 증거가 된다고 했다. 김 형사는 증거물들을 투명한 비닐 봉투에 담아 가져갔다. 그가 동일 수법 전과자들을 대상으로 탐문 수사도 하고 있으니 집에서 기다리라고 했지만 나는 잠을 이룰 수 없었다. 김 형사는 전화를 받지 않을 때가 더 많았다. 누워 있는 아내의 얼굴을 볼 때마다 속이 타들어갔다. 일이 손에 잡히지 않았다. 나는 급기야 휴직을 신청했다. 내 동선은 병원과 경찰서 사이로 굳어졌다.

사건의 실마리가 풀리지 않은 채 날짜만 지나갔다. 나는 아내의 한을 풀어주지 못한 죄인이 되어가고 있었다. 담당 형사는 자꾸만 내 시선을 옆으로 밀어냈다.

"이보슈, 지금 우리가 놀고 있는 걸로 보입니까? 한정된 인력으로 거기에만 매달릴 수도 없고, 살인 사건도 아닌데…."

그래서 우선순위에서 밀리는 건가. 식물인간이 된 피해자가 피살자와 무엇이 다른가. 그들의 매뉴얼이 내 늑골 사이를 차갑게 파고들었다.

"국과수에서는 결과가 나왔습니까?"

호흡을 가다듬고 겨우 물었다.

"동일 수법 전과자 중에 유전자가 일치되는 놈이 없다니까요."

그의 대답에 짜증이 묻어 있었다. 수사가 미궁으로 빠져들고 있다는 뜻이었다. 눈앞이 흐려졌다.

"잡히면 그놈은 어떻게 되는데요?"

"전과가 없다면 몇 년 살다 나오겠죠. 피해자가 죽은 것도 아니라서."

그가 귀찮다는 듯 오른손 엄지에 침을 발라 서류를 넘기며 시큰둥하게 대꾸했다.

"그냥 몇 년 살다 나오면 된다고요? 그런 놈이?"

"……."

"그럼 나는 가만히 있어야 되는 건가요? 그냥 이렇게, 이렇게 병신같이…."

"……."

그가 얼굴을 돌려 눈길을 피했고 내 명치에서는 뜨거운 것이 올라와 목구멍에 걸렸다. 놈이 잡히더라도 머지않아 법은 본색을 드러낼 것이다. 세례처럼 악마의 몸을 씻기고, 죄가 빠져나간 어깻죽지에 자유의 날개를 달아줄 것이다. 반면에 아내와 나는 점점 더 깊고 어두운 절망의 똬리 속으로 끌려들어간다. 아내는 느닷없이 바르르 떨곤 한다. 꿈속에서도 놈을 만나는가. 그때마다 반복 재생 기능을 갖춘 DVD 플레이어처럼 그녀의 악몽은 처음부터 다시 시작되는지도…. 내게도 알콜에 기대어 겨우 눈 붙이는 밤이 반복되었다. 아내의 얼굴에서 절규를 읽다가 문득, 이러고 있을 수만은 없다고 생각했다.

나는 아파트로 돌아와 관리 사무실에서 박씨를 만났다. 박씨는 머뭇거리며 자꾸만 고개를 외로 꼬았다. 작은 키에 볼살이 빠져나간 환갑의 사내가 어색한 미소로 구차한 표정을 지었다. 좁은 이마 위로 올라앉은 그의 경비원 모자가 유난히 크게 보였다.

"미, 미안합니다."

박씨는 힘을 들여 말머리를 열었다. 최초의 목격자인 박씨에게 눈을 부릅뜨며 의자를 당겨 바투 앉았다. 옆에서 키보드를 두드리던 경리 여직원이 슬그머니 자리를 피했다. 그날도 그는 경비실의 쪽창으로 밖을 내다보고 있었다. 못 보던 차량이 주차장 쪽으로 들어갈 때 호기심을 느낀 그는 모니터로 눈을 옮겼고 그 뒤로도 화면으로 지켜보았단다. 주차장으로 내려온 아내가 폭행당하고 승합차 안으로 끌려들어가는 걸 한참동안 관찰했다는 이야기였다.

"그럼 왜 바로 뛰어 내려가 말리지 않았죠?"

"경찰에 내가 신고했잖아요."

"그거야 당연한 것이고 경비원으로서 치안에 책임이 있잖아요. 경찰이 달려왔을 때는 이미 범인이 도주한 뒤였잖아요. 위기 상황에서 왜 즉시 달려가지 않았냐고!"

나는 목소리를 높였다.

"그러다가 내가 다치기라도 하면… 나도 처자식이 있는 몸인데."

박씨는 멱살을 움켜쥔 내 눈을 피하며 기어들어가는 목소리로 웅얼거렸다. 그의 볼멘소리는 '규정대로 최선을 다했음'을 주장하고 있었다. 나는 그를 놓아주고 집으로 올라와 냉장고를 열었다. 목젖까지 차오르는 분노를 차가운 캔맥주로 삭였다. 거품을 머금은 액체가 허탈한 뱃속으로 실없이 미끄러졌다. 우리 부부와 아이의 머리 위에서 팔랑거리던 나비들이 맥주의 냉기에 쫓겨 날아가자 박씨의 얼굴이 다시 떠올랐다. 자기도 매뉴얼대로 했다 이거지. 박씨의 얼굴 위로 문득, 내 추억의 골목길에서 미간을 좁히던 진압대장이 겹쳤다.

우리는 이미 지번을 확인한 터라 진입로의 넓이에 맞는 탱크차를 몰고 갔다. 어디에 얼마만큼 물을 뿌릴 건지도 출발 전에 가늠을 했다. 현장에 도착했을 때는 처음 발화된 집이 반 이상 타들어가는 중이었다. 석유난로에서 시작된 불길은 검붉은 혀끝을 날름거리며 이내 옆집 처마를 덮쳤다. 오래된 목조 주택들이 불땀 좋게 타올랐다. 불난 집에 물줄기가 뿌려질 때 그 옆집에서 50대 중반쯤의 남자가 맨발로 뛰어나왔다. 그는 화마가 물어뜯는 제 집 앞에서 발을 굴렀다. 살집이 풍성하고 얼굴이 허연 그의 아내는 남편의 부축을 받으며 눈물만 훔쳤다. 그녀의 얼굴은 헛것을 본 사람의 얼굴인 듯했다. 그들의 집은 그대로 타게 놔두고 우리는 지시대로 그 다음 집에 물을 뿌렸다. 그들 부부의 집 너머 세 번째 집으로 불이 옮겨 붙는 것을 막기 위해서라고 대장이 말했다.

"집안에 남아 있는 사람은 없죠?"

이것이 전부였다. 남자가 자기 집에도 물을 뿌려달라고 애원했지만 대장은 그와 더 이상 말을 섞지 않았다. 나중에 알게 된 사실이었지만 그 집은 수도 요금이 여섯 달째 밀려 있었다. 불경기에 부부가 18년간 운영했던 세탁소 문을 닫고 일거리가 없어진 탓이었다. 남자는 길길이 날뛰었다. 대장은 가져온 물이 부족하다는 말만 반복했다. 부부는 자신의 집이 다 탈 때까지 멍하니 지켜볼 수밖에 없었다.

"그래도 이건 좀 심하지 않나요?"

대장에게 내가 물었다.

"저 사람 집에 뿌려주다가 꼬박꼬박 수도 요금 낸 그 옆집 불을 못 끄면, 네가 책임질래?"

그날의 작전은 그렇게 끝이 났다. 대장은 그 부부를 얌체로 불렀다. 새로운 진압 매뉴얼은 제 몫을 했지만 나는 개운치 않았다.

나는 수첩에 계획을 적어가며 한 줄씩 꼼꼼히 점검했다. 냉철한 판단을 위해 울분이 차오를 때마다 고개를 흔들어 감정의 이파리들을 털어냈다. 놈이 노린 게 돈이라면 놈은 분명 아내가 계약하는 날짜를 알고 있었을 터. 나는 아내가 전에 다녀왔다던 부동산 사무소를 떠올렸다.

"뭐 좀 지피는 데가 없나요?"

중개사는 잔뜩 찌푸린 얼굴이었다. 형사가 두 번이나 다녀갔다며 당분간 셔터를 내리고 여행이라도 다녀올 생각이라고 했다.

"그런 사람이 있다면 내가 왜 진작 연락을 안 했겠어요. 그날 사모님은 제 전화를 받지도 않았어요. 계약하러 온 집주인을 그냥 돌려보냈다니까요."

오십대 중반으로 보이는 여사장은 이마에 주름을 잡으며 자기가 더 궁금하다는 표정을 지었다. 전세 계약 하나를 놓친 아쉬움이 그녀의 얼굴에 그득했다. 부동산 경기 침체기라 직원도 없이 혼자 가게를 지키고 있으니 그날의 계약을 다른 사람은 몰랐을 거라고 했다. 답답했다. 아내는 여전히 혼수상태였다. 부동산 사무소를 나와 경찰서를 향해 걷는데 바지 주머니에서 익숙한 곡조가 울렸다.

"이제야 그 생각이 나네요."

박씨의 주눅 든 목소리였다.

"사건 하루 전날이래요. 여기 적어둔 시간이 있네요. 아침부터 입구에 트럭을 세우기에 내가 차를 빼달라고 했지요. 이삿짐센터 광고가 박힌 1.5톤짜린데, 남자 둘이래요. 그냥 견적을 내주러왔다고만 해요."

"몇 호 방문자인지 적어놓지 않았나요?"

"핸드폰으로 통화를 하면서 바로 올라가는 바람에…."

수상쩍은 느낌이 들었다. 아내는 며칠 전부터 휴대폰을 열고 계산기를 눌러댔었다. 포장 이사를 할까 손수 짐을 쌀까 그녀는 쉽게 결정하지 못했다. 뱃속의 아이 좀 생각하자며 나는 포장 이사를 주장했다. 그러니까 사고 전날에 아내가 그들을 불러 포장 이사 견적을 받았는지도 모른다. 그들은 이사 날짜를 알기 위해 옮겨갈 집을 계약했는지 물었을 것이다. 나는 곧장 발걸음을 집으로 돌렸다. 아내의 화장대 서랍에서 분내가 물씬 올라왔다. 그녀가 받아둔 이삿짐센터 명함이 거기 있었다. 뒷면에 손으로 쓴 포장이라는 글자와 숫자가 보였다. 방문자가 적어주고 간 예상 금액이었다. 나는 한참을 궁리한 끝에 전화를 걸었다. 사장이 직접 받았다. 담배에 전 목소리가 넘어왔다. 그는 우리 집을 다녀간 사실을 순순히 인정하며 당장 자기네와 계약을 할 건지 물었다.

"새로 들어가실 집은 정하셨죠? 그 다음날 계약하신다더니…. 그런데 이사 날짜는 언제죠?"

사장의 목소리는 태연했고 그는 오직 주문 하나를 더 받는 데에만 관심이 있었다.

"그날 같이 왔던 사람을 지금 보내시죠. 사장님은 바쁘실 텐데."

"그 친구 이제 안 나와요."

예리한 심증이 내 머릿속을 후비고 들어왔다. 이삿짐센터 사무실로 달려갔다. 지난달에 월급 받아간 뒤로 소식이 없다는 그의 이름이 강성두라는 것과 그가 살고 있다는 근처의 고시원을 알아냈다. 고시원의 관리인은 목에서 쇳소리가 나는 예순이 갓 넘어 보이는 여자였다. 신경질적으로 모가 난 은테 안경 뒤에서 슴벅거리는 그녀의 눈알에 의심이 잔뜩 끼어 있었다. 그녀는 강을 잘 안다고 했다. 월세가 석 달이나 밀려 있는데 얼마 전부터 보이지 않는다며 오히려 내게 그의 행방을 물었다. 나는 소방관 신분증을 내밀며 방문을 열어달라고 요구했다. 나는 그녀를 시험하고 있었다. 그녀가 건물 관리 규정을 어떻게 적용시킬 것인가. 거부당할지 모른다는 초조함과 설마 하는 호기심이 내 속에서 뒤섞였다. 부러 따분한 표정을 지으며 그녀와 눈싸움을 주고받았다. 찝찝하게 입맛을 다시던 그녀가 잠시 머뭇거리더니 금세 표정을 바꿨다. 그녀가 나를 2층으로 안내했다. 집단 주거 시설 관리자가 화재 감독 기관에 밉게 보이면 장차 불편해질 수 있다는 것쯤은 아는 눈치였다. 강의 방문이 벌컥 열렸다. 전등 스위치를 누르자 창문도 없는 좁은 방안엔 담배꽁초와 구겨진 휴지들이 아무렇게나 뒹굴고 있었다. 음침한 불쾌감이 내 목덜미로 달려들었다. 놈이 범인이라면 저 휴지를 구기던 손아귀로 내 아내의 목을 조이고 옷을 벗겼을 것이다. 견디기 힘든 굴욕감이 잔털을 세운 송충이처럼 종아리를 타고 기어올랐다. 습기 찬

방의 모서리마다 얼룩들이 형광등 불빛 아래 지도처럼 드러났다. 오랫동안 도배를 미룬 벽에서 빠져나온 곰팡이의 포자가 방금 끈 촛불의 탄내마냥 비강 속으로 흘러들었다. 화장실 문을 열었다. 비릿한 땀내가 하수구 냄새에 버무려져 퀴퀴하게 다가왔다. 세면대 위로 하얀 도자기 컵이 보였다. 관광지에서 사진을 찍어 컵 표면에 프린팅해서 파는 흔한 물건이었다. 원색의 등산복을 입은 젊은 남녀가 얼굴을 맞대고 웃고 있었다. 사진 속 남자의 얼굴이 낯익었다. 이삿짐센터 사무실 벽에 붙어 있던 직원들의 조직도에도 같은 얼굴이 있었다. 나는 휴대폰을 꺼내 컵에 가까이 대고 셔터를 눌렀다. 가지고 간 일회용 비닐장갑을 끼고 바닥에 몸을 굽혔다. 타일과 타일이 붙은 틈새마다 누렇게 말라붙은 지린내를 참으며 머리털부터 꼬부라진 터럭까지 주워 모아 비닐봉투에 담았다. 나올 때는 현관 문 앞에 떨어져 있는 담배꽁초도 주웠다. 자꾸만 욕지기가 올라왔다.

김 형사는 아직 퇴근 전이었다.

"혹시 그날 아침 제 집사람과 통화를 한 자가 누군지 알아보셨습니까?"

"알아보면 뭐합니까. 그런 놈들은 모두 대포폰을 사용하는데. 영리한 놈이에요. 훔쳐간 신용카드도 전혀 사용하지 않았어요. 스마트폰이야 이미 팔아먹었을 테고."

머리를 다친 아내가 기절을 하는 바람에 놈이 신용카드 비밀번호는 알아낼 수 없었을 것이다. 아내가 그 지경이 되지 않았으면 그놈은 아내를 끌고 다니며 신용카드로 현금을 인출했을지도 모른다. 그러고 보니 놈이 노렸던 건 아내의 지갑 속 현금만이 아니라는 생각이 퍼뜩 들었다. 요즘 세상에 전세 계약금을 현금으로 들고 다니는 사람은 드물 것이므로. 놈이 목적을 달성했다면 자신의 얼굴을 본 피해자를 죽여 고속도로변에 담배꽁초처럼 버리고 달아났을 것이다. 그러면 아내의 혼수상태가 목숨을 구한 것인가. 이것도 불행 중 다행인가. 김 형사가 퇴근한다며 주섬주섬 윗옷을 들고 일어났다. 손사래를 치는 그를 어렵사리 경찰서 맞은편 국밥집으로 데리고 갔다.

"경찰에서 알아서 수사한다니까 그러시네."

일어서려는 그의 옷깃을 붙잡아 다시 앉혔다. 소주와 순대국을 앞에 두고 나는 부탁과 읍소가 섞인 거래를 시작했다.

"용의자를 찾았습니다."

나는 한 걸음 더 나아갔다.

"결정적인 제보를 할 테니 한 가지만 약속해주세요."

그가 작은 눈을 동그랗게 세우며 관심을 보이기 시작했다.

"허 참. 조건이 뭔데요?"

"용의자의 위치가 파악되면 제게도 알려주세요."

"뭐하시게요? 사적인 보복은 절대로 안 돼요. 그것만 약속하신다면…."

휴직을 하고 오로지 이 사건에만 매달리고 있으며, 나는 살아 있어도 사는 게 아니라는 점과 유산된 아이를 우리가 얼마나 힘들게 임신했는지도 말했다. 이대로 아내가 죽으면 나도 자살할지 모른다는 말로 그와의 거래에 대못을 박았다. 그의 눈빛이 잠시 흔들렸다.

김 형사에게 비닐 봉투를 넘겨준 뒤로 다시 초조한 날들이 지나갔다. 아내를 보고 병원을 나오는데 휴대폰에 문자 메시지 하나가 떴다. 발신자 번호가 삭제된 채였다.

'강성두 34세 강릉 거주 국과수 동일 인물 확인'

분명 김 형사가 보낸 거였다. 심장이 사정없이 펌프질을 해대고 몸속의 혈액이 거칠게 역류하기 시작했다. 움켜쥔 주먹에서 우두둑 뼈마디 부러지는 소리가 났다. 아내의 몸에서 나온 흔적과 내가 고시원에서 가져온 물건이 동일인의 것으로 판명되었으니 범인은 강성두가 확실했다. 나는 미리 사둔 가스총과 칼을 챙겼다. 밤새 갈아둔 칼날이 형광등 빛을 파르스름하게 쪼갰다. 한 자 길이의 회칼이 아내가 싸주던 도시락 가방에 대각선으로 들어갔다. 나는 어금니를 악물며 가방 모서리를 만져보았다. 한 겹의 가죽을 사이에 두고 날카로운 금속의 살기가 손끝으로 파고들었다. 그 뒤로도 두 번의 문자를 더 받았다. 동네 이름과 도주 방향만을 애매하게 알려주는 정도였다. 수소문 끝에 나는 드디어 놈의 은신처를 찾아냈다. 첫 문자를 받고도 닷새가 더 지난 늦은 밤이었다. 강성두가 자주 드나든다는 PC방 간판이 멀리서 보였다. 대로변에서 한 블록 뒤 주택가로 휘어드는 일방통행 골목 안 상가 건물 2층이었다. 십대 후반으로 보이는 아이들 서넛이 게임을 하는 PC방에 놈은 없었다. 되돌아와 차 안에서 기다렸다. 길에서 마주치면 놈의 얼굴을 알아볼 수 있을 것 같았다. PC방 창문이 보이는 담벼락에 붙여둔 내 차 옆으로 야식 배달 오토바이가 몇 차례 스치듯 지나갔다. 빈속에 블랙커피로 졸음을 견딘 탓에 속이 쓰려왔다. 지루한 밤의 끝자락에 이끌려 푸르스름한 새벽이 골목에 내려앉았다. PC방 아래층 24

시간 편의점과 대각선 방향으로는 어젯밤 나를 따라온 한 대의 승용차가 있었다. 어둠을 떠받친 굴곡이 잔뜩 웅크린 들짐승 같았다. 반쯤 내린 창틈으로 차 안이 어스름하게 들여다보였다. 둘 중 하나는 김 형사의 실루엣이었다. 나를 사냥개처럼 풀어놓고 그가 내 뒤를 밟은 모양이었다. 표적을 확실하게 찾아내기 위해서였을 것이다. 쓴 웃음이 나왔다. 7시가 넘어가자 등교하는 학생들로 좁은 길이 붐비기 시작했다. 그때 무채색 점퍼를 입은 사내가 나타났다. 골목이 끝나는 지점이었다. 그는 PC방 건물 쪽으로 걸어오고 있었다. 짙은 눈썹에 갸름하고 가무잡잡한 얼굴이 어디서 본 듯했다. 강성두였다. 동시에 내 왼쪽 바지 주머니가 진저리를 쳤다. 문자 메시지였다. '차에서 나오지 말 것.' 김 형사가 나를 줄곧 지켜보고 있었던 게 틀림없었다. 그때 놈이 좌우를 살피며 상가 건물 안으로 들어갔다. 승용차의 문이 앞뒤로 덜컥 열렸다. 형사 둘이 차에서 뛰어내려 잽싸게 그를 쫓았다. 김 형사의 뒷모습을 보는 순간 그와의 약속이 떠올랐다. 사적 보복이라…. 하지만 그건 이미 무시하기로 하지 않았나. 생각의 단순함이 행동을 이끄는 법. 나는 도리질로 잠시의 혼란을 떨쳐냈다. 하얀 시트 위에 누운 아내를 떠올렸다. 마음을 다잡아야 했다. 아내는 가끔씩 눈을 깜박거린다. 마치 내 말을 알아듣기라도 하는 듯. 아내가 애원한다. 그녀의 눈빛엔 나만 겨우 알아 듣는 언어가 있다. 이제 그만 나를 놓아줘. 그녀의 아랫입 술이 끈에 매달린 목각인형처럼 힘없이 덜걱거린다. 그녀 의 핏기 잃은 입술에서 흘러내린 침이 동그랗게 여명을 모 아 반사시킨다. 잔광이 내 얼굴로 시리게 파고든다. 뼈만 남은 그녀의 턱에 손수건을 받쳐주며 나는 어금니를 깨문 다. 내 눈에 괸 물기 속에서 아내의 얼굴이 뿌옇게 번진다. 그녀의 힘없는 미소 위로 아이가 겹친다. 옹알이를 하다 방긋 웃는다. 아이의 어깨에서 날개가 돋는다. 아이는 노 랑나비가 되어 희붐한 시간의 틈새로 펄럭 사라진다.

차 안이 너무도 답답했다. 상체를 앞으로 기울일 때마 다 등줄기를 타고 식은땀이 흘러내렸다. 얼굴로 미열이 올 랐다. 후텁지근했다. 나는 차에서 내렸다. 가방을 열고 가 스총을 꺼내 허리춤에 끼웠다. 어젯밤 이미 확인했으니 장 전은 제대로 되어 있을 것이다. 회칼도 꺼냈다. 아침 햇살 이 칼끝에서 퍼졌다. 놈이 PC방 건물로 들어가고 오줌 한 번 눌 만큼의 시간이 지났을까. 우당탕, 건물을 빠져나온 소리를 따라 놈이 달려 나왔다. 내 쪽이었다. 놈의 오른손 에는 잭나이프가 들려 있었다. 놈의 등 뒤로 십여 보의 거 리를 두고 뒤쫓아 나오는 형사들이 보였다. 저놈 잡아! 내 가 손을 뻗으면 닿을 만큼 놈과 거리가 좁혀지자 정면으로 눈이 마주쳤다. 놈이 주춤했다. 나는 왼손으로 놈의 이마에 가스총을 겨누며 오른 손으로는 칼끝을 눈알에 들이댔다. 이미 수십 번 연습한 동작이었다. 놈이 내게 덤벼들었다. 놈의 칼이 현란하게 공기를 잘랐다. 나는 주저 없이 방아쇠를 당겼다. 총구를 빠져나간 가스가 놈의 얼굴에 뼛가루처럼 뿌려졌다. 내 오른발이 두 눈을 움켜쥔 놈의 샅으로 빠르게 파고들었다. 숨소리가 잘라지며 놈이 벌렁 뒤로 넘어졌다. 놈의 손에서 튕겨져 나온 잭나이프가 바닥으로 떨어지고, 나는 놈의 배를 깔고 앉았다. 묵은 변비를 배설하듯, 명징한 쾌감이 내 사타구니를 타고 내장으로 차올랐다. 놈이 눈을 부릅떴다. 나는 오른 손을 천천히 들어올렸다. 칼끝에 모인 살기가 놈의 눈알을 향해 수직으로 길을 잡았다.

"안 돼!"

외마디 소리가 귓바퀴를 때렸다. 멈칫하는 순간 형사들이 나를 덮쳤다.

"당신은 가만 있으래두. 다 된 밥에 코 빠뜨릴 순 없지. 겨우 한 건 올렸는데…."

나는 폐기물처럼 길가에 부려졌다. 매뉴얼들이 한꺼번에 달려들어 나를 깔고 앉았다. 가만있으라고.

오동의 꿈

2017 경북일보문학대전 금상

에어컨 바람 빠질세라 꼭꼭 닫은 출입문이 노크도 없이 벌컥 열렸다. 퉁퉁한 몸피가 때 이른 더위를 데리고 사무실 안으로 성큼 들어왔다.

"얼라리? 높으신 송주사님이 워쩐 일이여."

"폭폭혀 죽겄다, 니미럴."

호섭이 두툼한 주먹으로 제 가슴을 쳤다. 퇴근길에 한잔 걸친 얼굴이었다. 그가 내 책상 위로 푸짐한 엉덩이를 삐딱하게 올렸다. 다 나눠주지 못하고 쌓아둔 전시회 팸플릿이 바닥으로 좌르르 떨어졌다. 나는 흐트러진 그것들을 주워 올리며 어색한 웃음으로 호섭의 눈치를 살폈다. 환영촌 개발 사업이 지지부진한 게 내 탓이라도 되는 양…. 그렇잖아도 나는 간댕간댕한 임시직을 붙잡고 일거리가 바닥날까 애를 태우는 중이었다.

지자체에서 집창촌 철거에 장기간 공을 들여왔고, 호섭의 문화관광팀이 최전방에서 뚝심을 발휘했으므로 굳이 따지자면 성과도 없진 않았다. 내가 미대 후배들을 데리고 들어온 '녹색예술문화연대' 건물이 첫 결실이었다. 두 해 전에 J시가 사들여 리모델링한 것인데 옛집의 골격은 보존한 채였다. 부끄러운 과거도 역사의 일부라는 주장에 힘이 실린 결과였다. 구멍 숭숭 뚫린 단층 건물의 이끼 낀 블록 벽을 무너뜨리고 철골 기둥을 심어 이층으로 올렸으니 새로 지은 거나 진배없었다. 오동나무집이 있는 집창촌은 일제 때 놓은 기찻길을 따라 형성되었다. 원래 이름은 환영촌이었는데 어느새 사람들의 입에서 화냥촌으로 변했다. 일렬횡대로 얼기설기 지은 집들은 간격이 좁았고 샛길에서 마주치는 사람들은 서로 어깨를 재꼈다.

"태구야, 니가 요번에 큰일 한번 히줘야 쓰겄다."

호섭이 미간을 풀며 느물대는 웃음을 입꼬리에 매달았다. 나더러 오동나무집 메리 할매를 집중 공략해달라는 것이었다.

"빠진 이빨처럼 매입해본들 효율성만 떨어지는 거 알지?"

좁은 통로를 끼고 우리 전시관과 이웃한 그 집이 당장의 목표물이었다. 일이 순조롭게 진행된다면 좁아터진 지금의 전시 공간을 대폭 넓힐 수 있을 듯했다. 호섭이 자신의 벌어진 아랫니를 가리키며 입꼬리를 내렸다. 분위기가 무거워졌다. 그의 새로운 주문은 지금까지 해오던 주민 친화 사업과 결이 달랐다. 설문조사를 내세운 실없는 면담으로는 사업 진척이 어렵다는 걸 깨달은 모양이었다. 안 그래도 맥이 빠지던 참이었다. 내가 일부러 늦장부린 옛 철도 부지 담장 벽화가 완성되고도 한참이 지나 있었다. 친화 사업의 일환으로 시작한 일본군 '위안부' 사진전도 시들해진 터였다. 윗분들에게 이슈 선점의 중요성을 설득한 호섭도 그렇겠지만 그가 끌어들인 행사를 반색하며 능력을 보여주려던 나도 난감하긴 마찬가지였다. 반응이 좋으면 연이어 좀 더 화끈한 이슈를 띄울 생각이었지만 센세이션은커녕 나의 원대한 포부가 초장부터 쭈그러지는 모양새였다. 소녀상을 세우던 시청 앞 광장의 열기를 몰아오기에도 역부족이었다. 이미지의 동질성을 내세워 여성의 인권을 강조했지만 정작 환영촌 여성들은 시큰둥했다. 그녀들이 내가 꾸민 전시장을 방문하여 감동의 눈물까지 흘려주길 기대한 건 아니었다. 하지만 저 윗분들의 관심쯤은 끌어줄 수 있지 않겠냐 말이다. 그리하여 내가 그 알량한 시정자문위원들의 압력을 꿋꿋이 버텨낼 정규직으로 특채만 되면 뭘 더 바라겠나. 답답하기 짝이 없었다. 내가 홍보에 온갖 꾀를 냈지만 관객의 반응은 뜨뜻미지근했다. 소녀상을 지키자고 외치던 소녀들의 방문은 더욱 난망했다. 우리 전시관의 상징성이 빛을 잃어가고 있었다. 실인즉, 관객을 불편하게 만드는 것도 전시관의 위치였다. 환영촌에 어둠이 내리면 여전히 사내들이 꼬인다. 한창 때에 비하면 어림없는 경기지만 아직도 열 댓 군데가 남아서 그 장사를 한다. 캔디, 앨리스, 로즈, 쉬리 등, 외래어 간판들이 생뚱하고 민망하다. '오동나무'는 그래도 나은 편이다.

지지난 겨울, 리모델링을 마친 전시관에 입주하자마자 내가 오동나무집에 시선을 꽂은 건 간판 때문만은 아니었다. 점심때가 지나면 어둡고 칙칙한 그 집에서 반주 없는 노래가 나이 든 여자의 목소리를 타고 들려왔다. 전시관 일층 남자 화장실의 창문으로 스며드는 귀에 익은 노래, 조지 거슈인의 서머타임이었다. 쉰 목소리가 댓잎 스치는 바람처럼 내 귓바퀴에 서걱거렸다. 나는 기억이 가물거리는 미국 영화 속으로 홀린 듯 빠져들었다. 자려고 눈을 감으면 아이를 안고 자장가를 부르는 여자의 얼굴이 확대되어 다가왔다. 아이의 검은 얼굴도 함께였다. 나는 슬그머니 밖으로 나가 두 건물 사이에 몸을 끼워 귀를 세웠다. 조붓한 통로는 대낮에도 어둑했다. 오동나무집 시멘트 외벽엔 밑이 너덜대는 새시 출입문이 붙어 있고 그 위로 얹힌 조그만 유리창은 늘 열려 있었다. 노랫소리가 나오는 구멍으로 초라한 부엌이 들여다보였다. 키를 낮출 것도 없었다. 정확히 눈높이였다. 플라스틱 선반에 놓인 양은냄비와 사기그릇

들, 그리고 밑이 그을린 은색 주전자가 침침한 공간에서 어
룽거렸다. 낡은 단층집의 까대기 처마가 들어 올린 시선 끝
에 머물렀다. 환영촌을 문화의 거리로 바꾸기로 한 J시의
정책이 십 년이 다 되도록 거기서 미적대고 있었다.

"허긴, 이런 찝찝한 동네를 몇이나 찾아오것냐 니기미."

호섭은 환영촌을 몽땅 불도저로 밀어버리고 싶은 표정
이었다. 짙은 눈썹 밑에서 실핏줄로 금을 낸 흰자위가 뙤
록 굴렀다.

"썩을 놈의 오동나무를 분질러부러야 쓰것어, 확 태워불
든지."

응축된 의욕이 임계점을 향하고 있었다. 고교 시절의 겁
많던 호섭은 간데없었다.

"시방 그게 뭔 소리여?"

"너는 귀도 없냐? 지난달 불난 디 있자녀. 아 저 반대쪽
말이여."

호섭의 검지가 창문 너머 오동나무를 지나 저만치 날아
갔다.

"로즈?"

"그려 거그. 집쥔 놈 입이 귀에 걸렸어야. 화재가 발생
하면 곧바로 철거해야지 위험한 상태로 놔둘 순 없자녀?
우선 매수 대상이 되는 거지. 안 그래도 시세 기준이라 보

상금이 두둑할 턴디. 지급 절차도 간단해져요. 감정가로 시비 붙을 건물이 사라졌응게."

호섭이 목조, 철골조, 기와 등 가옥의 형태와 잔여 수명, 대지 면적, 기준 시가, 영업권 따위를 들먹였다. 보상금 산정 기준과 절차에 대한 따분한 강의로 이어질 참이었다.

"아 긍게 불을 누가 질렀간디?"

내가 말허리를 잘랐다.

"알게 뭐여, 사람이 다친 것도 아닝게 조사는 시능만 냈것지 뭐. 시방 벼락이라도 떨어져주길 바라는 건물주들이 태반이여. 뜬금없는 도둑이라도 들어와서 한 귀퉁이 꼬실라주면 땡큐 아니것어? 제 손으로 저지르다 방화범으로 몰리면 신세만 조징게로."

건물주가 포주들의 저항을 이겨내기도 벅찰 것이었다. 집을 빌린 포주들은 여전히 짭짤한 현금을 거둬들였고 시에서 제시한 영업 보상금은 무력했다. 나는 시의회에서 문화관광위원장을 맡고 있는 김상태를 떠올렸다. 화재 소식에 그의 입이 더 크게 벌어져 귀에 걸릴 게 빤했다. 호섭이 벌게진 얼굴로 말을 이었다.

"할매가 그놈의 오동나무를 붙들고 백억을 줘도 집을 못 팔것단다. 무슨 신주단지라도 되는지."

열댓 평짜리 오동나무집을 소유한 메리 할매도 동네 사정에 무신경할 리 없었다. 자신에게 저항할 포주가 있는 것도 아니었다.

"아직 때가 아니리야 니기미."

호섭의 눈빛이 갑자기 진지해졌다. 나는 하릴없이 고개를 끄덕였다. 밥줄 쥔 자가 던진 주문에 달리 선택의 여지가 없었다. 새 프로젝트를 찾는 조급함을 호섭에게 감추기도 쉽지 않았다.

이 년 전, 녹색예술문화연대라는 그럴듯한 이름까지 지어주며 내게 단체를 만들어보라고 한 것도 호섭이었다. 그의 전화를 받고 시청을 찾았다. 곁에 다른 사람이 없었음에도 그는 두터운 입술을 내 귀에 바투 대고 열을 냈다.

– 드디어 한 건 올려부렀당게 흐흐.

홍등가 초입에 버티고 있던 두 집을 시에서 동시에 매입했단다.

– 곧바로 공사 들어갈 거여.

호섭의 목에 힘이 잔뜩 들어가 있었다. 김상태 의원의 적극성이 낳은 결실이었다. 나중에 알게 된 사실이지만 그는 환영촌에 인접한 공터의 소유자였다. 농구장만 한 그의 땅은 늘 비어 있었다. 입구에 세워둔 녹슨 주차장 간판이 무색했다. 그곳에 자가용을 대고 뒷골목에 들어갈 배짱

두둑한 사내들이 많지 않은 탓이었다. 수시로 단속이 뜨기도 하거니와 골목 입구 전봇대에 매달린 퉁방울 같은 카메라 눈이 들어오는 차마다 번호판을 찍어대기 때문이었다. 환영촌이 문화예술지구로 변신하는 순간 김상태가 떼돈을 만질 건 분명했다.

― 주상 복합으로 올리것디야.

호섭이 혀끝을 돌려 입술에 침을 발랐다. 그가 김상태에게 줄을 대고 있는지 내가 굳이 확인할 필요까지는 없었다.

― 내가 요번에 얼매나 쎄가빠졌는지 아냐?

호섭이 제 생색으로 거품을 물었다. 하지만 나는 두 채를 가진 건물주가 제풀에 손을 들었다는 소문에 신빙성을 얻었다. 초입의 단속 카메라 밑에서 파리를 날린 탓이었다. 그 건물에 업종을 바꿔봐야 구역 내에서는 헛일이었다. 경찰과 연합한 단속 강화는 시의 합법적 철거 수단이었다. 폐업이 속출했고 포주들도 각자도생으로 흩어졌다. 환영받지 못하는 환영촌은 쪼그라드는 풍선이었다. 하지만 진도는 거기서 멈췄다. 여러 곳을 운영하던 업주는 단속에 협조하는 척 하나로 크게 합쳤다. 보상금부터 챙긴 건 두 말할 필요가 없었다. 열 맷 개로 줄어든 가게들은 요지부동이었다. 갈 곳 없는 여자들에게 시에서 당근을 제시했다. 직업 교육과 일 년간 생활 보조금 지급. 효과는 별로였다. 호섭은 그녀들의 생활 습관 탓이라고 했다. 아침잠에 물든 그녀들을 새벽같이 교육 현장으로 몰아대기가 쉽지 않았던 모양이었다. 시위가 이어졌다. 포주들에게 등떠밀려 나온 여자들이 X자 붙인 마스크를 쓴 채 앞줄에 섰다. '현실성 있는 대책'을 요구하는 언어들이 허공을 가로질렀다. 시의회는 '문화의 거리 만들기'에 더 큰 예산을 베팅했다. 매입한 두 건물을 합쳐 이 층으로 올리는 공사가 끝나자 시에서는 아이디어를 짜내기 시작했다. 지방대 교수와 예술인 몇이 자문위원으로 위촉되었다. 위아래 합쳐 스무 평 남짓 되는 공간을 여성과 사회적 약자들을 위한 작품 전시장으로 만들자는 방안이 채택되었다. 나는 호섭의 추천으로 시의회 문광위원들 앞에 섰다. 면접이었다. 위원장이 문득 내게 팀을 꾸려보겠냐고 물었다. 호섭이 내경력에 기름을 발라 펌프질해놓은 모양이었다. 임시직이었지만 이튿날 합격 통보를 받았다. 미대를 졸업하고 십이년. 선배들의 작업실을 전전하며 겨우 숙식을 해결하던 내게 숨통이 트였다. 사람들 앞에서 더는 주눅 들지 않아도 될 것 같았다. 나와 연을 맺은 여자들의 얼굴이 차례로 떠올랐다. 대부분 작업실에서 알게 된 여대생들이었다. 그중나이가 좀 들었던 두엇은 나하고 미래를 맞춰보기도 했다.

고정 수입이 없는 내겐 그냥 거기까지였다. 그런 내게 팀을 만들어보라니…. 팀장 명함을 내보이며 후배들을 끌어들였다. 나는 턱을 쳐들어 생색을 냈고 후줄근한 녀석들이 든든한 뒷배를 가진 나를 우러러보았다. 실리콘 초산 냄새가 덜 빠진 건물에 네 명의 후배들과 둥지를 틀었다. 녹색예술문화연대가 베이스 캠프로 사용할 현장 사무실 겸 전시관이었다.

첫 번째 프로젝트는 벽화였다. 나는 밤샘 작업을 핑계로 전시관 뒷방에서 숙식을 해결했다. 이백 미터도 넘는 함석 담장이 눈앞에 펼쳐졌다. 철도청 부지를 보호할 목적이라는데 홍등가의 쇼윈도들이 졸지에 하늘색 담벼락을 마주하게 되었다. 벽은 다른 세상과 맞닿은 캔버스 같았다. 불쑥, 도발적인 그림을 그려 넣고 싶은 욕망이 솟았다. 하지만 시답잖은 예술혼은 곧 시정자문위원들의 지시 아래로 묻혔다. 환영촌에 진입하는 것 자체가 내겐 도발이었으므로 별도의 도발은 불필요한 것이었다. 그들은 초원 위에 피어난 꽃그림을 원했고 나는 허탈감으로 자위를 했다.

— 씨발 그럼 난 뭐냐.

하릴없는 하소연을 호섭에게 뱉었다.

— 야 조태구, 네가 배가 덜 고팠구나.

호섭이 막걸리 잔을 채워주며 어른스럽게 나를 나무

랐다.

벽화 작업이 진행되는 동안 두 번째 임무가 내게 주어졌다. 시에서 우리 사무실 인력을 짬짬이 이용하려는 속셈이었다.

— 긍게 머시냐. 요것은 오래전부터 해오던 주민 친화 사업이여.

심심풀이 삼아 해보라는 듯 호섭이 최대한 자연스런 표정을 지었다. 그건 일종의 의식 전환 작업이었다. 그 골목에서 생계를 해결하는 사람들의 저항을 무력화시켜 홍등가 밖으로 끌어내자는 거였다. 대상은 매춘업을 유지하는 삼발이었다. 성매매 여성, 포주, 그리고 그들에게 사업장을 제공하는 건물주. 세 개의 지지대 중 어느 하나만 무너뜨려도 환영촌은 사라지게 되어 있단다. 시에서는 건물주와 포주들을 상대로 고소 고발을 산탄총알처럼 쏘아댔다. 법을 내세워 어르고 누르는 일이 호섭의 임무였다.

— 가진 자들일수록 매에 약한 법이자녀?

호섭의 장담이 그럴듯했지만 당장의 밥줄에 매달린 여자들은 법 따위에 둔감했다. 유화 작전을 수행할 별도의 팀이 필요할 터였다. '시정에 협조하여 직업을 바꾸겠다는 합의를 여자들로부터 받아내라.' 그동안 우리가 그곳 사람들과 친분이 생겼으므로 말머리를 트기에 유리하다는 계산속이었다. 삼촌과 이모로 불리는 포주들과 새삼스레 눈을 맞추기도 조심스러웠다. 감정 노동은 불굴의 인내심을 요구했다. 해를 넘겨 벽화를 그리고 긴 담장 밑에 꽃을 심는 동안 그들과 눈인사라도 주고받았다는 게 그나마 믿는 구석이었다. 뭇매를 당하기 십상이었지만 내친걸음이었다. 전의를 다졌다. 우리는 낮 시간에 설문조사를 사칭해 가게들을 방문했다. 잠이 덜 깬 여자들이 푸석한 눈을 희번덕거리며 유리문을 열었다. 우리는 어색한 웃음을 흘렸고 그녀들은 의심과 경계를 숨기지 않았다. 이따금씩 시청에서 붙여준 나이든 여직원이 동행했다. 간호사 출신이라는 뚱뚱이 여직원은 복지와 건강 진단을 자주 입에 올렸다. 나는 당근부터 내밀었다. 직업 교육을 받으러 나오면 일 년 동안 매달 백만 원씩 주겠다는 제안이었다. 물론 그 일을 그만두는 조건이었다. 그녀들은 시큰둥했다.

– 글믄 오빠가 그것도 갚아줄 텨?

대부분 빚에 얽매어 있었다. 섣불리 말을 꺼냈다간 면박만 당하기 좋았다. 무기력한 모습도 거기서 거기였다. 달리 할 줄 아는 것도 없고 다른 걸 할 자신도 없다는 것이었다. 진전이 없었다. 나는 호섭을 불러내 정직하게 상황을 전달했다.

– 내 적성엔 안 맞는 것 같어.

반복되는 헛걸음에 지쳐갈 때쯤이었다. 호섭이 한쪽 눈을 찌그러뜨리며 말했다.

– 어디 오라는 데라도 있어?

나는 꼬리를 내렸다. 이력서 내밀 곳이 달리 없었다.

메리 할매를 집중 공략하라는 호섭의 주문을 받은 뒤로 나는 성과도 없이 날짜만 세고 있었다. 한밤중에 캔맥주 한 꾸러미를 들고 다시 찾아온 호섭은 쫓기는 얼굴이었다. 김상태가 어지간히 쪼아대나 보았다.

"야 좃태구 어떻게 좀 해봐라 좀 좀. 할매만 도장 찍어주면 그 다음부터는 쭉쭉 나가는 거잖아. 네 덕에 승진 좀 해보자 승진."

그가 말꼬리에 심지를 박았다. 상근 예비역으로 나보다 먼저 군역을 마치고 지방 공무원 시험까지 붙은 호섭이 또다시 변신을 꾀하고 있었다. 열대야가 짜증스러웠다.

"새꺄 그게 나한테 할 말이냐? 목이 언제 떨어질지도 모르는 신센데."

내 볼멘소리는 호섭이 날린 호언장담에 이내 기대로 바뀌었다.

"내가 올라가믄 넌 탄탄대로여 이 빙신아."

"까고 있네."

대꾸야 그렇게 했지만 자리를 굳혀 밥벌이를 연장할 유일한 길이었다. 길게 뻗은 문화의 거리에 우뚝 솟은 전시관, 관장실의 묵직한 의자에 앉아 회의를 주재하는 내 모습을 그려보았다.

나는 메리 할매의 가게를 부지런히 드나들었다. 나이 든 여자만 모여 사는 그 집이 내게도 편했다. 제일 어린 여자가 삼십대 후반이었다. 어느 가게에서나 나이 든 포주를 엄마라고 불렀지만 오동나무집에서는 메리 할매를 부르는 목소리들이 더욱 살가웠다. 할매가 예순 넷이었으므로 오십이 다 된 여자에겐 큰언니뻘이었지만 그녀도 메리 할매를 엄마로 불렀다. 그도 그럴 것이 메리 할매는 나이보다 열 살은 더 먹어보였다. 젊어서 고생한 탓인 듯했다. 무릎 사이가 벌어진 짤막한 오다리는 관절염 후유증이라고 했다. 나는 먼발치에서도 오종종하게 뒤뚱거리는 그녀를 재깍 알아보았다. 골 깊은 눈가 주름과 좀처럼 펴지 못하는 미간이 화장대 위의 약봉지들을 설명해주었다. 그녀가 달고 산다는 진통제와 몸을 일으킬 때마다 빠져나오는 탁음이 무관치 않아 보였다. 내 시선이 침대 머리맡 조그만 약병으로 옮겨가자 그녀가 쑥스러운 듯 해명을 했다.

"으응 저것도 평생 동무여, 없으믄 잠을 못 잦게."

호섭의 각별한 요구를 받기 전에도 오동나무집을 들르긴 했었다. 벽화를 그리다 친화 작업에 내몰린 작년 이맘때였다. 나는 동네를 한 줄로 훑어오다 마지막으로 메리 할매의 가게에 발을 담갔다. 시에서 나왔다는 말에 마지못해 문이야 열어줬지만 '쓸데없는 짓거리를 하고 다니는구먼.' 하는 표정들이었다. 거실 겸 대기실에서 화장을 서두르는 여자들과 인사를 나눴다.

— 조태굽니다.

— 저는 순복이에여.

— 여긴 예명을 쓰지 않나요?

말을 꺼내놓는데 닭살이 돋았다.

— 오빠 디게 귀엽다 잉.

자신을 소개한 큰언니가 내 볼을 꼬집었다. 그녀의 경계심을 푸는 데는 성공한 듯했다. 내가 순복씨에게 시의 문화 정책을 설명하자 소파에 어깨를 파묻은 할매가 픽 웃었다.

— 재주껏 혀어봐아.

메리 할매가 고집불통이라는 것쯤은 익히 들은 바였다. 할매의 목소리에 섞여 바람이 쉬익 빠져나왔다. 불쑥 서머타임의 가사가 떠올랐다. '애야 울지 마라. 우리는 부자란

다. 네가 온 하늘을 차지하는 날까지 엄마가 너를 지켜주마.' 할매가 엄지를 꺾어 세월을 한 칸씩 뒤로 넘기고 있었다. 내 시선이 손때로 반질해진 염주에 머물렀다. 그녀가 겸연쩍은 표정으로 관세음보살을 중얼거렸다. 여자들에게 직업 교육을 받게 하자는 말이 내 목구멍에서 제풀에 오그라들었다. 나는 꺼내던 설문지를 가방에 도로 집어넣었다.

— 모진 게 목숨이라서…. 자다가 죽게 해돌라고 날마둥 비는디.

그리고는 긴 숨을 뽑아냈다.

— 그것이 맘대로 되간디?

무심한 표정으로 곁을 지키던 순복씨가 눈을 흘기며 핀잔을 주었다. 할매가 다시 내게 시선을 맞췄다.

— 총각도 믿어봐. 간절히 원하면 들어주신당게.

오동나무집은 포주인 메리 할매의 소유였다. 시에서 찍어 누르기 힘든 이유였다. 건물주를 통해 쓰리 쿠션으로 압력을 넣을 수 없는 데다 그녀가 데리고 있는 여자들도 급할 게 없는 눈치였다. 오동나무집에서 일하는 네 명 모두 빚이 없다고 했다. 호객 행위 단속도 효과가 없었다.

— 헛심 빼고 낚아올 거 있간디. 여그는 단골 장사요.

오십이 되도록 오동나무집에서 늙어간다는 순복씨의 장담이 맞나보았다. 메리 할매가 그곳을 인수한 지 스무 해

가 넘었지만 인신매매나 미성년자 고용 혐의로 걸린 적은
없었다고 순복씨가 자랑했다.

─ 보면 몰러?

할매가 말을 툭 던지는 순간 출입문이 열렸다. 가무잡
잡한 얼굴을 활짝 펴고 주저 없이 들어서는 사내는 한 눈
에도 외국인 노동자였다. 인도나 네팔 그 어디쯤이 고향인
듯한 그가 한국어로 인사하며 할매의 손을 잡았다. 할매가
턱으로 신호를 보내자 막내로 보이는 여자가 그를 데리고
뒷방으로 들어갔다.

─ 초저녁부터 바쁜 집도 여그뿐이랑게.

순복씨가 자랑처럼 바람을 넣었다. 그녀의 말을 증명이
라도 하듯 잠시 후 머리 허연 사내가 들어섰다. 그가 출입
문 안쪽에 목발을 기대놓으며 대기실을 두리번거렸다. 한
쪽 다리의 무릎 아래가 없었다.

─ 어이!

그가 제 마누라 부르듯 하자 순복씨가 벌떡 일어섰다.

─ 하이고 오라버니!

그녀가 와락 반기며 사내를 뒷방으로 끌었다. 그녀의 교
태가 한동안 거실을 맴돌았다.

그 뒤로 나는 점심도 소화시킬 겸 오동나무집의 문을 슬
그머니 열곤 했다. 순복씨는 묻지도 않은 이야기를 종종

늘어놓았다. 메리 할매의 과거도 자연스레 드러났다. 오동
나무에 얽힌 소문은 사실이었다. 내가 직접 나무를 만져본
건 겨우내 쌓아둔 호기심을 참아낸 뒤였다. 밖으로 나와
기지개를 켜다가 새시문 끌리는 소리를 들었다. 할매가 외
출하는 중이었다. 불공을 드리러 가는지 봄볕에 반사되는
소복이 눈부셨다. 할매가 시야에서 멀어진 뒤, 옆집으로
스며들어 순복씨를 졸랐다. 그녀가 나를 안쪽으로 안내했
다. 사내들을 맞이하는 대기실 뒤쪽엔 여자들의 쪽방이 있
고 방으로 들어가기 직전에 오른쪽으로 고개를 돌리면 보
라색 커튼이었다. 나는 비밀의 문을 여는 설렘으로 두툼한
천을 조심스레 젖혔다. 우람한 나무둥치가 버티고 있었다.
거기서부터 부엌 겸 창고였는데, 기존의 처마를 담장까지
잇대어 옆 마당을 안으로 끌어들인 길쭉한 공간이었다. 열
발짝쯤 떨어진 창문에서 희미한 빛이 들어와 실내로 퍼졌
다. 우리 전시관 후미의 남자 화장실 쪽창 너머로 훔쳐보
던 바로 그 맞은편 유리창이었다. 눈이 어둠에 적응하자
나는 이내 수종을 알아보았다. 지붕 밑 처진 가지에 거인
의 손바닥 같은 이파리가 붙어 있었다. 둥치는 내가 껴안
고 양 손으로 깍지 끼기 힘들만큼 굵었다. 고개를 들어 줄
기를 좇았다. 까마득한 어느 날 지붕 위로 솟았을 우듬지
는 보이지 않았다. 둥치를 감싼 천정의 틈새로 뿌연 빛줄

기가 내려와 부엌 바닥에 노란 점을 찍었다.

— 열여섯까지 이 집에 살았었다는디.

순복씨 말대로라면 메리 할매는 어린 시절로 되돌아온 것이었다.

— 그랑게 머시냐, 친엄마 얼굴은 모르고, 아부지가 후처를 들이는 바람에 힘들었다등만. 목수질하다가 폐병으로 죽었디야.

그가 오동나무집 마당에서 나무를 깎고 다듬었던가 보았다. 동네가 집창촌의 모습을 갖추기 전 이야기였다.

— 배다른 자매가 있었다는디, 어린것들이사 즈그메를 따라갔겄지 뭐. 그랑게 아부지 초상을 치고 무작정 기차를 탄 것이제잉. 서울역에 내리자마자 직업 소개소를 찾아갔는디 써글 늠덜이 몹쓸짓을 해놓고 그런 디로 팔아분 것이여.

두서없는 말을 정리해보자면 메리 할매는 열여섯에 동두천 미군 부대 주변 사창가로 인신매매를 당한 것이었다.

— 아부지가 딸 시집보낼 때 이걸 베어 서랍장을 만들어주기로 했다는디….

순복씨가 나무둥치를 쓰다듬으며 코를 훌쩍거렸다. 메리는 일곱 살 때 흑인 아빠를 따라 미국으로 간 딸의 이름이었다. 그제야 나는 짐작만으로 되작이던 소문의 조각들을 온전히 꿰어 맞출 수 있었다.

오락가락하는 비로 여름이 끝나가고 있었다. 바람이 불 때마다 녹슨 양철지붕 위로 솟은 오동잎이 그림자를 풀어 담벼락을 핥았다. 집중 공략의 효과가 나타나긴 일렀으나 오동나무집 여자들과 제법 정이 들 즈음, 할매가 나를 찾았다. 내가 안방으로 들어서자 그녀가 장롱을 열어 전자레인지만 한 상자를 힘겹게 꺼냈다. 국제 우편물이었다. 상자 속이 울긋불긋했다.

"우리 딸이 보냈어."

그녀가 옷가지를 뒤적거려 편지를 꺼냈다.

"이거 좀."

읽어달라며 내민 영문 편지는 메리가 선물에 끼워 보낸 것이었다.

"오년 만이구먼."

잊을 만하면 한 번씩 소식이 온다고 했다.

"형편이 안 된게로, 워낙에 바쁘기도 허고."

한국을 떠난 뒤로 단 한 번도 찾아오지 않은 딸자식을 두둔하고 있었다.

"내가 미국말은 좀 허는디."

할매가 영어를 쓰거나 읽을 줄은 모르나 보았다.

"중학교 들어가자마자 알파베도 몇 자 배우다 관뒀어. 아부지 병구완하믄서 살림을 맡았응게로."

장사를 핑계로 밖으로만 도는 새엄마와 어린 이복자매를 돌보는 일까지 그녀가 떠안았던가 보았다. 공들여 쓴 손 글씨는 내 영어 실력으로도 해석이 가능했다. 첫 줄의 '엄마'와 끝 부분에 싸인처럼 적어놓은 '사랑해요'만 한글이었다.

"갸가 서른일곱인디 법대 나와서 변호사여 시방. 엘에이에서. 공부허니라고 아직 시집도 못갔당게."

요즘의 근황이 적힌 편지 속에서 그건 읽어낼 수 있었다. 메리는 결혼할 남자가 생겼다고 했다. 동봉된 사진이 있었다. 검은 얼굴에 은테 안경을 쓰고 빠글빠글한 머리카락을 뒤로 묶은 여자가 메리였고 그녀의 어깨에 팔을 두르고 앞니를 드러낸 동양계 남자가 약혼자였다. 같은 법률사무소에서 일한다는 그 역시 변호사인 듯했다. 남자의 부모에게 엄마를 어떻게 소개할지 고민 중이라는 문장이 내 눈을 찌르고 들어왔다. 나는 목소리를 가다듬어 다음 줄을 크게 읽었다. '마음이 정리되면 크리스마스 휴가 때 엄마를 보러 갈게요.' 할매가 상자 안에서 빨간 털모자를 꺼냈다. 꼭지에서 하얀 털실 방울이 달랑거렸다. 크리스마스 날 머리에 쓰고 메리와 함께 사진을 찍으면 좋을 것 같았다. 그녀가 장롱서랍에서 앨범을 꺼내 딸의 사진을 끼웠다.

"잠깐만요."

나는 손을 뻗어 누렇게 헤진 앨범 모서리를 붙잡았다.

"아따 뭘 이런걸."

못 이기는 척 보여준 사진들. 메리의 성장 과정이 꼼꼼히 보관되어 있었다. 그만 덮으려다 얼핏, 뒤표지 안쪽에 붙은 흑백 사진 하나가 내 눈을 붙들었다. 변색된 사진 속에 성인 남자와 여자아이가 서 있었다. 남자는 후줄근한 양복에 넥타이를 맸고, 일곱 살이나 됐을까 싶은 아이는 종아리가 드러난 주름치마에 흰 저고리 차림이었다. 미소가 닮은 둘은 한눈에도 부녀간이었다. 두 사람 사이의 나무 한 그루가 인상적이었다. 부녀가 위 아래로 붙잡은 줄기는 아이의 발목만큼 굵었다. 좀 전에 심은 듯 흙을 돋운 바닥에 물을 준 흔적이 보였다. 순복씨한테 들은 할매의 어린 시절이 사진 속에서 걸어 나오고 있었다. 어른 키보다 웃자란 나무 위는 허공이었다. 마당이었다는 증거였다. 그 뒤에 살던 사람이 처마를 늘려 까대기 부엌을 만들다보니 나무가 실내로 들어오게 된 것이었다.

"이거 오동나무죠?"

"뚫어지것네, 그만 봐."

그녀가 내게서 앨범을 빼앗아 서둘러 장롱에 넣었다. 그녀의 손에서 염주가 돌아갔다. '믿어봐, 들어주신당게' 라는 말이 흐뭇한 표정에 물려 있었다. 나는 곧바로 스마트폰을 꺼내 사전을 뒤져가며 답장을 써주었다. 할매의 구술에 기름을 덧바르는 친절도 잊지 않았다.

"꼭 오겄지 잉? 찬찬히 좀 읽어봐아. 긍게 날을 잡았단 야그는 없어?"

할매가 방바닥에 놓인 메리의 편지를 내 쪽으로 다시 밀었다. 조금 전의 달뜬 모습이 불안으로 바뀌고 있었다. 할매의 결심을 이끌어낼 절호의 기회였다.

"식을 곧 올리겠다네요."

약혼까지 했다는데 내가 행간을 읽어내지 못할 것도 없었다. 할매가 내 얼굴을 찬찬히 들여다보았다. 해석이 잘 안 되는 부분을 손끝으로 짚으며 의역 끝에 나는 기어이 한 줄을 더 보탰다. 빠르게 잔머리를 굴린 뒤였다.

"엄마의 달라진 생활을 보고 싶어요."

할매의 귀 밑에서 힘줄이 도드라졌다. 그녀가 입술을 만두꼭지같이 오므렸다. 내 재주가 먹혀들어 매매계약서에 도장 받을 날이 성큼 다가올 것 같았다.

우리가 기획한 일본군 '위안부' 사진전이 종료를 하루 앞두고 있었다. 내 휴대폰에 할매의 번호가 떴다. 점심을 먹고 봉지 커피를 탄 종이컵을 비울 때였다. 할매가 전시관으로 건너오겠단다. 소외된 여성들을 향한 지자체의 친화 전략이 이윽고 그녀의 호기심을 건드린 것이었다. 나는 할매 곁에 바짝 붙어 친절하고도 자상한 설명을 해주었다. 사진을 한 장씩 훑어가던 할매가 바닥에 털썩 주저앉았다. 목구멍 아래로 삼키는 울음이 곧 대성통곡으로 이어질 조짐이었다. 당황스러웠다. 나는 할매를 일으켜 오동나무집으로 모셔다 드렸다. 안방에 쓰러진 그녀가 이마를 짚으며 한 손으로 약봉지를 가리켰다. 진통제를 삼키고 누운 베개로 눈물이 배어들었다.

"우린 어디 하소연할 데도 없어. 매독 걸려 끌려가면 몽키하우스에 갇혔지. 페니실린 주사가 어찌나 독하던지 쇼크로 사지를 떨다 숨이 떨어지기도 하고 더러는 옥상에서 뛰어내렸어. 운 좋게 탈출한 언니를 경찰이 잡아다놓고 가더랑게. 다들 보는 데서 패기 시작허는디, 피범벅이 된 얼굴을 봉게로 도망칠 엄두를 못 내것더라고. 날을 잡아 모아놓고 교육을 시키대. 문교부장관이라등가, 그이가 마이크를 잡고 우리를 띄워주등마. 딸라 버는 애국자라고. 아, 몰려드는 놈덜을 끝도 없이 받아내얀디, 그런 소리가 귀에 들어오것능가. 소파수술 받은 날도 쉴덜 못혔응게. 어찌 그리 잘도 들어서는지. 양놈 씨를 수도 없이 긁어냈어. 서른 번도 넘는다믄 누가 믿것어. '장화'를 내밀면 주먹질부터 하는 놈들이 많았거덩. 거절도 못 혀. 그놈들이 손가락으로 가리키기만 해도 우린 몽키하우스로 들어가야 혔응게."

할매가 이야기를 멈추고 상체를 세웠다. 물컵을 들어 입술을 축인 그녀가 젖은 눈으로 말을 이었다.

"메리 아빠가 은인이었지. 나라에서 관리하는 명단이 있었는디, 거그서 빠져나올라믄 양키와 결혼하는 수밖에 없었어. 메리를 키움서도 속은 두엄자리였는디. 어린것이 나갔다 들어오믄 골방에 처박혀 울어 쌓더라고. 깜둥이 새끼라고 놀려댕게로. 그 동네엔 그런 아그덜이 더러 있었지만 즈그덜끼리도 슬슬 피하더라고. 한 번은 고샅에서 아그덜한테 맞고 코피를 흘림서 들어왔는디 내가 죄없는 것을 빗자루 몽뎅이로 두드렸어. 내 속에서 불이 낭게로. 학교 갈나이가 되어가닝게 다들 입양보내라드만."

메리 아빠가 제대 후 한국으로 다시 나왔을 땐 그녀가 이미 다른 미군과 살림을 차린 뒤였다.

"편지는 한 번 받았지만 진짜로 돌아올 줄 알았것능가. 본토 발령받고 가불믄 다들 그걸로 끝이었는디."

이혼 서류에 싸인해주고 딸만 딸려 보낸 이유였다. 그녀는 미군과의 계약 동거를 반복하며 모아둔 돈으로 동두천에 눌러앉아 그 장사를 했다.

"배운 도둑질이라…."

귀향하여 오동나무집을 되찾고 언젠가 다시 만날 딸의 혼수를 장만하는 것이 유일한 목표였다.

한동안 두문불출하던 할매가 다시 나를 보자고 했다. 지난 수요일 아침이었다. 전화기 너머의 목소리가 가늘게 떨었다. 전시장에서 쓰러진 뒤로는 민망하기도 하여 내가 방문을 자제하던 터였다. 노크를 하자 순복씨가 남아 있는 미음 그릇을 들고 할매의 방을 나왔다. 할매가 장롱을 열었다. 이번엔 엊그제 받았다는 작은 페덱스 상자였다. 그 안에서 나온 휴대폰 크기의 빨간 액자, 어린 메리가 엄마의 손을 잡고 있었다. 한국을 떠나기 직전에 찍은 사진인 듯했다. 동봉한 편지는 이미 뜯겨 있었다. 꼬부라진 글씨를 모른다지만 단어 몇 개 정도야 할매의 눈에 밟히지 않

180
여섯 번째 이야기

앉을까.

"밤새 한숨도 못 잤는디…."

불길한 예감이 들었던가 보았다. 선뜻 나를 부르지 못하고 이틀을 삭힌 이유를 알 것도 같았다. 할매가 미간을 좁혀 내 얼굴을 들여다보았다. 그녀의 처진 눈 밑이 발갛게 부어 있었다. 온갖 상상이 꼬리를 물며 그녀를 덮쳤을 것이었다. 편지의 내용이 짧았다. 결혼을 준비하며 고민한 흔적이 역력했다. 나는 침을 한 번 삼키고 목을 가다듬어 직역을 했다. '한국 방문을 앞두고 매일 밤 악몽에 시달렸습니다. 동두천의 기억이 좀처럼 지워지지 않아요.' 내 음성이 갈라졌고 목구멍이 좁아졌다. '차라리 엄마를 잊기로 했어요. 용서해주세요.' 이어진 몇 마디의 변명과 다시 태어나고 싶다는 문장은 눈으로만 읽었다. 메리가 돌려보낸 사진을 나는 멍하니 바라보았다. 편지에 다 쓰지 못한 단어들이 빨간 액자를 빠져나오고 있었다. 그만 일어서려 했는데 할매가 내 손을 놓지 않았다. 자리가 불편했다. 가라앉은 침묵이 방안의 밀도를 높였다. 시간이 더디 흘렀다. 그녀가 멍해진 표정을 가다듬으며 허리를 꼿꼿이 세웠다.

"진작부터 각오는 하고 있었어. 내가 죽일 년이제. 인자 사 만나면 또 머더것능가."

그리고는 부엌 쪽으로 눈길을 돌렸다.

"지난 세월 저것을 붙들고 살았는디."

오동나무를 말하는 것이었다.

"인자 이 집도 명이 다되았어."

할매의 눈자위에 물기가 괴었다.

"이건… 참말로 어려운 부탁인디… 이녁이 꼭 좀… 들어 줘야 쓰것어."

한참동안 뜸을 들인 뒤였다. 나는 고개를 끄덕였다. 누군가 위에서 내 머리통을 세게 누르는 느낌이었다. 아니 꼭 들어줘야만 할 것 같았다.

"아무래도 그게 빠르것지? 여그 준비는 내가 다 해놓을 것이여."

뼈다귀만 추려 던진 말을 나는 곧바로 알아들었다. 화재로 소실된 집은 보상이 빠르다는 걸 할매도 모르지 않을 것이었다. 이미 결심이 선 얼굴이었다. 딸자식의 결혼식에 맞춘 속전속결의 선택인 듯했다. 한 건 제대로 올릴 찬스였지만 분위기가 무거워 은근히 겁이 났다.

"차마 저걸 내 손으로는…."

할매의 시선이 다시 오동나무를 향했다. 시에서 동원한 중장비로 뽑혀나가는 꼴은 눈뜨고 볼 수 없을 터. 그녀는 남의 손을 빌려서라도 나무를 화장(火葬)시키기로 한 것이었다. 금요일 오후 두 시가 좋다고 했다.

"이 골목이 텅 비어."

모두들 동네 목욕탕에 가서 주말 대목을 준비하는 시간
이었다. 그녀가 내 눈을 깊게 들여다보았다. 나는 말없이
고개를 주억거렸다. '알게 뭐여, 사람이 다친 것도 아닝게
조사는 시늉만 내것지 뭐. 도둑이라도 들어와서 꼬실라주
면 땡큐 아니것어?' 이명처럼 들려오는 호섭의 목소리가
나를 무장시켰다. 할매가 내 손을 쥐고 아퀴를 지었다.

"여그는 걱정 말어, 내가 다 몰고 나갈 팅게."

남자 화장실엔 아무도 없었다. 지루한 전시회가 끝나 건
물 전체가 조용했다. 팀원들도 좀 전에 늦은 점심을 먹으
러 몰려갔다. 나는 배탈을 핑계로 같이 가자는 손들을 뿌
리쳤다. 건물 밖으로 나갔더라면 폐쇄회로 카메라에 찍혔
을 터. 두 집 사이로 꺾어 드는 동선을 피하길 잘했다. 이
쪽 화장실에서 던져 넣기로 한 건 아무리 생각해봐도 탁월
한 선택이었다. 바지 주머니에 손을 꽂아 성냥 한 개비의
부피를 확인했다. 이틀 전 동료의 생일 케이크 위에 불을
붙여주고 남은 거였다. 한쪽 창문을 방충망 쪽으로 조심스
럽게 밀어 사각의 트인 공간을 확인했다. 오동나무집 유리

창은 여전히 열려 있었다. 한낮의 나무 그늘에서 올라온 비린내가 코를 찔렀다. 왈칵 토악질이 올라왔다. 숨을 참고 밖으로 눈만 빠끔히 내밀었다. 고양이들이 뜯어놓은 쓰레기봉투가 아침나절 내린 가을비로 젖어 있었다. 손끝이 떨리기 시작했다. 이제 손가락 모양의 봉투 끝에 대가리를 긁어 건너편 구멍 안으로 던져 넣기만 하면 되는 건데…. 팔을 길게 뻗으면 중지 끝이 닿던 벽이 스르르 멀어졌다.

손목시계가 약속된 두 시를 알렸다. 휘발유 냄새가 화장실 창틀을 타고 건너왔다. 할매가 정말 결심을 한 것이었다. '태구야, 니가 요번에 큰일 한번 히줘야 쓰겠다. 내가 올라가믄 넌 탄탄대로여 이 빙신아.' 호섭이 외치는 소리가 고막을 쑤셔댔다. 심호흡으로 심장박동을 조절하며 눈꺼풀을 치켜 올렸다. 성냥 대가리를 눌러 거칠게 긁었다. 불꽃이 일었다. 소변기 위 사각의 창틀이 건너편 창을 포위하여 과녁을 만들었다. 성냥골이 구멍으로 빨리듯 들어갔다. 이쑤시개로 몇 차례 연습해둔 효과였다. 몇 초 뒤에 퍽 소리를 들은 것 같기도 했다. 어차피 전소될 필요는 없었다. 적당히 그을리기만 하면 철거할 이유로 충분했다. 옆집까지 꼬실라준다면 좋겠지만 적당한 선에서 멈추는 게 낫지 싶었다. 일이 너무 커져도 의심받을 테니까. 대낮이라 연기만 새어나와도 눈에 띌 터, 금세 화재 신고가 들어가지 않겠나. 이런 생각들로 머릿속이 채워질 때쯤 나는 이미 큰길에 나와 있었다. 악을 쓰며 소방차가 달려왔다. 거대한 물통을 실은 빨간 트럭 두 대가 내 옆을 스쳤다. 예상대로 목적지는 그 골목 안이었다. 그럼 된 거였다.

'야 송 주사 낮술 한잔 찌끌자.' 나는 호섭에게 문자를 보냈고 삼십여 분만에 답이 왔다. '너냐?' '잔말 말고 나와 새꺄.' '퇴근 후에 보자.' 불안해서 환영촌으로 돌아갈 수 없었다. 나는 우회로를 택했고 반대쪽으로 한없이 멀어졌다. 걷는 동안 다음 전시회로 생각을 모았다. 저질러 볼까. 이번에 더 잘하면 되잖아. 사진들은 어디서 구하지. 누구의 증언을 더 받아내나. 그녀들을 어떻게 찾아내지. 명단을 만들어 조직적으로 관리했던 담당 부처에 자료는 남아 있을까. 이미 인멸되었을지도 몰라. 쓸데없는 짓 한다고 욕이나 안 먹으면 다행이지. 자신감이 자꾸만 빠져나갔다. 그나마 숙식이라도 해결하던 건물에서 쫓겨날 가능성을 되작거리다가, 공원에서 시간을 죽이다가, 시청 뒷담을 에둘러 호섭과 약속한 장소에 당도했다. 불안한 마음에 흘끗 뒤를 돌아보았다. 하루를 뚝딱 잡아먹은 해가 홍등처럼 청사 옥상을 물들이고 있었다.

대폿집은 한산했다. 헐레벌떡 뛰어 들어온 호섭이 탁자 위의 막걸리를 병째 들어 올렸다. 좁은 구멍을 통과하는 소리가 증폭되어 들렸다.

"너 아니지?"

"바라던 거 아녀?"

"얌마, 할매가 죽었대."

느닷없이 송곳으로 뒷목을 찔린 느낌이었다. 주먹을 꽉 쥐고 심호흡으로 정신을 모았다. 경찰이 벌써 문화관광팀에 다녀갔단다. 호섭이 물어온 두서없는 정보를 꿰어보자면 이랬다. 달려온 소방차가 물을 뿌려댔고 곧 불길이 잡혔다. 부엌을 대충 태우고 거실로 옮겨 붙기 전이었다. 소방대원이 안으로 들어갔다. 할매가 연기에 싸인 오동나무를 껴안고 비스듬히 쓰러져 있었다. 곁에서 수면제 병이 발견되었다. 업고 나왔을 때 그녀는 이미 숨져 있었다. 경찰이 사인을 조사 중이다.

"근디 너 뭐 좀 아는 거 없냐?"

호섭의 질문에 나는 고개를 저으며 양재기 잔을 채워주었다. 메리 할매는 소원대로 자다가 죽었다. 꿈속에서 나무가 서랍장이 되었을까. 나는 나무가 없어져야 집도 없어질 거라고 믿었다. 하지만 나무가 사라질 때 그녀도 사라진다는 건 몰랐다. 아버지의 서랍장은 어머니의 보상금으로 제 모습을 바꿔 돌아오지 않는 법정 상속인을 찾아갈 것이다.

"할매가 약을 입에 털어 넣고 스스로 불을 붙인 거여, 안그냐 잉?"

호섭이 내게 대답을 졸랐다. 그렇게 믿고 싶겠지만 호섭도 한 가지는 모른다. 메리 할매가 굳이 내게 도움을 청했던 이유를. 호섭이 큼큼거리며 주변을 둘러보다 말고 후우, 길게 숨을 내뱉었다. 나는 무심한 듯 눈을 감고 현장 상황을 재정리했다. 식구들을 내보내고 정오가 조금 지난 시각. 부엌의 쪽창 밑에서 준비를 마친 그녀가 몸을 돌려 걸음을 옮긴다. 나무와 하나되어 자장가를 부른다. 서머타임…. 자신을 달래 재운다. 그녀가 잠에 흠뻑 젖어들 때를 기다려 불꽃이 다가온다. 먼 길을 떠나기 전, 그녀도 꿈꿀 시간이 필요했던 것이다. 일생에 단 한 번뿐인…. 세월을 기다린 나무는 그녀와 함께 마지막 단꿈을 꾸었으리라.

이번엔 호섭이 내 술잔을 채웠다.

"아참 그란디 거시기 머시냐. 할매가 무신 흑백 사진을 쥐고 있더라는디…."

나는 들어 올리던 술잔을 내려놓았다. 할매를 설득하여 기어이 다음 전시회에 띄우려던 표지 사진이었다. 눈앞에 떠오른 두 사진이 스르르 겹쳐졌다. 현기증이 일었다. 빨간 액자가 어른거리나 싶더니 메리 모녀가 나무의 양편에 서 있었다. 이윽고 오동(梧桐)의 꿈이 내게도 선명히 보였

다. 코끝이 맹맹해지고 눈자위와 목구멍이 덩달아 뻐근했
다. 어금니를 물었다. 다음 프로젝트는 미군 '위안부' 전시
회다. 씨발 다를 게 뭐야. 나는 마침내 옹골진 계획에 불을
붙였다.

모래 욕조

• 2014 재외동포문학상 가작

아이가 이미 와 있을 것이다. 남자의 손이 바쁘다. 공장
의 대량 생산라인에서 남자의 작업대는 한쪽으로 비켜서
있다. 까다로운 와인 마니아들로부터 개인별 취향대로 직
접 주문받은 고급 와인만을 취급하는 코너다. 남자는 수동
으로 포장을 한다. 코르크 마개도 최상품으로 엄선한다.
작두 펌프의 지렛대처럼 생긴 긴 손잡이는 고대의 유물처
럼 청동으로 만들어져 있다. 손잡이 부분이 오래 닳아서
반짝거린다. 그것을 어깨 위에서 아래로 당겨 누르면 병
입구로 마개가 밀려들어간다. 이제 반년 동안, 옆으로 눕
힌 병 속의 와인에 코르크의 향이 충분히 스며들 것이다.
술병의 피부에 VIP 고객이 요구한 라벨을 붙인다. '빈트너
스 샤도네이'라는 문구가 선명하다. 시원한 과일향이 묵직
한 바디감을 살리고 떫은맛은 눌러주는 명품이다. 대통령
이 즐겨 마신다는 소문에 요즘 주문량이 대폭 늘었다. 이
렇게 서른 병 들이 두 박스를 더 채우고 주문자의 이름표
를 붙여 지하의 보관 창고로 운반하면 오늘의 잔업도 끝난

다. 오늘은 먼저 퇴근하는 흑인 친구에게 아이를 집까지 태워달라고 부탁했다. 이 친구와 교대로 아이들의 하교 시간을 맞춘다. 보수가 높은 연장 근무를 위해서다. 라벨을 먼저 붙인 와인병들을 나무 박스에 조심스레 담고 있는 남자의 귓바퀴에 걸쭉한 욕설이 부딪힌다. 그 흑인 친구가 장갑을 벗으며 기어이 한마디 던진다.

"이봐! 쓸데없이 공들이지 말라구! 그래봐야 베버리힐즈에 사는 놈들 오줌으로 다 빠져나가는 거야! 우리는 그 새끼들 똥구멍이나 핥아주다가 죽는 거라구, 젠장!"

와인 창고는 남자가 싫어하는 장소다. 음습한 지하실에 다녀올 때마다 그날의 어두운 토굴에서 빠져나오는 기분이다. 소름이 돋았다.

깊이를 알 수 없는 토굴이 있었다. 땅속에 숨은 사람들을 찾아내는 일을 사람들은 너구리 작전이라 불렀다. 나트랑 외곽의 산골 마을에서도 남자들이 그렇게 잡혀갔다고 했다. 아홉 살 소년의 눈에 아버지는 죄가 없었다. 단지 무서워 숨었을 뿐이었다.

딸아이는 흑인 친구의 아들과 같은 학년이다. 하교 시간이면 누군가는 아이들을 차에 태우고 돌아와야 한다. 차를 얻어 타지 못한 학생들은 한 시간도 넘게 포도밭을 돌아서 걸어온다. 캘리포니아의 사막에 단물이 흐르는 포도가 자라는 것은 아이러니다. 열사의 황량하고 푸석한 모래밭과 인간이 만든 포도 농장은 낮과 밤처럼 연결되어 있다. 남자는 끝 모르게 펼쳐진 포도 농장을 바라보기는 했어도 그 끝까지 가본 적은 없다. 모진 자연의 영역을 밀어내고 마침내 인간이 손을 내밀어 타협한 접점이 어딘가에 있을 것이다. 남자는 더 이상 그 끝이 궁금하지 않다. 이쪽 끝에서 사소한 즐거움을 찾기로 했다. 포기의 시간이 멀어질수록 삶의 질량이 가중될 것이다.

스쿨버스는 와인 공장 인근의 인구가 비교적 많은 동네까지만 운행한다. 전에는 이 구석진 데까지도 사람들이 많이 살았다. 경기가 나빠지자 공장이 와인 생산량을 줄이더니 사람들도 많이 떠나갔다. 캘리포니아 와인의 명성도 예전 같지 않다. 인부들의 숙소로 쓰던 3층짜리 남자의 아파트에도 밤에 전등이 켜지지 않는 곳이 늘었다.

동네 어귀로 들어서면서 남자가 속도를 줄인다. 이 동네는 청소차가 자주 들어오지 않는다. 집집마다 내놓은 진초록 비닐봉투가 배를 내민 채 인도에 즐비하다. 플라타너스의 누렇게 변색된 이파리들이 바람을 타고 원을 그리다 인도의 모서리로 찾아든다.

욕실은 좁다. 마루판 위에 놓인 낡은 욕조와 플라스틱 세숫대야가 전부다. 대야는 철근으로 만든 녹슨 받침대 위에 위태롭게 걸쳐져 있다. 부엌의 한쪽 구석에 칙칙한 녹색의 비닐 커튼이 있다. 파란 수면 위로 뛰어오르는 돌고래가 그려진 커튼이다. 그나마 샤워라도 할 수 있는 공간임을 확인시킨다. 남자는 딸아이를 위해 직접 욕조의 배관 공사를 했다. 욕조는 오래 전에 주인을 잃은 뒷골목 모퉁이의 단독주택이 헐릴 때 얻은 것이다.

"등 밀어주랴?"

아이의 어깨에 빨간 뾰루지들이 생겨났다. 여드름인가 싶었다. 딸이 어서 자라 사춘기에 접어들기를 바라던 기대감인지도 모른다. 물에 적신 수건에 비누를 비벼 아이의 등에 대자 아이가 몸을 뒤튼다. 더운 물을 세 차례 붓고 나니 아이의 등이 붉어진다. 남자의 기억 속에 잊고 있었던 장면이 떠올랐다. 땅 속에서 느닷없이 사람이 솟아오른다. 그의 등에도 붉은 것이 날개처럼 붙어서 퍼덕거리고 있다.

대대적인 수색 작전이 감행되던 날, 덩치 큰 군인 하나가 분뇨통을 발로 차서 넘어뜨렸다. 좁은 구멍이 나타나자 군인이 그 안으로 최루탄을 굴려 넣었다. 그 다음 수순은 화염방사기였다. 개미핥기의 혀가 흰개미 집을 후비고 들어가듯 악마의 붉은 혀가 좁은 토굴 속 벽을 훑고 들어갔다. 버티지 못하고 기침을 토하며 제 발로 튀어 나온 아버지 등에 불이 붙어 있었다. 무릎을 꿇린 그는 이 세상에서 가장 극악무도한 죄인이 되었다. 식구들은 단지 총이 무서워 숨는다는 게 그렇게 큰 죄라는 것을 처음 알았다. 틈이 벌어진 누런 앞니를 드러낸 표정이 웃음인지 울음인지 분간할 수 없었다. 시간이 한참 흘러 남자는 그 웃음이 세상에 대한 조소였기를 바랐다.

뼈에 가죽을 겨우 발라놓은 몰골은 사람의 형체가 그토록 비루하게 보일 수도 있다는 것을 확인시켰다. 그날따라 축 쳐진 아버지의 어깨는 유난히 좁았다. 정강이를 발로 차서 꿇어앉힌 아버지의 머리 위로 육중한 개머리판이 쏟아졌다. 둔탁한 소리와 함께 세로로 찍어 내리는 동작이 끝나자 귀 밑으로 선혈이 흘러내렸다. 작고 초라한 몸뚱이에서도 그토록 많은 피가 나올 수 있다는 게 이상했다. 바닥에 쓰러진 생명체는 다시 짓이겨졌다. 신발 밑창에 뭉개지는 벌레였다. 군인들은 자신들의 행동에 스스로 고무된 듯 보였다. 인간의 언어인지 욕 찌꺼기인지 모를 소음들과 광폭함이 마구 섞이면서 대장인 듯 보이는 자가 권총을 꺼내 마지막 동작을 취했다. 죄목도 몰랐다. 그날의 소동은 그렇게 끝이 났다. 울부짖다 머리를 호되게 얻어맞은 어머니는 이미 졸도한 뒤였다. 아버지가 그렇게 죽어가야 했던 이유를 알려준 사람은 그 뒤에도 없었다. 삶의 무게에 비해 죽음은 몹시도 쉽고 가벼웠다. 오후의 햇볕이 자동차가 지나간 신작로의 분진처럼 뿌려졌다.

오래 사용한 욕조는 거무죽죽하다. 드문드문 에나멜 페인트가 벗겨져나간 빗금 자국마다 깊이 박힌 때가 녹에 절어 있다. 수없이 긁힌 자국은 무질서한 빗살무늬다. 그래도 욕조는 제법 그럴듯한 곡선을 가진 네 개의 다리 위에 올려져 있다. 빅토리아 시대에나 어울릴 법한 S자 형태다. 구석에 웅크리고 앉은 아이는 비에 젖은 참새마냥 작고 안쓰럽다. 유난히 크고 동그란 눈이 측은하다. 반듯한 가르마를 중심으로 땋은 양 갈래를 풀어헤치자 쪼그린 무릎 아래로 머리칼이 바닥에 닿을 듯하다. 마을 어귀를 지나 아이의 학교 앞까지 나가면 미장원이 있지만 팁까지 주고나면 15불이 넘게 나간다. 남자가 몇 번 가위질을 해봤지만 결과가 영 맘에 들지 않았다. 그때부터 두 갈래로 길게 땋아준다. 남자의 눈에 딸이 더 야무지고 웃자라 보였고 아이도 별 불만이 없다.

'언제나 여기까지 키가 자랄꼬….' 남자는 말꼬리를 잘랐다. 모든 게 자기 탓인 것 같다. 굳은살 박인 손바닥을 타고 내려간 가난이 새까맣게 손톱 밑으로 자리 잡았다. 이국땅에서 반복되는 거친 노동쯤은 타고난 부지런함으로 이겨낸 지 오래다. 욕실 벽에는 지난봄에 딸아이의 키를 재고 못으로 그어둔 줄이 선명하다. 차가운 실내 공기 탓에 아이가 어깨를 움츠린다. 욕조의 수면 위로 김이 올라온다. 이미 계절이 두 번이나 바뀌었건만 아이의 키는 별 차이가 없다. 걸음을 옮길 때마다 마룻장이 삐걱댄다. 그 소리라도 없었으면 남자는 정적을 견디기 어려웠을 것이다.

"넌 입이 짧아 탈이다. 밥을 많이 먹어야 얼른 어른이 되는 거야."

아이의 등에 비누칠을 하다 말고 남자는 다짐을 준다. 그의 시선은 비스듬하게 반대편 천정에 고정되고 아이는 남자의 주문에 별 관심이 없다. 백열전구가 실내를 가득 메운 수증기를 뿌옇게 비추고 있다. 야행성 벌레들이 찢어진 방충망 사이로 바람을 타고 들어온다. 다리가 스무 개도 더 달린 벌레가 빠르게 기어가다 창문 틈새로 숨는다.

그때도 남자는 벌레들을 찾아다녔다. 오직 살아남기 위해서였다. 숲속에 늙어 자빠진 나무둥치가 많았고, 썩은

속을 파내면 어른 손가락만 한 하얀 애벌레를 찾을 수 있었다. 아이들은 날이 저물도록 숲을 뒤지고 다녔다. 철사에 꿰어 말린 지푸라기에 불을 붙이면 벌레가 누렇게 오그라들었다. 잠시 후 아이들의 입 주변에는 까맣게 검댕이가 묻어 있었다. 그때도 포탄은 우박처럼 떨어지곤 했다. 비행기가 날아다니며 하얀 가루를 눈처럼 뿌려댔다. 느닷없이 나뭇잎이 다 떨어지고 산은 벌건 살을 드러냈다. 어른들은 어디서 들었는지, 그 가루가 워낙 독해서 자손을 못 보기도 하고 기형아를 낳는다고도 했다. 전쟁이 끝나고 12년이 지났건만 사람들은 아직도 가난했고 여전히 불안했다.

많은 사람들이 보따리를 쌌다. 총탄과 굶주림을 벗어난 것만 해도 횡재한 것처럼 여겼다. '아메리카'가 잘사는 나라의 이름인 줄 알고 있던 자들이 대다수였다. 하지만 그런 꿈도 아무 소용없다는 걸 곧 알게 됐다. 처음엔 닭을 잡아 가공하는 공장에서 일했다. 밀려드는 작업량은 스물두 살의 혈기로도 고단했다. 종일 서서 몸뚱이를 움직이고 나면 입에서 단내가 풀풀 났다. 모두들 말이 없었다. 공항에 첫 발을 디딜 때의 느낌을 아무도 기억해내려 하지 않았다. 남자는 지금도 닭고기를 먹을 수가 없다. 닭털을 벗길 때 나는 비린내가 몸속 깊은 곳까지 파고든 탓이다. 닭고

기를 입에 넣으면 서양 사람들의 겨드랑이에서 나는 냄새
가 난다.

　이민국 직원들이 수시로 들이닥쳤다. 닭 공장에서 1년
도 못 버티고 도망치다시피 캘리포니아 포도 농장으로 스
며들었다. 여름 사막에서 불어오는 메마른 열기와 존재의
가벼움을 깨우쳐준 토네이도의 광기를 열 번쯤 더 견뎌낸
후에 겨우 영주권을 얻어 불법 체류자 신세만 면했다. 전
쟁이 끝난 직후 보트피플로 먼저 들어온 여자 덕분이었다.

　와인 공장에서 만난 여자는 눈매가 선했다. 남자와는 눈
웃음이 남매처럼 닮았다고들 했다. 몸뚱이 하나로 남의 땅
에 발을 디딘 자들은 늘 허기졌다. 여자는 40킬로그램도
채 되지 않는 가녀린 몸으로 억척스럽게 거친 일을 버텨냈
다. 딸을 낳고 사흘 만에 작업장으로 나갔다. 그놈의 돈이
원수였다. 여자는 천식을 앓았다. 밤중에도 기침이 멈추지
않았다. 어느 날 심하게 기침을 하더니 손수건에 피를 뱉
어냈다. 병원에도 갈 수 없었다. 의료보험료를 낼 형편이
안 됐다. 여자가 한사코 손사래를 쳤다. 여자는 죽는 날에
도 비싼 관을 사지 말라고 했다.

남자가 다루는 와인은 최고급이라고 했다. 마니아들은 와인을 나눠 마신다. 눈으로 코로 잇몸으로 느낀 다음, 다시 혀 위로 동그랗게 말아 굴리고, 마지막으로 섬세한 목넘김을 즐긴다. 하지만 남자는 맛을 보지 않는다. 굳이 맛을 보자면 얼마든지 볼 수도 있다. 하지만 남자에게 와인은 향기만 있고 실체는 없다. 만져볼 수 없는 여자의 몸과 같다. 영원히 소유하지 못하는 그런 여자. 꿈에만 나타나는 여자의 바디감은 무겁다. 몇 차례의 시음에서 그는 와인 대신 피를 마시는 것 같았다. 아내가 고단한 삶을 내려놓으며 토해내던 물컹한 덩어리들과 다르지 않았다. 바디감이 묵직할수록 걸쭉해진 무엇이 앞니 사이에 끼어 도저히 그 액즙을 목 뒤로 넘길 수 없었다.

공장 안에는 실험실처럼 생긴 별실이 있다. 하얀 가운을 입고 시음대에서 일하는 사람들 중에는 남자에게 웃어주는 여자도 있다. 그녀가 유리잔에 붉은 와인을 따라와서 맛을 보라며 건네 준 적이 있었다. 혀끝을 감싸는 바디감이 묵직했다. 백인들 틈에 끼어 있는 몸집이 작은 동양 여자는 웃을 때 아래로 처지는 눈매가 죽은 아내를 닮았다.

그녀는 자신을 한국인이라고 했다. 아들 하나를 혼자 키우며 사는 과부라는 소문을 들은 날은 야릇한 슬픔과 설렘이 남자의 가슴속 깊은 곳을 파고들었다. 그러나 그뿐이다. 그녀를 도무지 똑바로 바라볼 수 없다. 차라리 그녀에 대해 아무 말도 듣지 말았어야 했다. 그는 여자의 동정심과 관심의 차이를 애써 외면했다.

남자는 다리를 전다. 어릴 때 앓은 소아마비 탓이다. 한 걸음을 뗄 때마다 왼쪽 골반을 먼저 내밀어야 한다. 그래야 짧고 힘없는 왼쪽 다리가 끌리듯 매달려 반걸음쯤 앞으로 나간다. 남자는 다행히 앉아서 일을 한다. 일상생활에 큰 불편도 없고 스스로 운전도 하고 다니지만 그의 신체장애는 재혼을 어렵게 했다. 아이에게 엄마의 빈자리를 채워줄 만한 마음씨 좋은 여자가 나타나기만을 기다린 탓인지도 모른다. 적극적으로 찾아 나서지도 않았지만 주변에서 중매를 서주는 사람도 없었다.

남자는 딸아이에게 '너를 낳다가 죽었다'는 엄마에 대한 이야기를 백 번도 넘게 들려주었다. 남자는 그때마다 마저 털어내지 못한 말을 앞니로 꽉 악물고 있다가 복도 한쪽 구석의 위패를 모신 제단으로 향하곤 했다. 놋쇠로 만든 작은 항아리에서는 매일 아침 연기가 오른다. 아이가 기억할 수 없는 더 오래전부터다.

'아마 젖을 제대로 못 먹고 자라서 그런가 싶다. 잘 먹고 자란 백인 아이들은 열 살이면 처녀티가 나던데⋯. 맥없이 중얼거리던 남자는 또래들보다 키가 작고 삐쩍 마른 아이를 씻길 때마다 눈앞이 흐려진다. 좀 전에 먹은 게 내려가다 횡격막에 걸린 느낌이다. 무거운 것이 옆구리 언저리를 바윗덩이로 누른다. 아이의 갈비뼈가 빨래판처럼 보인다. 그곳을 손바닥으로 문지를 수가 없다. 손가락 사이사이에 작은 늑골들이 끼어 우두둑거릴 것만 같다. '병신이 낳은 자식이라 그런가.' 한숨 섞인 원망으로도 변할 것은 없다. '이러다가 아이에게 거웃이라도 자라면 더 이상 목욕을 도와주지도 못할 텐데. 이웃집 할머니에게 부탁을 해볼까?' 한때 망설임의 끝이 가닥을 잡았었다. 남자의 눈앞에서 벌어진 그 사건만 아니었어도 '인간의 일은 인간의 기대와 다른 길로 향한다'는 평범한 교훈은 외면해도 좋았다.

남자가 이 동네로 이사 들어오기 전부터 노파는 옆집에 살고 있었다. 담장도 없는 동네라 특별히 가릴 것도 없었다. 남자의 집은 삼 층이다. 저녁 식사를 마치고 부엌에서 설거지를 하다보면 싱크대 너머 서쪽으로 뚫린 쪽창에 저녁놀이 걸린다. 그 아래로는 노파의 채소밭이 내려다보인다. 한낮의 땡볕을 피해 노파는 저녁 무렵에 밭을 매고 잡초를 뽑았다. 어린 딸이 아빠보다도 먼저 할머니와 인사를 트는 바람에 남자와도 친한 사이가 됐다. 둘 사이에 익숙한 영어는 필요 없었다. 남자는 노파가 마음속에 가둬둔 단어들을 충분히 알 수 있었다. 주로 실내 작업만을 해 와서 그런지 남자의 얼굴은 볕에 그을린 농부들보다는 흰 편이다. 노파는 남자를 이제 막 사십 줄에 앉은 자신의 아들처럼 허물없이 대했다. 전쟁 통에 남편을 잃고 시름시름 앓다 죽은 어머니와도 닮은 구석이 있었다. 노파가 밭일을 할 때는 넓은 챙을 두른 밀짚모자를 쓴다. 모자 그늘 아래로 어깨가 구부정한 노파의 뒷모습은 그에게 고향이었다.

고향집 뒷마당에 나락을 모아두는 헛간이 있었다. 옆에는 통나무 속을 파낸 분뇨 통이 비스듬하게 서 있었다. 그 안에 모아둔 것을 식물의 시체들과 섞으면 훌륭한 비료가 되었다. 미군은 날카로운 악취가 나는 분뇨 통은 건드리지 않았다. 그것을 옆으로 치우면 토굴로 들어가는 좁은 입구가 나타났다. 어깨가 좁은 여자들이나 어린 아이가 겨우 들어갈 정도였다. 어머니는 유난히도 살집이 없고 체구가 작은 아버지를 굴속에 숨기고 음식을 날랐었다.

노파는 가끔 자신이 기른 상추나 파, 무 등 찬거리를 나눠준다. 덕분에 김치 맛도 알게 된 남자가 밭일을 도우려

했지만 노파가 극구 사양했다. 다리가 불편한 남자가 뒤뚱거리며 괭이질을 하는 것이 안쓰러워보였나 보다. 하지만 딸아이가 자기 머리통보다 두 배나 큰 주전자를 들고 물을 뿌리며 밭고랑을 뛰어다니는 것까지는 굳이 말리지 않았다.

할머니네를 중심으로 반대편 집에는 30대로 보이는 백인 부부와 어린 사내아이가 산다. 백인 부부는 포도를 수거하고 선별하는 작업을 한다고 했다. 그 마을 농장에서 나오는 포도가 와인 공장으로 팔려나가기 전에 해치우는 작업이다. 속마음이야 모르지만 이웃 간에 눈인사 정도는 하고 지낸다. 모두들 포도밭이나 와이너리에서 일을 한다는 이유로 느슨한 유대감 정도는 느끼는 듯하다. 형편이 넉넉지 않은 사람들이지만 뛰노는 아이들 덕분에 동네 분위기는 밝은 편이다.

남자의 딸은 학교에서 배운 것을 집에서 복습하는 방법이 특별하다. 그날 배운 것을 앵무새를 상대로 교사의 흉내를 내며 반복한다. 앵무새는 조잘대는 아이의 눈을 뚫어져라 바라보기도 하지만 고개를 갸웃거릴 뿐 별다른 표정은 없다. 아빠가 나타나면 아이는 야무진 입술을 앞으로 내밀며 삐쭉거린다. 아이의 얼굴이 빨개지기도 하지만 남자는 꽤 괜찮은 학습 방법이라고 여겼다. 아이는 학년이 올라갈 때 자신의 말을 알아듣는 앵무새도 자기와 같이 진급을 한다고 말했다. 앵무새도 이제 3학년인 셈이다.

딸아이는 고집이 센 편이다. 밤을 새고라도 숙제는 기어이 끝낸다. 일을 두고 자지 못하는 건 죽은 어미를 닮았다. '그래도 나는 행운아야.' 남자가 감았던 눈을 뜨고 중얼거린다. 아이를 뚫어져라 바라보는 표정이 만족스럽다. 단한 가지 흠이라면 아이는 목욕을 어지간히 싫어한다는 거였다. 이럴 땐 먼저 간 아내가 원망스럽다. 자주 토하고 먹은 것을 소화시키지 못하는 아이를 위해 큰맘 먹고 병원을 찾은 적이 있었다. 초등학교에 막 입학을 하던 3년 전, 그때도 가을이었다. 아이가 아침을 먹다 말고 쓰러졌다. 어지러운지 얼굴이 창백해지더니 이내 먹은 것을 토해냈다. 시간이 지나면서 더 이상 쓰러지지는 않았지만 차이나타운에서 용하다는 한의사에게 제법 신세를 진 뒤였다.

남자는 쓰디쓴 한약을 먹지 않으려는 딸과 자주 실랑이를 벌였다. 차이나타운에 진맥을 하러 갈 때마다 과자나 사탕을 사줘야 했다. 지금 집에서 기르는 앵무새도 그때 구해왔다. 그날따라 식은땀에 젖은 아이의 머리칼이 축축했다. 더운 날씨 탓에 제 몸을 가누지 못하는 딸의 모습이 측은했다. 평소 같으면 단 것을 찾던 아이가 그날은 새를 파는 가게 앞에서 시선을 떼지 못했다. 좁은 새장 속에 갇힌 앵무새 한 마리를 발견하고는 아이가 자꾸만 말을 걸었다. 더위를 이겨내려는지 새는 조그만 물통 속을 들랑거렸다. 새가 날개를 털자 물방울이 아이의 얼굴에 튀었다. 새는 누구에게나 눈이 마주치면 "헬로"를 반복했다. 그날 이후 새는 전보다 조금은 넓어진 새장 속에서 베트남어를 배우기 시작했다. 아이가 학교에서 돌아오면 새는 아빠의 목소리로 아이의 이름을 불러댄다. 아이는 기다렸다는 듯이 싱싱한 배춧잎을 새장 안으로 밀어 넣는다. 옆집 할머니가 기르는 채소다. 새장 속에서 들린 신기한 두 번째 단어가 있었다.

"목욕하자!"

역시 남자의 목소리와 닮았다.

세 번째 단어가 이어진다.

"싫어"

떼쓰듯 하는 아이의 목소리다.

월급봉투를 털은 대가로 아이가 발달장애라는 진단을 받은 날은 허한 속을 독한 술로 달랬다. 아이는 동네 아이들과 어울려 영어로 떠들어댄다. 남자의 눈에 그 모습이 퍽이나 대견스럽다. 여전히 손짓 발짓을 섞어야 하는 아비와 대조적이다. 여행자 신분으로 들어와 잠 못 이루던 불법 체류자의 세월을 보상받는 기분이다. 골목에서 숨바꼭

질을 하다가 또래의 남자아이에게 큰소리치는 걸 본 적이 있다. 퇴근길이었다. 상체를 약간 뒤로 제치고 양손을 허리에 얹고 머리통 하나가 더 위로 보이는 백인 아이에게 훈계를 하는 듯한 딸의 모습이 제법 당돌했다. 그 순간 오르가슴이 남자의 정수리에서 하체를 타고 내려왔다. 싫지 않은 감전(感電)이었다.

그가 가끔씩 집에 늦게 돌아오는 날이 있다. 그런 날은 직장에서 한 시간쯤 걸리는 다운타운으로 향한다. 대로변에서 잠시만 골목 안으로 눈길을 돌리면 하이힐을 밖으로 내민 미끈한 다리들이 보인다. 가슴골을 드러낸 블라우스와 짧은 스커트 아래로 허연 허벅지를 내밀며 호객을 하는 여자들이다. 그는 네온 불빛 아래 지하로 통하는 계단을 절름거리며 내려갔다. 주변을 두리번거릴 이유는 없었다. 단골을 알아보는 웨이트리스가 그를 무대에 바짝 붙은 자리로 안내했다. 어두침침한 무대 중앙에는 천장부터 바닥으로 일직선으로 내려오는 은색 철봉이 있다. 빨간 조명이 금속의 표면에 반사된다. 춤추는 여자들은 봉을 잡고 오르내리다가 물구나무를 서기도 한다. 음악이 바뀔 때마다 깃털이 달린 모자부터 여자의 몸에 붙어 있던 조각들이 하나씩 떨어져 나온다. 이윽고 여자는 아래쪽에 걸친 작은 천 조각까지 벗어던진다. 끈적거리는 음악이 끝나갈 때쯤이면 무대 주변에 앉아서 넋을 놓고 바라보는 남자들에게 다가간다. 여자는 그들의 얼굴 가까이에 쪼그려 앉아 다리를 벌린다. 잠깐 동안 여자가 벌린 다리와 다리 사이의 그곳에 조명이 집중된다. 무대 주변의 남자들은 깨끗이 면도한 여자의 음부에 얼굴을 박다시피 한다. 특별한 냄새라도 찾으려는 와인 감별사 같다. 유난히 피부가 하얀 여자의 그곳에 머리를 박고 있던 남자가 절름거리며 홀 건너편에 있는 작은 룸으로 들어갔다. 웨이터에게 지폐 두 장을 쥐어주자 백인 여자가 맥주 한 병을 들고 들어왔다. 조금 전 무대에서 춤추던 그 여자였다. 가운을 벗은 여자의 옆구리 곡선에 남자의 시선이 머물렀다. 조밀한 모공에서 솟아나오는 액체가 남자에게 묘한 흥분을 일으켰다. 여자가 익숙하게 랩댄스를 추기 시작했다. 여자가 남자의 다리 위로 바짝 들어와 앉았다. 남자는 몸을 뒤틀었다. 정상인 오른쪽 다리에만 여자를 앉히려 애를 썼다. 여자가 배려를 했다. 남자의 다리에 자신의 체중을 싣지 않으려고 신경을 썼다. 미끈한 몸뚱이가 뱀처럼 움직이며 관능을 자극하자 남자의 몸도 반응했다. 남자는 참지 못하고 배설을 하고 말았다. 바지를 입은 채였다. 음악이 끝날 때까지 몇 초만 더 참았다가 화장실로 가서 해결했어야 했다. 유리창에 비친 자신이 더욱 작아보였다. 그날은 남자의 지갑에서 평소보다 지폐가 한 장 더 빠져나왔다. 팁을 받고 나가는 여자의 뒷모습을 보는 남자의 가슴에 사막의 검은 모래바람이 일었다. 남자는 도망치듯 그곳을 빠져나왔다. 그날 집에 들어오면서 남자는 인사하는 딸아이의 눈길을 피했다.

욕조 안에서 물장난을 하고 있는 아이는 노란 오리 장난감과 수다 중이다. 거실의 앵무새와 늘 하는 방식이다. 화제는 오늘 학교 안에서 일어난 이야기다. 아이는 자랑스럽게 떠들어댄다. 남자의 상상이 아이의 이야기 속으로 따라 들어간다. 교실 안은 조용하다. 교단에 선 젊은 여교사를 바라보는 아이들의 눈이 진지하다. 점심시간이 끝나고 곧바로 시작된 성교육 시간이다. 그녀는 개인 위생에 대한 설명을 하는 중이다. 생리대를 손에 들고 여학생들의 이목을 집중시킨다. 그 사용법을 가르치다가 주제를 옮긴다. 목욕에 대한 이야기다. 학생들에게 스스로 목욕을 하는지 가족 중에 누가 도와주는지 묻는다. 대부분의 백인 아이들이 혼자 목욕한다고 대답한다. 자랑스러운 눈빛들이다. 이번에는 코가 낮고 눈이 귀여운 키 작은 여자아이가 손을 번쩍 들었다. 아이는 교사의 질문에 자랑스럽게 대답한다.

"아빠가 씻겨줘요! 매주 수요일은 아빠랑 목욕하는 날이에요."

여교사의 표정이 굳어진다. 학생들은 서로의 얼굴을 쳐다보며 아무 말이 없다. 수업이 끝나고 다른 학생들을 내보낸 뒤, 교사는 아이를 불러 세운다. 몇 가지 질문이 뒤따른다.

"아빠가 네 몸을 만지니?"

아이가 고개를 끄덕인다.

"싫지는 않았어?"

교사가 아이의 얼굴에 바짝 대고 묻는다.

"목욕하는 거 정말 싫어요!"

조잘대는 아이의 이야기를 듣던 남자가 이마를 찌푸린다. 혹시 교사가 교장에게 보고를 했을까? 했다면 뭐라고 했을까. 교장은 시교육위원회와 경찰에 신고했을지도 모른다. 꺼림칙하다. 옆집 노파 사건이 문득 떠오른다.

노파가 연행되던 그날도 남자는 싱크대 앞에 서 있었다. 쪽창을 통해 남자는 줄곧 옆집 마당을 지켜보고 있었다. 군데군데 녹이 슨 스텐레스 싱크와 벽에 걸어둔 국자와 후라이팬의 틈새로 끼어드는 저녁놀은 늘 황금색이었다. 노파의 밭은 여러 가지 채소로 가득했다. 아직은 해가 넘어가기 전이라 채소밭에 자라는 잎사귀들의 형태가 선명했

다. 백인 꼬마가 급히 달려왔다. 옆집 마당에서 세발자전
거를 타던 앞이마가 튀어나온 녀석이었다. 녀석이 달려온
건 처음은 아니었다. 노파의 마당에는 키 큰 감나무가 있
다. 사흘 전에도 노파는 이 녀석을 위해 잘 익은 홍시를 골
랐다. 노파는 자신의 손가락에 묻은 감의 단물을 핥으면서
도 녀석의 오물거리는 입술에서 눈을 떼지 못했다. 그날
도 녀석이 갑자기 노파의 상추밭 앞에서 멈춰 섰다. 호기
심 어린 눈으로 두리번거리더니 이내 바지춤을 풀었다. 하
얗고 작은 손이 바빴다. 바지를 제대로 내리지도 못하고
엉거주춤한 자세로 고추를 내밀자 노파가 잰걸음으로 쫓
아갔다. 공이 튕겨나가듯 거의 반사적인 행동이었다. 바지
를 더 내려주고 고추 끝을 들어 올려줬다. 노파가 한국에
서 자신의 외손자를 기를 때도 그랬을 것이다. 포경수술을
받지 않은 어린 고추가 위로 들려 있지 않으면 자칫 오줌
을 바지에 흘릴 수도 있었다. 용변을 마친 녀석의 끝에서
두어 방울이 떨어졌다. 연잎 위를 구르다 떨어진 이슬방
울 같았다. 뾰족하게 오므라지고 탱글거리는 고추 끝이 영
락없이 입맞춤을 즐기는 쉬리의 주둥이다. 사선으로 햇빛
을 받은 사내아이의 얼굴이 투명했다. 피부 속으로는 분홍
빛 혈관까지 보였다. 노파가 바지를 추켜올려주려고 하자
아이가 고개를 좌우로 흔들었다. 막 태어나 젖을 빠는 강

아지의 모습을 들여다보는 듯 노파의 눈길이 그 녀석의 사타구니에 한동안 머물렀다. 노파가 먼 곳을 보는가 싶더니 지그시 눈을 감았다. 입 꼬리가 잠시 움직였다. 먼발치서 내려다보는 남자의 눈에도 물기가 배었다.

바로 그때, 자지러지는 소리가 도자기 파편처럼 던져지며 파르스름한 적막을 찢었다. 피안의 세상으로부터 칼끝처럼 날아온 듯한 비명이었다. 남자는 그것을 자동차가 급정거할 때 나는 소리와 닮았다고 느꼈다. 갑자기 도로 위에 생명체가 널브러지기 직전에 허공으로 던져지는 음질이었다. 노파가 마른 어깨를 움츠리며 반사적으로 고개를 돌렸다. 옆집 백인 여자였다. 잠시 후 사이렌 소리와 함께 경찰차가 집 앞 도로에 멈춰 섰다. 남자는 오한을 느꼈다. 명치쯤 어딘가에 꽂히는 얼음송곳의 냉기였다. 여자의 신고를 받은 경찰은 그 자리서 현행범으로 할머니를 체포했다.

그날 저녁 식사를 준비하는 남자의 손이 바빴다. 남자의 떨리는 손가락이 헛것을 쥐는 듯 자꾸만 허공에서 맴돌았다. 새벽일을 나가려면 아이의 식사를 미리 준비해두는 일도 그의 가장 중요한 일과다. 아이에게 시키려다가도 아비는 이내 머리를 흔든다. 이맘때쯤이면 버릇처럼 다짐하듯 혼잣말을 한다. '부지런히 돈을 모아야 해. 보란 듯이 대학도 보낼 거야. 제대로 키워 좋은 데로 시집도 보내야지.'

고통을 벗어나기 위해 사람들은 미래로 도망을 친다. 남자도 그것을 희망이라고 불렀다.

노파의 아들은 변호사를 선임했다고 했다. 영어가 서툰 노파에게 경찰이 통역을 붙였다. 깔끔한 복장의 그는 친절했지만 의역을 거부했다. 그의 음색은 그의 목에 걸린 짙푸른 넥타이만큼이나 차갑고 건조했다. 노파는 모국어를 하는 그가 내 편이기를 기대했지만 부질없었다. 아이의 성기를 만진 사실을 순순히 인정했다. 변명은 무기력했다. 일흔두 살 할머니는 구속됐다. 이웃집 세 살배기 남자아이를 성추행한 혐의였다. 사정을 전해들은 한인회 간부들이 백방으로 뛰어다니고 있지만 동서양은 너무 멀었다. 문화의 차이를 들어 판사를 설득해보려 했지만 결코 간단치 않았다. 이대로 놔두면 십 년은 받을 텐데. 운이 나쁘면 살아서 나오지 못할지도…. 재판이 시작되면 법정에서는 곧 목격자를 찾을 것이다. 남자는 노파를 위해 증인이 되어주기로 결심했다.

채소밭에서 노파의 모습이 사라진 지도 보름이 지났다. 주인 잃은 총각무가 제멋대로 자라기 시작했다. 현관문을 두드리는 소리에 남자가 아이의 등을 밀어주다 말고 멈춘다. 물기를 닦을 새도 없이 거실을 가로질러 현관문을 향해 걸음을 옮긴다. 교육청 직원이라는 여자의 목소리에 별의심 없이 문을 열어준다. 정복을 입은 백인 경찰관 두 명이 먼저 부녀가 사는 집 안으로 밀고 들어온다. 따라 들어온 교육청 담당자는 아동 성범죄 예방이 임무라고 자기소개를 한다. 긴장한 남자의 귀에 알아듣기 힘든 언어가 파고든다. 겁에 질린 얼굴에서 핏기가 사라진다. 불법 체류자로 쫓기던 습관이다. 남자의 반쯤 젖은 파자마의 끝단에서 물이 떨어지고 있다. 손에는 비누 거품이 그대로다.

"꼼짝 마! 손 들엇!"

경찰관 한 명이 남자에게 총을 겨눈다. 키 큰 여자가 안쪽으로 들어가서 아직 욕조에 앉아 있는 아이를 데리고 나온다. 아이는 목욕용 타월에 말려 있다. 물에 젖은 머리만 겨우 내밀고 있는 모습이 알을 까고 나오는 병아리다. 동공이 갑자기 커지며 남자가 그 자리에 얼어붙는다. 유난히 덩치가 큰 다른 경찰관이 빠른 말로 혐의를 설명한다. 확신에 찬 어조로 여자가 경찰관에게 먼저 무슨 말을 건넨 직후다. 딸을 데려가겠다는 것만 어렴풋이 이해했을 뿐 남자는 자세한 이유를 알아들을 수 없다. 아이를 데려가는 모습을 볼 수 없도록 남자는 안방으로 들어가기를 요구받는다. 남자의 양손엔 이미 수갑이 채워져 있다. 남자의 얼굴이 잠시 붉어지더니 푸르스름한 먹빛으로 변한다. 교육청 담당자가 두리번거리는 아이에게 책가방과 옷가지 등을 챙기라고 설득하고 있다. 그들은 현행범으로 추정되는 성인 남자로부터 아이를 격리시키기 위해 신속한 조치를 취한다. 남자는 이해할 수 없다. 아이가 울부짖으며 가지 않으려고 버틴다. 딸이 아비를 부르며 우는 소리가 들린다. 남자는 지키고 있던 경찰의 가슴을 수갑 찬 두 손으로 밀친다. 반사적으로 방문을 열고 거실로 튕겨져 나간다. 왼발이 허공을 디딘다. 기우뚱하더니 중심을 잃고 바닥에 쓰러진다. 뒤따라 나오던 경관이 넘어진 남자의 뒷목을 우지끈 밟는다. 경찰봉이 남자의 등줄기에 무작스럽게 내리꽂힌다. 잠시 의식을 잃었는가 싶더니 이내 아이의 희미한 절규가 들린다. 현관 바로 앞에 경찰차가 세워져 있다. 구급차도 함께 왔다. AMBULANCE를 반대 방향으로 새겨놓은 빨간 글씨가 인상적이다. 아이는 발버둥치며 반항한다. 청바지를 입은 백인 여자의 큰 엉덩이는 양옆으로 살집이 삐져나와 있다. 여자의 육중한 하체에 가려져 얼핏 보이는 딸아이의 모습이 위태롭다. 아이는 가을밭에 무 뽑히듯 가볍게 들어 올려진다. 그 순간 정신이 든 남자의 눈에 아이를 경찰차 안으로 밀어 넣으려는 모습이 들어온다.

남자가 두 눈을 부릅뜬다. 흰자위에는 핏발이 솟아 있다. 소나기가 쏟아지기 직전, 허공을 찢어 내리는 번개의 형상이다. 그것은 분명 살기(殺氣)였다. 정지 화면 속에서 멈췄던 시간의 입자들이 다시 움직인다. 아버지가 보인다. 개머리판이 머리통에 꽂히고 꺾인 몸뚱이 위로 군홧발이 포개지던 모습이 남자의 눈앞에 번개처럼 스친다.

남자가 싱크대 위에 있는 칼을 집어 든다. 조금 전까지만 해도 도마 위에서 두부를 자르던 칼이다. 급히 움켜쥔 칼은 끝이 아래를 향하고 있다. 형을 집행하는 망나니의 그것처럼 칼끝에서 손잡이 사이로 예사롭지 않은 날카로움이 스며든다. 칼날은 용도에 맞추어 거듭나 스스로를 서슬 퍼렇게 세워 올린다. 칼끝이 떨린다. 남자의 몸이 제복 입은 두 사람을 향한다. 공이 튀어 오르듯 솟구친다. 절규인지 아이의 이름인지 모를 외마디 소리가 어스름한 저녁 공기를 가른다. 그 소리는 칼칼하게 목이 쉰 잿빛 공기에 섞여 마을 어귀까지 퍼져나간다.

그 순간 두 발의 총성이 울린다. 천장에 매달린 낡은 형광등이 제 몸을 잘게 떤다. 불빛이 바닥에 떨어진 칼끝에 점멸하듯 부딪힌다. 남자의 몸이 매우 느린 동작으로 무너져 내린다. 반쯤 입을 벌린 남자의 몸뚱이가 꿈틀댄다. 바람이 반쯤 열린 현관문 안으로 마른 낙엽들을 자꾸만 밀어 넣는다. 거실에 켜져 있는 브라운관에서는 뉴스가 진행되고 있다. 평소보다 흥분한 여성 앵커의 목소리가 들린다. 짙은 눈썹으로 미간을 잔뜩 좁힌 사내가 끌려간다. 유명 인사가 호텔 여종업원을 성추행한 혐의로 공항에서 붙잡힌 사건이다. 남자가 잠시 경련을 일으킨다. 정맥 혈관이 지렁이처럼 오금 주위로 무질서하게 튀어나온 다리가 실없이 허공을 찬다. 그것에 매달려 안으로 뒤틀린 오그라진 발이 멱을 따놓은 짐승의 발처럼 버둥댄다. 몇 차례 쓰디쓴 호흡이 짧게 반복되더니 남자는 의식을 잃는다. 그는 꿈속으로 빨려 들어간다. 아무 소리도 들리지 않는다. 하얀 가운을 걸친 여자가 실험실에서 사뿐히 걸어 나온다. 여자의 발걸음이 나비처럼 가볍다. 붉은 액즙이 들어 있는 유리잔을 사내에게 내민다. 맛을 보라는 것인가? 그의 가슴에서 심장 뛰는 소리가 커진다. 여자가 그 소리를 들었을까? 손이 떨려서 잔을 받을 수가 없다. 하지만 저 잔을 받아 마지막 한 방울까지 다 마셔야 한다. 저 피로 오장육부를 구석구석 씻어내 거듭나야 한다. 마지막 기회다. 사내가 몸부림을 친다.

다시 박동의 진폭이 좁아지기 시작한다. 파란색 제복을 입은 응급 구조사들이 뛰어나온다. 앰뷸런스 지붕 위의 비상등이 빨강과 파랑을 교환하며 번쩍거린다. 생명체의 흥

곽이 오그라드는 듯하더니 뼈마디마다 툭툭 불거진 마른 몸뚱이가 들것의 바닥에 눌어붙는다. 그의 복부에 뚫린 구멍은 붉은 액체를 울컥울컥 뱉어낸다. 환부를 가린 하얀 시트 위로 레드 와인의 꽃잎이 그려진다. 그것은 둥글게 원을 그리며 자신의 영역을 넓힌다. 앰뷸런스가 새된 소리를 지르며 빠르게 달려간다. 아무 일도 없었다는 듯 땅거미가 마당으로 기어들어와 드문드문 패인 잔디 위로 조용히 자리를 잡는다.

"목욕하자!"

앵무새의 반복이 빈 공간을 채운다.

새는 오늘 한 단어를 더 배웠다.

"FREEZE(꼼짝마)!"

여덟 번째 이야기

싱글 루즈

손에 잡히는 원피스를 걸치고 아침 식사를 대충 마친 아이를 재촉하여 밖으로 나갔다. 콜택시가 도착했다. 문짝에 박힌 성형외과 광고가 먼저 내 눈을 찔렀다. 아이를 데리고 병원으로 가는 택시는 언제나 서초동 법원 앞을 지난다. 도로 양편으로 법률사무소 간판들이 즐비하다. 입구마다 '변호사 아무개'를 새긴 세로 간판들은 획일성을 자랑한다. 내 눈에는 영락없이 ○○김씨 ○○공파 종친회 현판과 겹쳐 보인다. 그것들은 서부영화에서 보았던 존 웨인의 근엄한 표정과 독일 병정의 각 잡힌 유니폼을 닮았다. 시선을 붙잡아두는 효과로 따지자면 얼마 전 새로 단장한 남대문 현판도 그보다는 세련되지 않았나. 제작비가 아까웠다. 촌놈들, 저걸 간판이라고…. 중얼거리다가 열려 있는 차창 밖으로 손끝을 내밀어 그중 하나를 가리켰다. 병우야, 저게 멋있니? 엄마, 피자 사줘. 말을 꺼낸 게 잘못이었다.

　병원 입구에 택시를 세웠다. 원장의 얼굴 사진과 경력을 내세운 어정쩡한 간판을 스쳐 3층으로 올라갔다.

아토피라는 게 원래 좀…. 앞머리가 M자로 벗겨진 의사가 입맛을 다시더니 미간을 잔뜩 좁혔다. 한 곳에 집중하지 못하는 병우의 자폐증이 더 걱정된다는 표정이었다. 그가 오금을 긁어대는 아이를 보더니 약을 바꿔주겠다며 슬그머니 내 가슴골에 눈을 얹었다. 언짢긴 했지만 광고 효과는 확인한 셈이었다.

데스크에서 처방전을 받아 아래층 약국으로 향했다. 약봉지에도 제약회사의 로고가 새겨져 있었다. 약국에서 나오다가 사타구니를 두 손으로 붙잡고 발을 구르는 아이를 데리고 다시 건물 안으로 들어갔다. 이제 여섯 살 된 병우는 여자 화장실을 꺼린다. 나는 잠시 두리번거리다 급히 남자 화장실로 아이의 손을 이끌었다. 다행히 아무도 없었다. 아이의 바지를 내리자 눈에 들어오는 건 소변기 위의 광고용 명함들이었다. 발가벗은 여자들의 사진과 함께 여대생 마사지, 키스방 등의 문구들이 매춘 광고주의 의도를 현란하게 드러냈다. 나는 그것들을 소매치기하듯 아이의 시야에서 치워버렸다. 그것도 잠시, 바지춤을 올려주다 보니 성인의 눈높이에 붙여놓은 엄지손가락만 한 스티커가 빠짝 다가왔다. 장기 매매 알선 광고였다. 광고쟁이의 눈에 피로가 몰려왔다. 아이가 오줌 방울을 다 털어내기도 전에 화장실을 박차고 나왔다. 문 밖에서 담배를 피우던 사내의 눈이 휘둥그레졌다. 아이가 뒤따라 나왔다. 사내의 시선이 내 몸의 굴곡을 타고 스르르 빠져나갔다.

대학 시절엔 나도 남학생들에게 제법 인기가 있었다. 깔끔한 유전자를 물려받은 덕에 굳이 성형외과의 수익은 올려주지 않아도 되었다. 낭랑한 목소리까지 타고난 나는 교내 방송국에서 아나운서 흉내를 내보기도 했다. 방송국 입사에는 세 번이나 떨어졌지만 나의 준수한 용모는 마침내 광고회사 면접에 먹혀들었다. 꿩 대신 닭이었다. 회사는 작은 규모에도 제법 쏠쏠한 매출을 올리고 있었다. 나는 잘 나가는 CD를 꿈꿨다. 크리에이티브 디렉터는 광고 문안을 만드는 카피라이터뿐 아니라 이미지를 그려내는 디자이너의 솜씨까지 갖춰야 했다. 미대 출신들이 디자인에 승부를 걸었다면 문과 출신인 나는 카피에 자신이 있었다. 나는 광고만 생각했다. 가구가 아니라고 우기는 광고판 위에서 눈을 뜨고 광고를 입고 광고를 타고 광고를 먹고 온종일 광고로 아우성치다 기어이 과학이라는 광고에 올라가 잠을 잤다. 하지만 제작부장은 오히려 내가 마케팅 업무에 잘 어울린다고 했다.

김 대리! 안에서 쥐어짜봐야 꽝인 거 알지? 부장은 내게 카피를 궁리하는 틈틈이 머리도 식힐 겸 출장을 다녀오라고 했다. 광고주들을 잘 구슬려 굵직하게 한 건 올려달라는 뜻이었다. 섹시한 목소리가 늙다리들에게 먹힐 거랬다. 나는 내 몸매 쪽에 더 믿음이 갔다. 아슬아슬하게 원피스 정장을 하고 주문을 따러 다녔다. 아마도 이런 재미로 모델 일을 하는가 싶었다.

내가 오랫동안 공들인 광고주는 J건설이었다. 내가 일하는 광고 대행사는 광고주를 주님으로 불렀다. 그들은 정말 우리에게 절대적인 권력자였다. 아무리 애를 써서 견본 작품을 완성시켜 놓아도 주님이 고개를 갸웃하는 순간 원점으로 되돌아가곤 했다. 하지만 나는 기어이 J건설의 주님을 설득시켜 계약을 따냈다.

세상천지가 광고판이라는 나의 믿음은 부도와 법정관리가 줄을 잇는 부동산 시장에서도 빛을 발했다. 나는 주부들에게 최대한으로 노출되는 전략을 선택했다. 어느 집이나 최종 결정은 주부들이 한다. 새 집을 구매하는 일도, 이사 날짜를 잡는 일도 그렇지 않은가. 매일 아침 나는 회사 대신 대형 마트 식품 매장으로 출근했다. 그들이 가장 많이 눈길을 주는 물건을 광고판으로 이용할 요량이었다. L마트에서 미끼 상품으로 쇠고기를 내놓은 날, 아침부터 주부들이 식품 매장 입구에 장사진을 쳤다. 순번이 돌아오지 않을 것을 예감하면서도 여자들의 인내심이 줄을 지켰고 준비된 쇠고기가 바닥을 드러내자 그녀들은 제2의 미끼 상품으로 몰려들었다. 계란이었다. 날계란 위에 붙어 있는 황금색 스티커를 보는 순간 내 머릿속으로 황금색 빛줄기가 들어왔다.

죽여주는구먼. 전략회의 중에 사장의 입에서 튀어나온 첫 마디였다. 브리핑을 끝내기도 전에 내 프로젝트가 채택되었다. 계란에 레이저 프린팅으로 아파트 분양 광고를 새겨 넣기로 했다. 팝콘처럼 터져 나온 신선한 아이디어 앞에서 다른 카피들은 무력했다. 가장 간단하고 가장 싸게 먹히면서도 눈에 잘 띄는 광고가 좋은 광고였다. 레이저빔으로 껍질에 글씨를 새겨 넣는 시간은 1초면 족했다. 전에는 고작해야 '생산자 홍길동'이나 '자연란' 정도의 글씨가 손톱만 한 스티커로 붙어 있던 자리였다. 농장에 지급된 프린터가 컨베이어벨트를 타고 줄지어 다가오는 수만 개의 계란에 재빨리 글씨를 새겼다. 농장주들은 뜬금없는 보너스를 받아갔고 단가를 맞추는 데도 문제가 없었다. 광고물들이 기존에 납품하던 수도권의 L마트 각 지점들로 옮겨졌다. 광고주의 얼굴에 희색이 만발했다. 매일 아침 프라이팬 위에 계란을 깰 때마다 어김없이 J건설이 짓는 아파트 이름과 최고의 학군이라는 단어가 주부들의 호기심을 부채질할 터였다. 고객 반응에 대한 설문조사도 이어졌다. 방목한 닭이 낳은 고급 유정란에 새긴 광고는 효과가 더 좋았다. 고급 간판에 새긴 광고는 J건설이 짓는 아파트도 돋보이게 했다. 분양 문의가 쇄도한다는 소식이 들려왔다. 오로지 계란 광고 덕분이었다.

사무실 분위기가 들뜨고 내가 우쭐해질 때 쯤, 광고주가 찾아와 저녁을 샀다. 그가 돌아간 후 제작부장은 최고의 학군이라는 문구가 좀 더 구체적이면 좋겠다고 했다. 나는 '명문초등학교 5분 거리'라는 새로운 카피로 마법을 걸었다. 1차 분양에 성공했다는 소식이 들렸다. 나는 입사한 지 4년 만에 과장 명패가 반짝거리는 책상 앞에 앉았다. 대리를 달고 1년도 안 된 시점이었다.

'개 눈에는 똥만 보이는 법이지.' 니코틴에 절은 부장의 목소리가 내 귀에 굳은살로 자리를 잡았다. 어딜 가든 광고쟁이 눈에는 간판만 보이게 되어 있었다. 단 5분도 광고를 피할 수 없는 세상이었다.

사건의 발단은 5분이었다. '명문초등학교와 5분 거리'라는 문구에 속아 분양을 받았다는 것이었다. 나는 그 학부모의 순진한 열정에 감탄했다. 오직 그걸 믿고 계약금을 지불하다니. 그가 J건설을 상대로 소송을 걸었다. 실제로 가보니 어른의 걸음으로도 근처 초등학교까지 7분도 넘게 걸리더라는 이유였다. 공교롭게도 그는 아파트가 들어설 동네의 지역 신문사 기자였고 그의 기사는 꼼꼼하고도 친절했다. '어린 자녀들이 위험에 무방비로 노출되어 있다. 차가 씽씽 달리는 8차선 대로를 세 개씩이나 건너야 학교가 나온다.'

이봐, 김 과장! 주님께서 입장이 곤란해졌다고 광고 끊겠대. 지금 난리도 아냐. 궁금하면 직접 가서 보라구. 부장이 전전긍긍했고 주님의 변심은 위협적이었다. 소송에 걸렸다는 보도만으로도 분양받은 계약자들이 모여들었다. 그들이 J건설 본사 로비에서 피켓 시위를 벌였다. 장사진을 치던 모델하우스가 갑자기 썰렁해졌다. 우리 회사 매출의 35%를 차지하던 광고가 한순간에 떨어져나갔다. J건설 덕에 승진하고 박수를 받던 나는 졸지에 죄인이 되었다.

광고 나가기 전에 J건설에 분명히 승인받았잖아요. 나는 부장에게 볼멘소리를 해보았다. 그쪽 담당자가 딱 잡아떼는데 낸들 별수 있나. 이제 와서 우리에게 책임을 뒤집어

씌우겠다 이거죠? 그가 눈을 깔며 중얼거렸다. 누군가는 책임을 져야 되지 않겠어? 우리가 아니고…. 내 몸에서 갑자기 힘이 빠져나가고 소름이 돋았다. 그러니까 매출이 급감한 책임을 광고 아이디어를 낸 나더러 지라는 뜻이었다. 타이밍까지 절묘했다. 감원으로 군살을 빼려던 회사 정책에 내가 보기 좋게 걸려든 거였다. 점심 먹은 게 올라오나 싶더니 이내 급체를 했다.

다음날 출근한 나를 모두가 슬금슬금 피했다. 사장은 만나주지도 않았다. 더 이상 버텨봐야 내 몰골만 초라해질 것이었다. 나는 승진이라도 되어 부서를 옮기는 사람처럼 표정에 신경을 쓰며 짐을 쌌다. 계란으로 바위 치기는 실패했고 프로의 자존심에 제 발로 걸어 나온 나는 깨진 계란이었다. 아침마다 병우를 특수 시설에 맡겨놓고 출근하며 싱글맘으로 버텨온 지 삼 년 만에 맞닥뜨린 최악의 사태였다.

병우에게 이상한 점이 발견된 것은 막 두 돌을 지날 때였다. 아이는 좀처럼 다른 사람과 눈을 마주치지 않았다. 이름을 불러도 반응이 없었다. 처음엔 청력에 문제가 있는 줄 알았다. 병원에서 자폐증 진단을 받은 날 나는 아이를 부둥켜안고 부은 눈으로 밤을 새웠다. 주식에 빠져 회사 공금에 손을 댄 남편과 헤어진 직후였다. 지겹도록 싸우고 전 남편이 되어버린 그에게 손을 벌릴 수도 없었다. 그런 것은 기대하지 않는 것이 정신 건강에 좋다는 것을 경험이 말해주고 있었다.

병우는 네 살이 되어도 말을 하지 못했다. 본격적인 치료가 시작됐다. 놀이 치료, 인지 치료, 운동 치료, 음악 치료 등 이름도 가지가지였다. 바깥세상과 단절된 아이에게 감각 통합의 길은 아득한 목표였다. 상대적으로 저렴한 장애인 복지관에는 대기자의 줄이 길었다. 두 가지 치료만 받아도 월 100만 원이 넘어가는 종합병원이나 사설 기관을 선택할 땐 대단한 각오가 필요했다. 아토피와 천식 치료비는 덤이었다.

회사를 나온 후 나는 이사부터 서둘렀다. 통장의 잔고를 위협하는 병우의 병원비도 나를 재촉했다. 보증금 8백만 원에 월세 낀 다가구 주택이었다. 낡은 자가용은 팔아서 보증금에 보탰다. 재래식 시장에서 들려오는 소음이 거슬리긴 했지만 보름도 넘게 발품을 판 효과는 있었다. 반지하이지만 볕이 잘 드는 남향에 쪽창이 허리 높이까지 올라와 있었다. 얼핏 보면 일층 같기도 했다. 부동산 중개인은 곰팡이가 피지 않는 집이라는 자랑을 열 번도 넘게 했다. 천식까지 앓고 있는 병우에게 도움이 될 것이었다.

광고회사에 재취업할까 궁리도 해봤다. 하지만 내가 필요한 만큼의 급여를 제시하며 경력자를 뽑아주는 회사는 없었다. 계속되는 불황 탓이었다. 게다가 당장 아이를 값비싼 시설에 맡기고 출근할 엄두가 나지 않았다. 인지 치료나 놀이 치료 등 웬만한 것은 내가 직접 배워서 해보기로 했다. 엄마가 온종일 집에 있으니 아이의 표정은 밝아졌다.

나는 초기 자본을 크게 고민하지 않아도 되는 곳에 둥지를 틀었다. 온라인 쇼핑몰은 나의 새로운 전쟁터였다. 몇 푼 받자고 상전 눈치나 보는 회사로 출근하지 않아도 되었다. 나는 싱글 맘다운 간판으로 사업자 등록을 했다. '싱글 루즈.' 이왕이면 이름부터 섹시하게. 나는 싱글 맘들에게 필요한 수입품을 팔았다. 외모를 돋보이게 하는 화장품이나 엉덩이를 올려주는 거들, 뽕브라 등이 인기 품목이었다. 혼자 사는 여자들의 외로움을 달래줄 성인용품도 슬그머니 끼워 넣었다. 어차피 유아들이 들여다볼 광고는 아니니까. 그녀들의 아이들에게 필요한 유아용품 판매는 덤이었다. 분유든 카시트든 유모차든 닥치는 대로 주문을 받았다. 하지만 문제는 매출이었다. 인터넷으로 직접 구매하는 족속들이 늘어날수록 나의 수익은 반비례 곡선을 그렸다. 하지만 내가 누군가. 한때 잘 나가던 광고쟁이가 아닌가. '싱글을 위한 싱글 루즈'라는 쇼핑 대행사 이름을 만천하에 알려야 했다.

나는 그간 이삿짐 속에 던져두었던 광고 잡지들을 하나씩 다시 섭렵해나갔다. 그러던 중 그림 하나가 내 눈에 꽂혔다. 두통약 광고였다. 그 안에서 잔뜩 찌푸리고 있는 사람은 빌 클린턴이었다. 그의 이마에는 지퍼 게이트로 그를 곤경에 빠뜨렸던 파트너의 사진이 붙어 있었다. 두통 거리가 된 르윈스키의 얼굴을 자신의 이마에 붙인 전직 대통령 바로 옆에는 두통약 그림이 있었다. "For a strong headache"라는 글귀와 함께. 이거다. 나는 그 자리에서 당장 내 이마에 립스틱으로 로고를 그렸다. '싱글 루즈.' 캘리그라피의 진수를 보여주고 싶었다. 거울 안에서 미소 짓는 간판. 도발적이었다. 모델이 섹시한 미인이어서 그런건 아닐까. 실지렁이 같은 주름이 잡혔다 펴지면 내 이마는 자연스럽게 살아 움직이는 간판이 되었다. 수십 가지의 표정을 지어가며 카메라가 닳도록 찍었다. 나는 사업체의 로고가 새겨진 내 얼굴을 온라인상에 올렸다. 블로그 작업도 잊지 않았다. 댓글이 빠르게 늘었다. 하지만 응원이 대부분이었고 열기가 곧바로 매출로 이어지진 않았다.

성인용품으로 근근이 매상고를 유지하던 중 반가운 전화를 받았다. 김 과장님 맞죠? 들어본 듯한 중저음. 내가 다니던 광고회사의 거래처 직원이었던 박이었다. 최근에 독립해 회사를 차렸다는 그가 며칠 전 내 블로그를 보았다고 했다.

박 사장의 광고 주문은 구체적이었다. 간판으로 무엇을 사용할지도 스스로 결정하고 덤벼들었다. 그는 입꼬리에 거품을 물며 남성의 상징은 역시 불타는 정력이라고 강조했다. 건강 보조 식품 회사의 사장다웠다. 못 본 사이에 허풍도 많이 늘어 있었다. 문득 그의 뭉툭한 코가 허풍과 어울린다는 생각이 들었다. 그의 넓어진 이마와 느물거리는 말투는 말끔했던 3년 전 신입사원의 모습을 지우고도 남았다.

뜨거워요, 뜨거워. 그는 내 블로그에 올라오는 팬들의 반응에 감탄했다며 양쪽 엄지를 치켜세웠다. 박 사장은 내게 자기 회사의 모델이 되어달라고 했다. 미리 만들어 온 계약서에는 '모델의 전신 또는 신체의 일부를 사용해서 광고를 한다'는 조항이 보였다. 나는 매출액의 3%를 받기로 하고 흔쾌히 서명했다. 주문받은 광고를 제작한 뒤 온라인에 띄워주고 고객들의 반응을 체크하여 사후 관리까지 해주는 조건이었다.

나는 얼결에 광고 대행업자 겸 프리랜서 모델이 되었다. 잃어버린 자존심을 만회하고 싶었다. 누구는 죽 뻗은 다리 하나로, 누구는 윤기가 흐르는 머리카락만으로 부분 모델이 되는 세상이다. 나는 주님을 위해서라면 어디든 내놓을 준비가 되어 있었다. 어금니를 꽉 물었다. 그래, 광고판의 하이에나가 되는 거야. 코끝에 돈 냄새가 스쳤다. 바짝 마른 땅에 빗방울이 후드득 떨어질 때 올라오던 비린내였다.

박 사장은 그가 유통하는 모든 정력제에 강쇠라는 이름을 붙였다. 산수유도 강쇠 산수유, 홍삼은 강쇠 홍삼, 경옥고도 강쇠 경옥고가 되었다. 그중에서도 특히 남근을 닮은 강쇠 송이버섯은 주력 상품이었다. 박 사장은 모두가 국산이라고 자랑했으나 나는 혀를 내밀어 자주 침을 바르는 그의 두꺼운 아랫입술만 유심히 쳐다보았다.

한때 유행하던 카피가 있었다. '차암 좋은데, 남자에게 정말 좋은데, 뭐라고 설명할 방법이 없네'가 내 머리에서 패러디로 재생산되었다. '강쇠는 차암 좋은데…. 설명을 할 방법이 없으니 그냥 보여드립니다.' 나는 강쇠라는 로고를 이마에 그려놓고 사진을 찍어 사이트에 올렸다. 몽롱한 표정은 필수였다. 유치하기 짝이 없다는 생각이 들긴 했지만 소비자의 기억 속으로 먼저 파고드는 놈이 임자였다. 굳이 변강쇠라고 할 이유도 없었다. 두 자면 충분했다. 다행히 나의 신체 광고판은 좌우 대칭이었다. 이마가 시들해지면 간판을 뺨으로 옮겼다. 양쪽에 한 자씩 로고를 그렸다. 영원히 지울 수 없는 문신처럼 파란 잉크로 그린 간판이 소비자의 호기심을 더 자극했다. 그거 진짜 문신이 맞느냐는 댓글들이 올라붙었다. 전부터 목선이 예쁘다는 칭찬을 자주 듣던 나는 목에 로고를 새겨 다시 사진을 찍었다.

나는 모델 겸 광고 대행업자로서의 역할을 충실히 해나갔고 그 일에 집중하다보니 자연히 싱글 루즈는 유지가 어려워졌다. 박 사장의 광고만으로도 하루가 벅찼다. 여기도 양다리가 허용되지 않는 프로의 세계였다.

강쇠 제품들의 매출이 오르는가 싶더니 이윽고 주님의 요구 수준이 높아졌다. 김 작가님, 좀 더 섹시 컨셉으로 가

주시면 안 될까요? 나를 전문 CD로 인정해주는 건 고맙지만 그의 요구는 좀 부담스러웠다. 하지만 이제 와서 거절할 명분도 딱히 마땅치 않았다. 내 신체 광고 덕분에 매출이 오르고 있지 않은가. 병우가 내 가슴을 헤집고 들어왔다. 집에서 아이를 가르치는 데는 한계가 있었다. 자폐아에게는 사회성을 길러주는 게 절실했고 또래 아이들이 있는 어린이집에 보내야 했다.

나는 아슬아슬하게 유두만을 가리고 가슴을 드러냈다. 성인용 건강 보조 식품을 파는 사이트에 청소년들은 관심이 없을 거라고 굳게 믿으며⋯. 내 가슴은 아직 부피와 탄력을 유지하고 있었다. 카메라 앵글이 아래로 잡히다보니 얼굴은 노출하지 않아도 되었다. 다행이었다. 가슴골에 강쇠를 새겼다. 효과는 폭발적이었다. 박 사장은 고무된 듯 매일 전화로 안부를 물었다. 그가 저녁을 함께 먹자고 했을 때는 설렘과 안도감이 나의 봉긋한 광고판을 흔들었다. 그가 유부남이라는 사실은 그다지 중요하지 않았다.

우린 이미 한 배를 탄 거 아닌가요? 더 취하기 전에 그가 나를 배신할 수 없음을 로고처럼 새겨주고 싶었다. 강남의 호텔 레스토랑에서 와인을 한 병이나 나눠 마신 뒤였다.

광고주는 언제라도 광고업자와 모델을 바꿀 수 있었다.

그는 갑이었고 나는 칼끝에 서 있었다. 매출이 떨어지거나 모델로서 상품 가치가 추락하면 계약의 효력은 상실될 수 있다는 단서 조항이 목에 걸린 가시였다.

이번 가슴 광고 차암 좋았어요. 그런데 제가 실물을 좀 확인해도 될까요? 어머머, 여기서요? 데이트가 길게 이어졌다. 내가 일한 대가를 제 날짜에 정확히 지급해주는 그가 미더웠다. 기왕에 올인하기로 마음먹은 판에 나의 프로 정신이 빛을 발했다. 장소를 옮기고, 나는 그가 내 몸의 은밀한 곳에 강쇠의 로고를 깊숙이 새겨 넣도록 허락했다. 유부남이라 오히려 다행이었다. 약점을 나눠가지면 관계는 더욱 밀접해지는 법이었다.

매출이 오를수록 주님의 욕망도 프로 정신으로 타올랐다. 돈맛을 본 박 사장은 또 다른 광고판을 요구했다. 어차피 얼굴이 나오는 것도 아닌데 못할 게 뭐 있나. 망설이는 모습을 보이는 건 프로가 아니잖아? 그가 친한 척 반말을 하기 시작했다. 생각 좀 해볼게요. 갑을 관계에서 즉각적인 거절은 금물이었다. 거부감이 들었지만 오만 원권 지폐 뭉치가 눈앞에서 누렇게 어른거렸다. 잠시의 고민을 뒤로 하고 나는 결국 더 아래로 벗어 내렸다. 이번에는 다리였다. 발목은 반응이 그다지 신통치 않았다. 카메라 앵글이 종아리로 올라왔다.

광고판이 위쪽으로 이동할 때마다 팬들의 온도 차가 느껴졌다. 허벅지에 이르자 드디어 반응이 달아오르기 시작했다. 일주일 만에 매출이 30% 이상 뛰어올랐다. 덕분에 병우를 제대로 된 시설에 맡길 수 있게 되었다. 음악 치료를 추가해주었고 나는 낮 시간의 자유를 얻었다.

호텔방은 박사장의 간판 제작실이 되었다. 이번에는 겨우 음부만을 가리고 엉덩이를 노출했다. 겨우 끈 팬티 한 장이 내 자존심을 지켜주다니. 쓴웃음이 나왔다. 하지만 최고의 몸 간판은 역시 엉덩이가 아닌가. 오래전부터 친구들의 부러움을 받던, 내가 가진 필살의 무기였다. 수박 두 개만 한 표면에 큼지막한 글씨를 새길 수 있어 좋았다. 도자기 피부야. 그가 입을 다물지 못했다. 간판이 넓으니 각종 상품의 이름을 모두 써넣자고 그가 욕심을 부렸다. 광고주들이 흔히 빠지는 함정이었다. 자기가 판매하는 제품을 모두 전시하고 싶은 욕심은 여백을 인정하지 않는다.

간판을 글씨로 꽉 채우면 소비자가 외면한다는 사실을 그들은 정말 모른다. 나는 엉덩이의 하단 안쪽에 강쇠라고 쓰면 된다고 했다. 보일 듯 말 듯 작은 글씨로도 충분했다. 그렇게 하면 네 엉덩이만 쳐다보지 누가 내 제품을 기억하겠어. 그가 다시 우겼다. 그런 게 바로 광고라는 거예요. 매개물을 통해 곧바로 제품이 연상되게 해야죠.

하지만 나는 이번에도 주님을 이길 수 없었다. 나는 그가 원하는 글씨를 모두 새기도록 바닥에 엎드렸다. 팬티마저 벗어던졌다. 부끄러움이 함께 떨어져나갔다. 고급 카펫 위의 은빛 털이 벌거벗은 긴장을 부드러운 감촉으로 누그러뜨렸다. 눈을 감았다. 몸이 둥실 떠올랐다. 몰려든 팬들이 나를 번쩍 들어 올렸다. 내 머리 위로 조명이 쏟아졌다. 환호성이 들렸다. 댓글이 올라오고 팬들의 반응이 뜨거워질수록 내 몸도 함께 달아올랐다. 혼란스러웠다. 정말 돈 때문인지, 돈을 구실로 내가 은근히 노출을 즐기고 있는 건지…. 둘 다인지도 몰랐다. 이 마당에 그것을 굳이 구별할 필요가 있을까. 자식을 핑계로 주식을 끊지 못하던 전남편의 얼굴이 자꾸만 어른거렸다.

싱글 루즈를 띄우기 위해 전문 서적을 뒤적이며 독학으로 갈고닦은 내 그림 솜씨에 그가 손뼉을 쳤다. 그는 내가 미리 디자인해둔 캘리그라피를 보며 정성을 들여 내 엉덩이에 그림을 그렸다. 중학교 때 그린 수채화가 가작으로 뽑혔다는 허풍도 잊지 않았다. 땀을 흘려가며 사진을 다 찍은 그가 갑자기 몽롱한 얼굴로 다가오더니 자신의 광고판을 안팎으로 모두 가졌다. 어차피 지울 거잖아. 자신의 몸으로 지워주겠다는 친절한 멘트도 잊지 않았다. 이번에도 마음보다는 몸이 먼저 남자를 받아들였다.

내 예상이 적중했다. 글씨만 잔뜩 새겨 넣은 광고는 인기가 없었다. 바람잡이 팬들이 먼저 돌아섰다. 당장 매출을 올려주지 못하더라도, 오일장 약장수가 미리 배치시켜둔 패거리처럼 제 몫을 해주던 사람들이었다. 그들이 악성 댓글을 달기 시작했다. 광고판을 보며 즐기던 재미가 사라졌다는 원성과 함께였다.

광고를 다시 만들자는 전화 목소리에 잔뜩 풀이 죽어 있었다. 내가 뭐랬어요? 그러게…. 호텔방에 들어선 박 사장이 고분고분했다. 철 지난 바지 위로 때 묻은 와이셔츠 한 쪽이 추레하게 빠져나와 있었다.

저어… 병우 데려가셔야겠어요. 광고 사진을 만들고 돌아오는 오후, 지하철 안에서 받은 전화였다. 저쪽은 어린

이집 원장이었다. 다른 아이들을 괴롭혀서…, 도저히…. 참았다 꺼낸 볼멘소리라는 걸 충분히 알 수 있었다. 무릎이 제풀에 꺾였다. 이제 또 어디로 옮겨야 하나. 친구들과 잘 어울리는 게 최상의 놀이 치료였다. 그래봐야 며칠 후면 아이를 데려가 달라는 또 다른 전화가 올 터였다. 그들은 병우를 이해하지 못했다. 친구들을 괴롭히는 게 아니었다. 말이 둔해 왕따를 당한 아이가 또래들에게 끼워달라는 몸짓이었는데…. 설움이 목젖으로 차올랐다.

집에 돌아와 냉장고를 열고 찬물부터 들이켰다. 가슴 한가운데 매달린 뜨거운 뭉치가 좀처럼 내려가지 않았다. 너 바보니? 바보야? 아이의 양 어깨를 잡고 흔들었다. 아이의 형체가 흐릿해지고 내 턱밑에 물기가 매달렸다. 주눅 든 아이가 슬그머니 침대 밑으로 기어들어갔다.

나는 병우보다 딱 하루만 더 살기를 간절히 빌었다. 혼자 남겨진 아이를 상상할 수 없었다. 아이가 겨우 외부 세계와 소통을 시작한 터라 치료를 포기할 수는 없었다. 방법은 딱 하나. 전문 특수 교사를 집으로 모셔오면 된다. 매달 200만 원 넘는 돈이 들어갈 것이었다. 또다시 현실적인 문제가 내 머리끄덩이를 틀어쥐었다.

박 사장은 매출이 많든 적든 꼬박꼬박 제작비를 보내왔다. 통장에 숫자를 찍어대는 현금 인출기의 기계음이 나를 짜릿한 오르가슴으로 길들이고 있었다. 나는 한 번 더 결심했다. 내친걸음이었다. 젖꼭지까지 드러내 광고 효과를 극대화시켰다. 사람이 의리가 있어야지, 안 그런가. 한 배를 타고 있는데. 입속으로 되뇌며 내 자신에게 주문(呪文)을 걸었다. 카메라 앞에서 과감히 자세를 바꿨다. 무릎을 바닥에 대고 엎드려 엉덩이를 잔뜩 들어 올렸다. 5성급 호텔의 부드러운 카펫에서 다시 비린내가 올라왔다. 나는 전의를 불태웠다. 기지개를 켜는 고양이처럼 두 팔을 앞으로 쭉 뻗고 후방을 향해 음부를 그대로 노출시켰다.

이번엔 내 주장을 관철시켰다. 로고를 쥐어짜듯 단순화시켰다. 엉덩이 두 쪽 사이에 작은 글씨로, 깔끔히 면도를 한 대음순에 바짝 붙여…. 그가 뒤에서 눌러대는 셔터 소리가 내 귓바퀴에 끝없이 부딪혔다. 예술이다! 그가 감탄사를 연발했다. 다음에는 아예 가랑이를 벌리고 회음부에 새기면 어때? 그는 기발한 착상이라도 한 듯 달뜬 얼굴이었다. 나는 떨떠름한 표정으로 고개를 끄덕여줬다.

저어 잠깐만요. 나는 광고비를 매출의 5%로 올려달라

고 요구했다. 계약 갱신은 온라인에 사진을 업로드하기 직전이 찬스였다. 이번에는 그가 고개를 끄덕였다. 떨떠름한 표정이었다. 미세한 긴장이 내게 다가왔다. 예민한 동물의 더듬이에 감지된다는 지진 직전의 떨림 같은 거였다. 어차피 이 사업도 오래 가진 못할 것이다. 챙길 수 있을 때 챙겨야 한다. 속전속결로. 박 사장의 얼굴 위로 헤어진 남편이 겹쳤다. 그가 속삭였다. '한 방이면 끝난다니까.'

대박이었다. 난리가 났다. 사이트가 다운될 정도였다. 매출이 수직 상승했고 내게도 돈뭉치가 제 발로 걸어오고 있었다. 짜릿한 쾌감이 또다시 온몸으로 파고들었다. 중독이라고 불러도 좋았다. 고지가 보였다. 박 사장의 입이 귀에 걸렸다. 내가 눈을 흘기자 그가 쑥스러운 듯 대꾸를 했다. 얼굴이 나오는 것도 아닌데 뭘.

병우를 위해 의사와 진료 예약을 해 둔 터라 마음이 바빴다. 휴대폰이 핸드백 안에서 잡동사니들과 마찰을 일으켰다. 경찰이란다. 느닷없이 찬 기운이 가슴골을 타고 휙 지나갔다. 음란물 유포 혐의로 신고가 들어왔으니 나와서 조사를 받으라는 통보였다.

경찰서 안이 어수선했다. 형사는 짜증이 폭발하기 직전이었다. 박 사장도 그 자리에 불려와 조사를 받는 중이었다. 나의 공범은 형사가 묻는 질문에 순순히 인정을 하다가도 결정적인 순간에 꼬리를 뺐다. 그런 광고가 나간다는 걸 알고 있었죠? 제가 그렇게 하라고 시킨 건 아닌데요. 매출에 따라 수익을 배분하기로 한 건 맞죠? 광고는 철저히 외주 제작이라 제가 상관할 수 없어요. 듣기에 따라서는 그럴 듯했다. 계약서에도 광고물의 배포나 게재를 내가 하는 걸로 되어 있으니까. 내가 자기 회사 직원이 아니므로 자기는 지휘 책임도 없다는 주장이었다. 혐의가 인정되더라도 그의 교사죄는 음란물을 직접 만들어 온라인에 뿌린 나보다 처벌 수위가 낮을 것이었다.

경찰은 온라인상에서 손쉽게 증거를 확보했다. 나는 혐의를 시인했다. 형사는 나를 향해 표정을 고쳐 앉더니 필요하면 변호사를 구하라고 했다. 나는 그럴 형편이 못 된다고 대꾸했다. 그가 입꼬리를 비틀어 웃었다. 발가벗겨진 기분도 잠시, 나는 생각을 가다듬었다. 누가 신고를 했을까. 동종업계의 경쟁자일 것이다. 새로운 광고 전략으로 시장을 개척하는 내가 부러웠겠지. 마음을 다잡았다. 내가 내 몸을 간판으로 쓰겠다는데, 죽을죄는 아니잖아. 온 세상이 광고로 몸살을 앓고 있는 마당에 내가 그놈들의 질투

심까지 책임져야 되냐고.

박 사장은 연신 허리를 굽히고 고개를 주억거리더니 슬그머니 일어나 경찰서를 나갔다. 내겐 눈길도 주지 않는 사내의 뒤통수에서 구토증이 일었다. 변호사를 구하더라도 그가 도와줄 것 같진 않았다.

검찰로 넘겨진 나는 최대한 꽃단장을 하고 집을 나섰다. 미인은 관대한 처분을 받는다는 통계상의 결과를 믿어보기로 했다. 장애아를 기르는 이혼녀라는 사실이 수사관 앞에서도 통했다. 최대한 야하게 그러나 절대로 천박하지 않게. 내게 필요한 광고 카피였다. 별로 슬프지 않았지만 나는 눈물을 보여줬다. 예상대로였다. 몸 광고는 역시 효과가 좋았다. 젊은 검사도 나를 동정하는 분위기였다. '젊고 예쁜 여자가 어쩌다….' 그들에게 이런 느낌이면 성공한 광고 전략이 될 터였다. 이제 재판이 시작되면 판사에게만 잘 보이면 그만이다. 설마 구속이야 되겠나.

박 사장은 그 후로 내 전화를 받지 않았고 관계는 헐겁게 끝났다. 지난 달 솟구친 매출액의 일부를 선불로 받아낸 것이 그나마 다행이었다. 그를 잊어주기로 했다. 개뿔, 한 배는 무슨….

결심공판 날이다. 병우를 방문 교사에게 맡기고 나오다
자꾸만 돌아보았다. 눈앞이 흐려지고 콧속이 매캐했다. 마
음을 다잡고 서초동으로 향하는 2호선을 탔다. 개찰구에
들어가기도 전에 지하는 온통 간판이었다. 봄철에 몰려오
는 황사보다도, 레미콘 트럭의 꽁무니에서 밀려나오는 시
커먼 매연보다도, 광고쟁이에겐 오히려 감동 없는 간판들
이 더 공해였다.

서초동 법원·검찰청역에서 내렸다. 법원 입구로 향하
는 길에도 영혼 없는 광고가 넘쳐흘렀다. 압권은 역시 법
률사무소 간판들이었다. 그 옆에서 장대에 올라타고 3미
터가 넘는 키로 겅중거리며 시선을 끄는 맥도널드의 피에
로가 차라리 더 애교스러웠다.

도로를 건너 법원 정문을 향했다. 글자 새긴 천을 몸에
두른 일 인 시위자와 마주쳤다. 재판 결과가 기대를 배신
했나 보았다. 마지막 수단은 광고밖에 없다는 듯 비장한
얼굴이었다. 역시 세상일은 광고로 시작해서 광고로 끝난
다. 내가 좀 더 화끈했을 뿐 제 몸을 이용한 광고 행위로는
그나 나나 별반 다를 것도 없었다. 문득 그의 몸을 둘러싼
글씨가 내 눈을 파고들었다. '아파트 분양 사기범을 처벌

하라.' '허위 광고 책임져라.' 나는 고개를 외로 틀어 발걸음을 재촉했다. 설마….

법정에 들어와 얼핏 세어본 방청객은 열 명도 안 되었다. 다행이었다. 정면에 앉은 판사의 얼굴이 둘로 보였다가 하나로 합쳐지곤 했다. 재판을 앞두고 불면에 시달린 탓이었다. 귀에서 모기 소리가 앵앵거렸다. 길게 비어 있는 장의자가 개척교회 예배당처럼 썰렁했다. 이상하다. 왜 이 법정에는 광고판이 없지. 병원 대기실에도 비슷한 의자가 있었고 등받이엔 두통약 광고가 있었는데….

뭐가 잘못 된 걸까. 눈앞이 뿌예지고 몸뚱이가 바닥으로 혼곤하게 가라앉았다. 식은땀이 내려오는 등줄기가 간지럽다가 축축해졌다. 검사가 구형을 한 것도 같은데 도무지 내 귀엔 말이 되어 다가오지 않았다. 이번엔 판사의 입이 열렸다. 더 하고 싶은 말이 있습니까? 최후 진술을 하라는 거였다. 나는 잠시 머뭇거렸다.

그 순간, 뾰족한 무엇이 사금파리처럼 반짝 떠올랐다가 슬그머니 가라앉았다. 허망했다. 기발한 아이디어는 알을 까고 나오는 새다. 언제나 껍질 틈새로 작고 투명한 부리를 먼저 내민다. 조금만 더 기다리자. 녀석은 기어이 황홀한 몸체를 드러낼 것이다. 판사가 앞으로 몸을 기울였다. 침을 발라 서류를 넘기던 손가락을 세워 까만 뿔테 안경을 밀어 올렸다. 그가 짙은 눈썹을 치켜 나를 뚫어져라 바라봤다. 현기증이 일었다.

법복이 그의 몸에서 스르르 이탈됐다. 그림자처럼 미끄러져 다가오던 물체가 내 눈 앞에 멈춰 섰다. 새까만 표면적이 교실의 칠판만큼이나 넓었다. 나는 오른손 검지로 동그라미를 그리며 슬그머니 문질러보았다. 검은 천이 나무틀에 씌운 캔버스처럼 팽팽했다. 내 손가락이 순식간에 굳어 하얀 분필이 되었다. 까만 바탕에 눈보다 더 새하얀 글씨를 새겨 넣고 싶었다. 바로 그때, 내 속에서 부리로 쪼는 소리가 들렸다. 내 머리가 뚜껑처럼 위로 열렸다. 알껍데기가 파편으로 터져나갔다. 큼지막한 새 한 마리가 울긋불긋한 날개를 좌악 펼쳐 퍼드덕 날아올랐다.

좀 전에 나는, 판사에게 한 가지를 묻고 싶어 견딜 수가 없었다. 그의 법복에 법률사무소 광고를 써서 붙이는 데 얼마면 되는지.

작품 평론

시대와 불화한 인물들에 대한 탐색

작가 조동선

세속적인 관점에서 보자면 누구나 부러워할 한의사라는 직업을 작파하고 돈 안 되는 소설가의 길로 들어선 권행백은 어쩌면 이 시대의 '돈키호테'라 불릴 만하다. 이념이 꺾이고 글로벌한 신자유주의와 실용주의가 득세하는 시대라 더욱 그러하다. 2015년 단편소설 「샤이 레이디」로 등단한 그는 3년이라는 비교적 짧은 시간에, 그것도 아이러니와 알레고리적 기법을 구사한 작품들로 자신만의 소설 세계를 확연하게 보여주었다. 이미 상재한 장편소설 「한옥마을 남쪽 사람들」과 세 편의 중편소설을 묶은 「악어」, 그리고 이 작품집에 수록된 여덟 편의 단편들은 하나의 색깔로 규정짓기 어려울 만큼 스펙트럼이 넓다. 굵직하고 의미 있는 서사를 말 그대로 다채롭게 펼쳐놓았다. 시대를 향한 강렬한 응시, 총체성에 바탕을 둔 서사, 그것을 드러내는 활달한 문체, 이 세 가닥을 축으로 형상화한 서사는 요즘의 우리 문학에서 보기 드문 텍스트이기도 하다. 마이크로적 묘사에 치중한 개인의 내적 존재론에 함몰된 작품들에 물리다보니 공동체의 집합적 이상을 그린 이야기에 갈증을 느끼던 참이었다.

현대는 정신적인 기점을 상실한 분노의 시대이고 비전과 방향 감각을 잃은 방황의 시대이기도 하다. 힐링, 먹방, 게임, 몰카 등 환락성 행위들에 대한 심리적 치유의 담론들이 넘쳐나는 시기에 시대정신을 담아낸 서사 담론이 절실했다. 권행백의 작품은 그런 요구에 적절한 응답이 될 듯싶다.

사회에 대한 성찰을 외면하는 세상에 정작 필요한 것은 '시대와 불화하는 서사적 응전의 담론'일 것이다. 생의 한 면에 촉수를 들이대는 이야기들이 개인의 실존 차원을 넘어 역사와 집단의 테제로 확장되어야 함은 물론이다.

그의 소설은 역사적 비극과 부딪쳐 깨어져 나가는 인물들을 그려내고 있으므로 미적이면서 안정감 있는 담론과는 거리가 멀다. 그런 면에서 그의 소설은 삶의 무게를 벗어던지고 가볍게 비상하는 요즈음의 언어들과는 달리 세상의 무게가 실려 있다고 해도 좋을 듯하다. 그는 미적 전위나 현실적 완결의 성취를 이루기보다 날것 그대로의 삶을 파고드는 데 힘을 기울인다. 주제, 소재, 상황 설정이 우리 사회의 예각적 모순과 맞닿아 있는 데다 당대의 사회 현상에 확고하게 자리 잡고 있다. 최근의 우리 문학은 지난 시대에 품었던 꿈의 좌절, 그리고 변혁의 참담한 실패에 대한 자기 변명적 회한과 패배의식에 대한 반동으로 존재론적 물음에 지나치게 매달린 감이 없지 않았다. 다행히도 그의 소설은 그러한 경향성에서 멀리 벗어나 있다.

소설은 궁극적으로 인물에 대한 탐색이다. 그의 소설들에 등장하는 인물들은 선험적 지식에 의존하기보다는 구체적인 삶의 현장에서 체득한 신념에 따라 행동하는 개별화된 사람들이다. 그렇다면 그러한 인물들에 대한 탐색이 지금 이 시점에서 어떤 의미를 지니는지 살펴보는 것은 독자의 몫이 될 것이다.

❖❖❯❯❯ · ❮❮❮❖❖

권행백의 이번 소설집에 수록된 작품은 모두 여덟 편으로 시대와 불화하는 인물들에 대한 탐색이 주조를 이루고 있다.

「아버지의 우상」은 쿠바혁명과 제주 4·3항쟁을 겹쳐 보여주는 여로형 소설의 플롯을 따라 전개된다. 문민정부 시절, 화자의 아버지는 그가 대학에 진학할 때 시위에는 절대 가담하지 말라고 신신당부했다. 그럼에도 불구하고 화자는 가두 투쟁에 가담하여 1년의 형을 선고받는다. 하지만 취조 과정에서 동료들의 이름을 발설하는 배신행위를 저지른다. 게다가 그를 면회 온 아버지마저도 부자의 연을 끊겠다고 통고한다.

복역을 마치고 나온 화자는 그 다음해 신춘문예를 통해 소설가로 등단하지만 생활의 방편이 되지 못해 어쩔 수 없이 여의도에 입성한다. 선배의 소개로 대구를 지역구로 둔 국회의원 비서가 된 것이다. 옥살이와 복학의 와중에 자신을 뒷바라지해준 여자와 동거하고 10년이 지난 지금은 국회의원 보좌관으로 격상되어 있다. 그동안 불화했던 아버지와의 화해는 어머니의 직장암이 발병되고 나서 가까스로 이루어진다.

그런 아버지가 느닷없이 쿠바 여행을 함께 가자고 화자에게 부탁한다. 화자는 체 게바라 평전을 지참한 아버지를 모시고 쿠바 여행에 오른다. 체 게바라 기념관의 조그만 사진 앞에 오랫동안 머물던 아버지가 밖으로 나와 제주 중산간 마을에서 여덟 살 때 겪은 이야기를 화자에게 들려준다. 아버지는 가족과 이웃들과 함께 토벌대를 피해 동굴로 피신하지만, 기르던 가축들 때문에 안절부절 못 하다가 어른들 몰래 동굴을 빠져나간다. 이미 폐허가 된 마을을 뒤로하고 동굴로 되돌아가지만 눈 덮인 산길에 찍힌 발자국

때문에 토벌대에 발각돼 모두가 살육당한다. 어머니의 비호로 가까스로 목숨을 건진 아버지는 유일한 생존자였다. 회한에 찬 삶을 살던 아버지는 스무 살이 되던 해 해병대에 자원 입대한다. 연좌제의 굴레를 벗어나기 위한 방편이었다.

베레모를 기리는 기념관은 무료입장이었다. 전시물은 기대를 뛰어넘었다. 사진들도 다양한데다 설명도 만족스러웠다. 1958년 그가 게릴라전에서 승리한 과정을 일목요연하게 살필 수 있었다. 나는 전시관 안쪽으로 아버지를 안내했다. 조그만 사진 하나가 아버지의 눈을 붙들었다. 산간 마을에 들어온 일단의 무장병력이 민간인을 죽이는 장면, 그 아래 설명이 있었다. 마을 사람들이 소탕작전에 투입된 정부군에게 학살당했다. 게릴라에게 음식을 제공했다는 이유였다. 더듬더듬 한국어로 해설을 붙여드렸다. 아버지의 입에서 한숨이 새어나왔다. 머쓱해진 내가 손바닥을 뻗어 더 둘러보기를 권했으나 아버지는 굳은 듯 움직이지 않았다. 호흡이 거칠어진 아버지의 시선을 따라 나도 사진을 재차 들여다보았다. 천으로 눈이 가려진 사내가 웅크린 자세로 고개를 숙이고 있었다. 허리 깊이 구덩이의 위쪽 가장자리에 무릎이 꿇린 채였다. 구덩이 안에는 그의 아내인 듯 보이는 여자와 아이 셋이 널브러져 있었다. 조금 전까지도 젖을 빨았을 갓난쟁이의 까맣게 열린 입, 흥건한 핏자국들, 그리고 사내 곁에 놓인 삽 한 자루. 그러니까 사내가 마주한 구덩이는 좀 전에 그가 파 놓은 것이었다. 군인은 사내의 뒤통수에 총을 겨누고 있었다. 나는 먹은 게 얹힌 듯 속이 거북하여 서둘러 전시관을 빠져나왔다. 갓난쟁이의 울음소리가 자꾸만 등을 찔렀다. 기념관 앞마당에서 볕을 가려주던 정원수의 그림자가 제법 자라 있었다. 뒤따라 나온 아버지가 핏기 가신 얼굴로 입언저리를 씰룩거렸다. _16쪽

아버지가 굳이 고집했던 체 게바라의 자취를 따라가는 여정 끝에 산타클라라 광장에 내려선다. 쿠바는 미국의 전면 봉쇄로 경제가 낙후된 상태였지만 그들의 낙천적 성격 탓인지 삶은 여유로워 보였다. 화자는 아버지가 자신의 부재했던 아비를 체 게바라에게서 발견하고 싶었지 않았나, 하는 생각을 한다.

가이드를 자처한 현지인 알베르토의 손에 이끌려 그의 집에 들어선다. 거기서 어린애 울음소리를 들은 아버지가 4·3항쟁 때 동굴 속에서 죽어간 젖먹이 동생을 떠올리지 않았을까, 하고 화자는 생각한다. 쿠바산 시거를 사달라는

알베르토의 바람을 물리치고 아버지를 앞세워 도망치듯 광장으로 나오지만 아버지는 중도에 방향을 바꿔 알베르토의 집으로 되돌아간다. 나 또한 아버지를 뒤따른다.

아버지와 아들은 체 게바라의 자취를 밟아간다. 국회의원 보좌관인 아들의 통속적 삶과 4 · 3 당시 가족 중 유일하게 살아남아 레드콤플렉스에 시달려온 아버지의 삶이 비교된다. 작가는 그로 인한 두 부자의 오랜 갈등을 회고시킨다. 쿠바인들이 처한 오늘의 위상을 따뜻한 시선으로 보듬어주는 아버지와, 그들을 시니컬하게 바라보는 화자 사이에도 미묘한 시각 편차가 드러난다. '우리 모두 현실주의자가 되자, 그러나 가슴 속에는 불가능한 꿈을 갖자'고 외쳤던 '20세기의 가장 완전한 인간'이라 일컬어지는 체 게바라. 그가 추구한 세상을 자신의 아비가 꿈꾸던 세상과 겹쳐보고 싶었던 아버지를 화자가 비로소 이해하게 되는 과정을 작가는 실감나게 형상화해낸다.

「사망진단서」는 자신을 성폭행한 아비를 둔 여자의 살부의식을 형상화하고 있다. 의사인 화자가 근무하는 병원에 첫사랑이던 여자가 아버지를 입원시키면서 16년 만의 재회가 이루어진다.

고등학교 때 같은 반이었던 화자와 여자는 줄곧 1,2등을 다투었다. 화자는 반장을 도맡아 했고 여자는 오로지 공부에 매달려 되도록 동창들 눈에 띄지 않으려 처신한다. 졸업하던 해 의대 진학에 실패한 화자와 달리 여자는 서울의 명문여대 영문학과에 진학 후 소식이 끊긴다. 다음해 의대에 진학한 화자는 여자가 미국 유학을 갔고 졸업 후 그곳에서 은행에 취직했으나 금융위기 때 해고되었다는 소문만 듣는다.

그런 그녀가 말기 암환자인 아버지의 병세가 악화되자 이미 작성된 사전의료의향서대로 더 이상의 치료를 거부하며 퇴원시키겠다고 고집한다.

화자가 여자의 고백으로 뒤늦게 알게 된 사실은, 여자의 다섯 살 위 오빠가 노조 활동을 하다 투신자살했고 그 바람에 여자의 어머니는 교회에서 살다시피 했으며 경찰이던 아버지는 술에 찌들어 지내다 자신의 딸을 강간했다는 거였다.

"기억 안 나? 나는 고3이라 입시를 핑계로 사울에 남았잖아. 한참 동안 고개를 숙이고 있던 그녀가 다시 말문을 열었다. 그러고 보니 선애 아버지가 충주로 발령받아 이사했을 때 그녀 혼자만 따라가지 않았다. 사람도 아니야, 그 인간. 그 당시 동네 사람들이 쑥덕거리곤 했었다. 근무 시간에도 벌건 얼굴로 비틀거리는 그가 파면을 면한 것만으로도 다행인 줄 알아야 한다고. 아버지가 나를…. 엄마가 철야기도 하러 가는 날이면…. 그녀가 말을 잇지 못하고 눈물부터 쏟아냈다. 너를 뭐, 어쨌다고? 내 언성이 높아졌다. 예수가 데려간 엄마의 빈자리를 딸이 채워줘야 한다면서…. 거부하면 허리띠를 풀어 매질을 시작했어. 그 짓이 끝나면 '내겐 이제 너밖에 없다' 면서 나를 끌어안고 울더라. _55쪽

여자는 그런 아버지의 연명치료를 중단하고 집으로 모셔간다. 화자가 동행하여 연명 치료에 필요한 이동식 산소 탱크까지 안방에 설치한다. 화자와 거실에 머물던 여자가 안방으로 들어가 방문을 잠근다. 한참 만에 문을 열고 나왔을 때는 그녀의 아버지가 절명한 상태였다. 아버지 때문에 불감증이었던 여자는 화자를 끌어들여 제의를 치르듯 정사를 치르곤 처음으로 엑스터시를 느꼈음을 털어놓는다. 이윽고 미필적 고의에 의한 공범자가 되어버린 화자는 '직접 사인: 심폐 정지, 선행 사인: 간암, 사망의 종류: 병사'라는 사망진단서를 작성한다.

운동권 출신인 아들과 그런 아들을 잡으러 다니는 파시스트 아비의 갈등, 그로 인한 가족의 붕괴라는 기존의 서

사와 유사한 이야기를 통해 군사 문화의 횡포가 가져온 비극의 한 단면을 은유적으로 보여준다.

「잭팟」의 화자 겸 주인공은 직장암을 앓고 있는 환자다. 1년 남짓의 시한부 선고를 받은 화자 앞에 한 의료 컨설팅 회사의 부장이 나타난다. 그는 화자가 가입한 1억 원짜리 생명보험증서를 넘겨주면 당장 5천만 원을 일시불로 주겠다고 제안한다.

주식에 투자해 전 재산을 날린 화자는 아내와 이혼했고, 하나 있는 아들마저 제 엄마와 살고 있다. 화자의 형은 고등학교 때 일등을 놓친 적이 없지만 대학 진학을 포기하고 조선소에서 용접공으로 일하며 화자의 학비를 대주었다. 형은 7년 전 어머니 명의로 아파트를 사서 주택연금까지 계약해주고 호주로 기술 이민을 떠난다. 그 덕에 어머니는 죽는 날까지 매달 85만 원을 받을 수 있게 된다. 그런 어머니에게 빌붙어 사는 화자는 어머니가 오래 살기만을 바랄 뿐이다. 한데 노령의 어머니가 뇌출혈로 쓰러진다. 수술 받고 의식을 찾았지만 언어 장애에 팔다리까지 움직일 수 없게 된다.

이제 병세가 막바지에 이른 화자는 의료 컨설팅 부장이 내민 '보험금 수익자 양도 양수 계약서'에 날인해주고 돈을 받는다. 기존의 제안보다도 천만 원 깎인 4천만 원을 받는 조건이다. 화자는 그 돈으로 밀린 어머니 병원비부터 해결한다. 하지만 어머니가 집에서 기르는 강아지 걱정을 하자 화자는 옆집 젊은 여자에게 며칠만 맡아달라고 부탁한다. 한편 의료 컨설팅 부장은 화자를 수시로 찾아와 병의 진행 상황을 살핀다. 옆집 여자는 강아지를 돌려주면서 자기가 계속 보살피고 싶다고 말한다. 화자는 여자의 제안에 어쩔 수 없음을 절감한다. 통증에 시달리는 화자는 어머니 병수발에 한계를 느껴 도우미 아주머니에게 월 120만 원을 주고 어머니 간병을 부탁한다.

엎친 데 덮친 격으로 아들 녀석이 재혼을 앞둔 엄마 대신 아빠와 살고 싶다며 조르지만 화자는 그럴 형편이 못된다고 딱 잘라 말한다. 화자는 집으로 돌아오는 길에 철물점에 들러 공업용 커터 칼을 구입한다. 집에 도착한 화자는 욕조에 물을 받아 오랜만에 강아지를 씻어주려고 집어넣는다. 그런 다음 생명보험을 팔아 쓰다 남은 돈이 든 통장에 비밀번호를 적은 쪽지를 끼워놓고 거실 바닥에 앉아 자살을 시도한다.

웃통을 벗었다. 거실 바닥에 방석을 깔고 앉았다. 남식은 커터 칼의 손잡이를 두 손으로 움켜쥐고 이를 악물었다. 단 한 번만이라도 이기고 싶었다. 자신의 선택으로 운명에 복수하고 싶었다. 가능한 잔인하게…. 한 남자의 삶을 악몽으로 몰아넣은 동굴. 그 속으로 시퍼렇게 날선 칼끝이 들어갔다. 연약한 속살을 비집고 들어온 금속의 촉감이 얼음보다 차가왔다. 칼날을 타고 선홍빛 액체가 밖으로 흘러나왔다. '이제 좌에서 우로 한 호흡에 긁으면 된다.' 각오가 되어 있으므로 두려움도 없다. 알 수 없는 희열이 미열을 타고 오른다. 눈앞이 뿌옇게 흐려진다. 아들 녀석이 구부정한 어깨로 훌쩍이며 안기듯 다가온다. 술기운인지 문득 소변이 마렵다. 화장실 쪽으로 고개를 돌렸다. 한 뼘쯤 열린 문틈으로 뿌옇게 김이 빠져나온다. 아뿔싸! 남식은 튕기듯 일어나 화장실 문을 열어젖혔다. 욕조에 물이 넘쳐흐른다. 시간의 짤막한 꼬리를 움켜쥘 옹색한 이유가 될 것이다. _89쪽

우리는 종종 자신이 행동한 결과가 원래의 의도를 벗어나 전혀 딴판이 되는 걸 경험한다. 그걸 모르는 주인공의 아이러니한 상황을 묘사한 작품이다.

「론리 플래닛」은 취업 비자로 한국에 입국한 스리랑카 출신 노동자 이야기다. 고국의 내전 상황에 위험을 감지한

그가 한국 정부에 난민 허가 신청 과정을 형상화했다. 한국이 난민을 받아들이는 자세가 얼마나 인색한지를 보여주는 텍스트로서 그 의미가 깊다.

주인공 푸삼은 프레스 기계에 검지와 중지를 잃고 직장에서 쫓겨나 어쩔 수 없이 마석 가구 단지에 취직하여 불법 체류자 신세가 된다. 힌두교도인 타밀족 남자인 푸삼은 마석에서 만난 스리랑카 출신 싱할리족 여자와 결혼해 두 아이까지 얻게 되었지만 고국의 내전 소식에 불안하기만 하다. 싱할리족인 스리랑카 정부군이 소수 민족의 수호자를 자처하는 타밀 반군에게 전면전을 선포하자 푸삼의 동생은 반군의 무장 투쟁에 몸을 던진다. 불안해진 푸삼은 아이들과 아내를 먼저 귀국시키고 자신은 한국 정부에 난민 신청을 한다. 이의 신청과 소송이 3년 2개월째로 접어들지만 끝내 난민 체류 허가는 나지 않고 한국을 떠나야하는 상황에 놓인다. 마석 가구 공장에서도 밀려난 푸삼은 안산에서 만난 오 선장과 김 양식장에 나가지만 익숙지 않은 일이라 애를 먹는다. 그런 그가 누군가의 밀고로 불법 체류 단속에 걸려 외국인 보호소에 구속된다. 오 선장이 대준 보석금으로 풀려나지만 한 달 내로 자진 출국한다는 조건부다. 설상가상, 마석 공장에서 일할 때 밀린 임금마저 떼인 푸삼은 절망한 나머지 남대문에 방화하고 인천공항으로 이동하여 출국을 서두른다. 탑승 수속을 마치고 먼저 귀국한 아내에게 전화를 걸자 지금 귀국하면 신변이 위험해지니 오지 말라는 당부를 받는다.

'콜롬보행 비행기에 탑승하실 손님들은 서둘러 달라'는 안내 방송이 영어와 한국어로 반복해서 나왔다. 퍼스트와 비즈니스 클래스가 앞쪽에, 그 뒤로 노인과 어린이가 긴 줄을 섰다. '우릴 다 죽일 셈이냐.' '이혼 수속 밟고 있다.' 두 문장이 푸삼의 머릿속에서 뒤엉켰다. 안내 방송이 거듭 나왔다. 탑승하라는 여자의 목소리가 '타지 마라'는 경고로 들렸다. 홀로 버려진 기분. 심장이 찢어질 듯 부풀어 올랐다. 얼굴로 열이 오르고 눈앞이 가물거리더니 여행객들과 항공사 직원들이 사야에서 홀연히 사라졌다. 갑자기 속이 메스꺼웠다. 화장실로 달려가 좌변기 속에 머리통을 들이밀었다. 비워낸 가슴 속에서 높이 솟은 기와집이 불타고 있었다. 얼굴에 찬물을 거푸 끼얹었다. 그러고는 거울 속 사내를 노려보며 심호흡으로 정신을 모았다. 마침내 그는 몸을 틀어 자신을 밀쳐낸 뜨거운 바람에 맞섰다. 태풍의 눈. 그곳이 차라리 잔잔할 것이다. 푸삼은 탑승 게이트를 등지고 좀 전에 통과했던 입국 심사대를 향해 걷기 시작했다. 그의 이름이 들렸다. 아직 타지 못한 승객을 찾는 안내 방송이었다. 그는 생각을 정리했다. '여기서 버티자. 바깥세상보다 안이 더 안전할 때가 있다. 그게 바로 지금이다. 형기를 마칠 때까지 추방은 유예될 터. 신변의 위험을 몇 년은 잊어도 된다. 이 나라가 먹여주고 재워줄 테니까.' 먼발치에서 검은 제복에 베레모를 쓴 공항 경찰 둘이 발을 맞춰 걸어가고 있었다. 푸삼은 그들을 향해 황급히 걸음을 옮겼다. _120쪽

비근한 예로 2018년 제주도에 입국한 예멘 난민 문제는 한국 사회가 난민을 받아들이는 데 얼마나 인색한지를 보여주는 계기가 되었다. 난민을 바라보는 우리의 시각엔 두려움과 혐오가 끼어 있다. 무슬림 난민이 범죄를 일으킬 거라는 (기독교적 편견에 의해 조장된)선입견, 그들에게 일자리를 빼앗길 거라는 불안감, 그리고 국가 재정에 부담이 된다는 인식이 바탕을 이루고 있는데, 이에 대한 한국 정부의 태도는 '국민 보호가 최우선'이라는 메시지로 응답하는 편협함을 보여주었다. 한국은 국가의 성립과 그 존립을 국제적 난민 보호에 의존해 왔음을 근현대사가 증거하고 있는데도 말이다.

「가만있으라」는 제목부터가 4.16 세월호 참사의 은유로

읽히는 작품이다.

위기 대처에 응했던 사람들이 한결같이 내뱉는 '규정대로'가 문제다. 지방 도시의 소방서장을 비롯해 구조대장인 화자까지도 위험에 나서지 말고 오직 '매뉴얼대로만' 할 것을 공언하고 부하 직원에게 다짐한다.

사무실 공기가 유난히 팽팽했다. 누가 시키지 않아도 스스로 말조심해야 될 것 같은 분위기, 대원들끼리는 그런 걸 동물적 후각으로 느낀다. TV에서는 여전히 그 뉴스였다. 혹시나 생존자가 있을까 싶어 다들 현장 중계 방송에 눈을 꽂고 있었다. 해경 구조대원들 중 침몰하는 배 안으로 들어가는 사람은 보이지 않았다.

"대장님이라면 어떻게 했을 것 같아요?"

눈을 잔뜩 찌푸리며 화면에 시선을 집중하던 신입 소방사가 뜬금없는 질문으로 인사를 대신했다. 출근하는 내 얼굴을 일별하던 그가 다시 24시간 뉴스 채널로 눈길을 옮겼다.

상관이 화장실에만 다녀와도 벌떡 일어나 경례를 붙이던 시절이 언제였던가. 신세대 졸병은 13년 경력의 신임 구조대장인 나를 전혀 어려워하지 않는다. 나는 헛기침을 하며 누군가 썰렁해진 분위기를 풀어주길 기다렸다.

"얌마 그걸 말이라고 물어? 그냥 매뉴얼대로 요령껏
하면 되는 거지."

옆에서 함께 TV를 보던 부대장이 내 대신 대꾸를 했
다. '요령껏'이라는 단어에 힘이 실렸다. 평소의 내 말버
릇을 그가 흉내 내고 있었다. 움찔했다. 나 자신도 전임
자의 어투와 사고방식에서 자유롭지 못한 때문이었다.
나는 기억 속의 비좁은 시장 골목으로 들어가 스스로에
게 속삭였다. '매뉴얼대로만 하면 되는 거야.'_132쪽

그런 화자는 논술 과외를 하는 아내가 11년 만에 가까
스로 임신에 성공하자 방 세 개 딸린 아파트로 이사 가기
로 한다. 아내가 계약금을 갖고 중개 사무실로 가기 위해
아파트 지하 주차장으로 내려갔을 때 강도를 만난다. 돈을
빼앗기고 강간까지 당한 아내는 식물인간이 된다.

화자는 경찰의 수사가 지지부진하자 휴직하고 직접 범
인 찾기에 나선다. 그가 아파트 경비로부터 가까스로 알
아낸 것은 사고 전날 이삿짐센터 직원이 견적을 위해 다녀
갔다는 사실이다. 하지만 그 직원은 이삿짐센터를 그만 둔
상태여서 화자는 그 직원의 거처를 찾아 집주인에게 소방
관임을 내세워 방으로 들어가 머리카락과 치모와 담배꽁
초를 주워 담당 형사에게 건넨다. 그런 그에게 담당 형사

는 사적 보복은 절대 안 된다며 주의를 준다. 이윽고 국과수 검사 결과 동일 인물의 소행으로 밝혀진다. 화자는 가스총과 칼을 챙겨 범인의 은신처를 찾아 헤매다 마침내 그가 드나드는 PC방을 알아낸다. 잠복하던 화자는 형사로부터 차에서 내리지 말라는 메시지를 받는다. 범인이 나타나자마자 형사들이 뒤를 쫓는 것을 확인한 화자는 가스총과 칼을 챙겨들고 차에서 내린다. 형사에게 쫓긴 범인이 화자 앞으로 달려온다. 화자가 범인을 쓰러뜨리고 칼을 치켜든 순간, 형사들이 "가만 있으래두. 다 된 밥에 코 빠뜨릴 순 없지, 겨우 한 건 올렸는데…." 라며 화자를 덮친다.

한 건 올리는 데에만 혈안이 된 형사의 행태를 통해 뒤늦게 매뉴얼이 작동되는 상황적 아이러니가 빛난다. 이 작품은 '매뉴얼대로' 라는 구호만 난무할 뿐 '매뉴얼대로'가 제대로 작동하지 않는 적폐의 한 유형을 희극적으로 보여준다.

「오동의 꿈」은 집창촌 철거에 고심하는 한 지방 소도시를 배경으로 펼쳐진다. 미대 졸업 후 선배들 작업실을 전전하던 화자는 그곳 시청 공무원인 친구의 주선으로 '녹색예술문화연대전시관' 건물을 아지트 삼아 벽화 그리기와 일본군 위안부 사진전을 개최한다. 이웃한 집창촌 정화 사업의 일환이었다.

그러던 어느 날 친구로부터 정화 사업의 걸림돌인 오동나무집 메리 할매를 집중 공략해달라는 부탁을 받는다. 할매가 철거에 응하게 하라는 거였다. 그렇잖아도 화자는 메리 할매가 부르는 거슈인의 서머타임 노래에 호기심을 갖고 오동나무 집에 관심을 기울이던 참이었다. 화자는 기회를 만들어 오동나무 집을 자주 드나들며 메리 할매와 거기서 일하는 여자들과도 친해진다.

메리 할매는 열여섯 살에 목수인 아버지를 여의고 미군부대 사창가로 인신매매를 당했고, 그곳에서 만난 흑인 병사와의 사이에서 딸을 얻었지만, 딸은 일곱 살 때 제 아버지를 따라 미국으로 건너갔다는 거였다.

"우린 어디 하소연할 데도 없어. 매독 걸려 끌려가면 몽키하우스에 갇혔지. 페니실린 주사가 어찌나 독하던지 쇼크로 사지를 떨다 숨이 떨어지기도 하고 더러는 옥상에서 뛰어내렸어. 운 좋게 탈출한 언니를 경찰에 잡아다 놓고 가더랑게. 다들 보는 데서 패기 시작허는디. 피범벅이 된 얼굴을 봉게로 도망칠 엄두를 못 내것더라고. 날을 잡아 모아놓고 교육을 시키대. 문교부장관이라등가, 그이가 마이크를 잡고 우리를 띄워주등마. 딸라 버는 애국

자라고. 아, 몰려드는 놈덜을 끝도 없이 받아내얀디, 그런 소리가 귀에 들어오것능가. 소파 수술 받은 날도 쉬덜 못 혔응게. 어찌 그리 잘도 들어서는지.

양놈 씨를 수도 없어 긁어냈어. 서른 번도 넘는다믄 누가 믿것어. '장화'를 내밀면 주먹질부터 하는 놈들이 많았거덩. 거절도 못혀. 그놈들이 손가락으로 가리키기만 해도 우린 몽키하우스로 들어가야 혔응게."

할매가 이야기를 멈추고 상체를 세웠다. 물컵을 들어 입술을 축인 그녀가 젖은 눈으로 말을 이었다.

"메리 아빠가 은인이었지. 나라에서 관리하는 명단이 있었는디, 거그서 빠져나올라믄 양키와 결혼하는 수밖에 없었어. 메리를 키움서도 속은 두엄자리였는디. 어린 것이 나갔다 들어오믄 골방에 처박혀 울어쌓더라고. 깜둥이 새끼라고 놀려댕게로. 그 동네엔 그런 아그덜이 더러 있었지만 즈그덜끼리도 슬슬 피하더라고. 한 번은 고샅에서 아그덜한테 맞고 코피를 흘림서 들어왔는디. 내가 죄 없는 것을 빗자루 몽댕이로 두드렸어. 내 속에서 불이 낭게로. 학교 갈 나이가 되어가닝게 다들 입양보내라드만."

메리 아빠가 제대 후 한국으로 다시 나왔을 땐 그녀가 이미 다른 미군과 살림을 차린 뒤였다.

"편지는 한 번 받았지만 진짜로 돌아올 줄 알았것능가. 본토 발령받고 가불믄 다들 그걸로 끝이었는디."

이혼 서류에 싸인해주고 딸만 딸려 보낸 이유였다.

_178쪽

어느 날 메리 할매는 오랜만에 딸한테서 받은 영문 편지를 화자에게 내밀며 읽어달라고 부탁한다. 딸은 엘에이에서 변호사로 일하고 있고, 같은 법률사무소에서 일하는 동양인 남자와 결혼을 앞두고 있다며 엄마를 어떻게 소개해야 할지 고민이라고 쓰여 있었다. 그리고 마음이 정리되면 크리스마스 때 엄마를 보러가겠다고 덧붙이기까지 했다.

오동나무집엔 메리 할매가 어릴 때 심은 오동나무가 집 한가운데 버티고 서서 지붕을 뚫고 자라 있다. 목수였던 아버지는 딸이 자라 시집갈 때 오동나무를 베어 서랍장을 짜주겠다고 약속했다. 메리 할매가 사창가에서 모은 돈으로 귀향하여 어린 시절의 집을 되산 이유였다.

메리 할매가 딸한테서 새로 온 편지를 받고 화자를 다시 부른다. 지금도 동두천에서 손가락질당했던 것에 대한 악몽을 꾼다며 엄마를 만나러 가겠다는 약속을 지킬 수 없게 됐다는 내용이었다. 비로소 메리 할매는 오동나무 집을 처분하기로 결심하지만 차마 오동나무가 중장비로 뽑혀나가는 것은 눈 뜨고 바라볼 수 없어 은근히 화자에게 불을 질러 달라고 부탁한다.

화자는 집을 전소시킬 것까지는 없고 그을리기만을 바라며 메리 할매의 원대로 창 너머 메리 할매 집 부엌으로 성냥불을 던지고 밖으로 나온다. 한데 친구의 전화로 할매가 죽었다는 것을 알게 된다. 거실로 옮겨 붙기 전에 불을 끈 소방대원이 할매가 오동나무를 끌어안은 채 숨을 거둔 것을 발견했단다. 화자는 집창촌이 철거 재정비되는 것을 기회로 이참에 누구도 시도하지 않은 미군 위안부의 실상을 알리는 전시회 프로젝트를 밀어붙이기로 결심한다. 일본군 '위안부'에 이어 분단 모순인 미군 '위안부'의 삶이 아직도 우리 사회의 현안으로 남아 있음을 일깨워 주자는 게 그 의도다.

「모래 욕조」의 화자는 보트 피플로 떠돌다 캘리포니아에 정착한 베트남인이다. 그는 아내가 병을 앓다 죽은 뒤에도 와인 공장에서 일하며 어린 딸을 혼자서 애지중지 키운다. 그는 매일 딸아이를 직접 목욕시켜주고 머리 손질까지 해서 학교에 보낸다. 이웃엔 한국인 노파가 혼자 살고, 그 반대편엔 젊은 백인 부부와 어린 아들이 살고 있다. 그런 어느 날 백인 부부의 어린 아들이 노파가 가꾸는 텃밭 앞에서 낑낑거리자 노파가 다가가 바지를 내려주고 고추 끝을 들어 올려 오줌을 누게 도와준다. 하지만 그 상황을 목격한 백인 부부가 경악하고 경찰에 신고한다. 그리고 얼마 안 있어 경찰차가 들이닥쳐 노파를 연행해 가는 것을 화자는 목격한다. 재판 결과 일흔두 살의 할머니에게 성추행 혐의로 유죄가 선고된다.

　　노파가 연행되던 그날도 남자는 싱크대 앞에 서 있었다. 쪽창을 통해 남자는 줄곧 옆집 마당을 지켜보았다. 군데군데 녹슨 스텐레스 싱크대와 벽에 걸어둔 국자와 후라이팬의 틈새로 끼어드는 저녁놀은 늘 황금색이었다. 노파의 밭은 여러 가지 채소로 가득했다. 아직은 해가 넘어가기 전이라 채소밭에 자라는 잎사귀들의 형태가 선명했다. 백인 꼬마가 급히 달려왔다. 옆집 마당에서 세발자전거를 타던 앞이마가 튀어나온 녀석이었다. 녀석이 달려온 건 처음은 아니었다. 노파의 마당에는 키 큰 감나무가 있다. 사흘 전에도 노파는 이 녀석을 위해 잘 익은 홍시를 골랐다. 노파는 자신의 손가락에 묻은 감의 단물을 핥으면서도 녀석의 오물거리는 입술에서 눈을 떼지 못했다. 그날도 녀석이 갑자기 노파의 상추밭 앞에서 멈춰 섰다. 호기심 어린 눈으로 두리번거리더니 이내 바지춤을 풀었다. 하얗고 작은 손이 바빴다. 바지를 제대로 내리지도 못하고 엉거주춤한 자세로 고추를 내밀자 노파는 잰걸음으로 쫓아갔다. 공이 튕겨나가듯 거의 반사적인 행동이었다. 바지를 더 내려주고 고추 끝을 들어 올려줬다. 노파는 한국에서 자신의 외손자를 기를 때도 그랬을 것이다. 포경 수술을 받지 않은 어린 고추가 위로 들려 있지 않으면 자칫 오줌을 바지에 흘릴 수도 있었다. 용변을 마친 녀석의 끝에서 두어 방울이 떨어졌다. 연잎 위를 구르다 떨어진 이슬방울 같았다. 뾰족하게 오므라지고 탱글거리는 고추 끝이 영락없이 입맞춤을 즐기는 쉬리의 주둥이다. 사선으로 햇빛을 받은 사내아이의 얼굴이 투명했다. 피부 속으로는 분홍빛 혈관까지 보였다. 노파가 바지를 추켜 올려주려고 하자 아이가 고개를 좌우로 흔들었다. 막 태어나 젖을 빠는 강아지의 모습을 들여다보는 듯 노파의 눈길이 그 녀석의 사타구니에 한동안 머물렀다. 노파가 먼 곳을 보는가 싶더니 지그시 눈을 감았다. 입 꼬리가 잠시 움직였다. 먼발치서 내려다보는 남자의 눈에도 물기가 배었다. _210쪽

한데 화자의 딸도 성교육 시간에 무심코 아빠가 목욕을 시켜준다고 자랑한다. 그 말에 놀란 교사는 화자를 고발한

다. 그것이 빌미가 되어 화자가 딸아이를 목욕시키고 있을 때 경찰이 들이닥쳐 딸아이를 격리 보호하고 화자를 체포하려 다가든다. 그가 무심코 싱크대 위 칼을 집어 드는 순간 두 발의 총성이 울리고 그의 몸뚱이가 허물어져 내린다.

동양과 서양의 문화적, 정서적 차이로 야기된 해프닝이 끝내는 비극적 결말로 치닫게 되는 극적 아이러니를 보여 주는 작품이다.

「싱글루즈」는 욕망의 극대화가 부른 파국의 상황적 아이러니를 형상화한 작품이다.

미모의 싱글 맘인 화자는 광고 회사 영업부에 근무하며 실적을 올려 4년 만에 과장 자리에 오른다. 하지만 화자가 아이디어를 낸 신규 분양 아파트 광고 카피가 허위라는 신문 고발 기사에 책임을 지고 직장을 그만두게 된다. 화자는 자폐증에다 아토피 천식까지 앓는 아들을 두었다. 어린 아들의 병원비가 만만치 않아 살던 집을 처분하고 월세 다가구주택으로 옮기는 지경에까지 이른다. 궁여지책으로 화자는 싱글 맘답게 '싱글 루즈'라는 상호로 사업자 등록을 내고 온라인 쇼핑 대행사를 차려 가까스로 생활을 꾸려나 간다.

그런 어느 날, 한때 거래처 광고 회사의 직원이던 박의 전화를 받는다. 건강보조식품 회사를 차렸으니 광고 모델이 되어달라는 제안이다. 화자는 모델 역할을 충실히 해나가지만 반대로 자신의 싱글 루즈 영업엔 소홀해진다. 가슴골을 노출한 부분 광고로 광고 효과를 높였지만 박의 요구는 갈수록 노골적이 된다. 다리에서 허벅지로 노출 수위가 높아지다가 마침내 엉덩이 모델로 나아가기까지 한다. 그런데 어린이집에서 이상 행동하는 아이를 더 이상 맡아줄 수 없다며 아들을 데려가라고 화자에게 통보한다. 화자는 아이의 치료를 위해 돈을 벌어야 하기에 젖꼭지와 치부를 드러내기도 한다. 사이트가 다운될 정도로 대박이 나지만 결국 음란물 유포 혐의로 경찰에 불려가 조사받고 재판에 넘겨진다,

서초동 법원 검찰청에서 내렸다. 법원 입구로 향하는 길에도 영혼 없는 광고가 넘쳐 흘렀다. 압권은 역시 법률 사무소 간판들이었다. 그 옆에서 장대에 올라타고 3미터가 넘는 키로 겅중거리며 시선을 끄는 맥도널드의 피에로가 차라리 더 애교스러웠다. 도로를 건너 법원 정문을 향했다. 글자 새긴 천을 몸에 두른 일 인 시위자와 마주쳤다. 재판 결과가 기대를 배신했나 보았다. 마지막 수단은 광고밖에 없다는 듯 비장한 얼굴이었다. 역시 세상일

은 광고로 시작해서 광고로 끝난다. 내가 좀 더 화끈했을 뿐 제 몸을 이용한 광고 행위로는 그나 나나 별반 다를 것도 없었다. 문득 그의 몸을 둘러싼 글씨가 내 눈을 파고들었다. '아파트 분양 사기범을 처벌하라.' '허위 광고 책임져라.' 나는 고개를 외로 틀어 발걸음을 재촉했다.

_245쪽

몸치장을 하고 법정에 출두한 화자는 최후 진술을 하라는 판사의 말을 듣지만 화자는 엉뚱하게도 판사의 법복에 법률 사무소 광고를 써 붙이는 데 얼마면 될지 궁금해 한다. 더 이상 물러설 곳이 없는, 끝 간 데까지 갈 수밖에 없는 화자의 욕망이 부른 비극이 아이러니하게도 희극적이기까지 하다.

✤⟫⟫⟩•⟨⟨⟨✤

이상에서 보았듯 권행백의 소설들은 유동하는 삶의 순간들을 두려움 없이 날것으로 붙잡기도 하고 때론 창조적 상상의 변용을 시도하기도 한다. 하여 좌절하고 상처 입은 인물들이 그것의 치유를 위해 얼마나 처절하게 몸부림치는지 실감나게 보여준다. 인간은 누구나 제 삶은 안정적이

길 바라면서 타인의 삶은 충격적이길 원하는 속물임에 틀림없다, 그의 소설은 그런 독자들을 향한 죽비의 소리가 될 법도 하다.

하지만 그의 소설은 때때로 역사의 비극성을 부각시키고, 그 비극을 탐색하겠다는 의욕이 앞선 나머지 서술로 치닫는 경향이 강해 이분법적 재단으로 나아갈 소지가 있다. 그러한 단순화한 이분법적 현실 인식은 현실에 대한 이해를 가로막는 도그마가 될 수 있다. 따라서 현실의 다양한 스펙트럼을 꿰뚫어보는 폴리포닉(polyphonic)한 시각이 필요하다.

그의 소설은 총체성의 제시라는 의식이 앞선 나머지 현실의 디테일한 묘사보다는 선험적인 구호의 목소리를 통해 현실을 재단하려는 경향이 군데군데 드러난다. 서사의 재현은 기본적으로 충실한 세부 묘사를 전제로 한다. 좋은 묘사는 부분적인 대상의 재현을 통해 전체적인 현실을 호소력 있게 제시하는 힘을 지닌다. 따라서 일상의 배면에 숨어 있는 폭력의 작동 방식에 대해 폭넓게 헤아려야 함은 물론이다.

한국 사회는 전 지구적 신자유주의 시스템에 포획되어 있는 형국이다. 이 시스템의 바깥이 없다는 사실을 받아들인다면 이 안에서 폭력에 어떻게 대응할 것인가에 대한 탐색이 절실한 시점이다.

앞으로 작가에게 기대하고 싶은 것은 기존 작품에서 추구해 온 역사적 상처의 염원을 탐색하는 세계에서 한 발물러나 수직 권력과 수평 권력이 교차하는 일상성의 사회관계 속에서 현재 진행형으로 벌어지는 갖가지 폭력 앞에장삼이사들이 겪는 고통과 절망이 어떠한가에 대한 탐색이다.

일상이란 지루한 반복이며 인간의 행위는 그 반복 속에서 이루어진다. 그런데 일상은 우리의 모든 것을 무화시키는 힘을 지니고 있다. 그 어떠한 변화도 일상의 질서를 통과하지 않고서는 이루어질 수 없다. 존재와 일상 사이에아슬아슬하게 발을 걸치고 있는 게 오늘을 사는 우리들의위상이다. 따라서 일상성의 세계에서 벌어지는 폭력으로인해 시간에 따라 무너지고 변해가는 인물들의 모습을 통해 이 세계가 얼마나 고통스럽고 견딜 수 없는 세계인지,그리고 그것들에 어떻게 대응해 나갈 것인지를 보여주어야 한다. 다행히도 권행백의 문학 여정은 이제 막 이륙하여 창공을 향해 상승하는 중이다. 그러므로 그가 쓸 이후의 소설에 기대를 걸어도 좋을 듯하다.

권행백 소설집

아버지의 우상

발행일	2019년 5월 20일 초판 1쇄
지은이	권행백
펴낸이	오성준
본문디자인	Moon & Park
표지디자인	디자인 꼼마
마케팅	김현철
펴낸곳	아마존의나비
등록번호	제2018-000191호(2014년 11월 19일)
주소	서울시 마포구 양화로 56 동양한강트레벨 1022호(서교동)
전화	02-3144-8755, 8756
팩스	02-3144-8757
웹사이트	www.chaosbook.co.kr
이메일	info@chaosbook.co.kr
ISBN	979-11-964626-8-0 03810

아마존의나비는 카오스북의 임프린트입니다.